Martin Mosebach

Taube und Wildente

»Provence, ein altes Landhaus, das uralte Drama des Menschlichen, ein stilistischer Lesegenuss von hohem Rang.« Iris Radisch, *Die Zeit*

»Martin Mosebach ist mit ›Taube und Wildente‹ ein superber Roman gelungen. Wie er stets Dialoge und Beschreibungen in ein ausgewogenes Verhältnis bringt, ist meisterlich zu nennen. (...) ein fein gesponnenes Lese- und Denkabenteuer.« Andreas Trojan, *Bayern 2, ›Diwan‹*

»Ein tröstliches, elegantes, sehr unterhaltsames Buch.« Alexander Wasner, *SWR 2*

»Ein raffiniert gebautes Erzählgebäude, das man bis in die hintersten Winkel erkunden will. Eine meisterliche Milieustudie: sprachmächtig, subtil und voller Spott.« Pia Reinacher, *Die Weltwoche*

»Ein ungeheures ästhetisches Vergnügen.« Sibylle Anderl, *Frankfurter Allgemeine Zeitung*

»Ein stilistisches Glanzstück.« Bernd Melichar, *Kleine Zeitung*

Martin Mosebach, geboren 1951 in Frankfurt am Main, war zunächst Jurist, dann wandte er sich dem Schreiben zu. Seit 1983 veröffentlicht er Romane, dazu Erzählungen, Gedichte, Libretti und Essays über Kunst und Literatur, über Reisen, auch über religiöse, historische und politische Themen. Er erhielt zahlreiche Auszeichnungen, etwa den Kleist-Preis, den Großen Literaturpreis der Bayerischen Akademie der Schönen Künste, den Georg-Büchner-Preis und die Goethe-Plakette der Stadt Frankfurt, und lebt in Frankfurt am Main.

Martin Mosebach

Taube und Wildente

Roman

Martina Geb. '24

dtv

MIX
Papier aus verantwortungsvollen Quellen
FSC® C019821
FSC
www.fsc.org

Umschlaggestaltung: dtv nach einem Entwurf
von Anzinger und Rasp, München
Umschlagmotiv: On Looking West © John O'Grady,
https://johnogradypaintings.com
Satz: Fotosatz Amann, Memmingen
Druck und Bindung: Druckerei C.H.Beck, Nördlingen
Printed in Germany · ISBN 978-3-423-14889-4

ERSTER TEIL

Sommer

1

Grausamkeit. Zuschauen, wie etwas Schönes zerfetzt wird. Schon eine halbe Stunde lang sitze ich, gefesselt von diesem Anblick, auf dem Gartenstuhl nahe der Zypresse, in deren staubigem Schwarzgrün die Zikaden sägen, unablässig arbeitend, als versuchten sie, als ganzes Volk den Baum in kleine Stücke zu zerlegen. Dieses Zikadenkratzen bei Gluthitze gehört zu den Sommern in der Chaumière, gerade zur Stunde der Siesta, die ich allerdings niemals halte. Ich bin eigentlich immer wach, nicht angestrengt genug, um zu schlafen.

Umso erstaunlicher, daß ich erst gestern meine erste Zikade gesehen habe. Diese Insekten haben sich bisher unsichtbar für mich gemacht, obwohl sie groß sind wie Maikäfer und lange Flügel haben, die ihren Körper weit überragen. Und da lag nun also ein solches Prachtinsekt tot zu meinen Füßen. João hat mir offenbart, das sei eine Zikade. Sofort war klar: Dies ist ein besonderes Lebewesen. Die breite Stirn, die kugelartigen Augen, der dick gepanzerte Nacken, der mit Rüstungsringen geschützte Unterleib, in eine Bürzelspitze auslaufend, die Riesenflügel wie aus glänzendem Zellophan, in eine feine schwarze Äderung gespannt. João kehrte sie weg, noch während ich über sie gebeugt war, ich wagte nicht zu protestieren. Aber von der Zikade hatte ich genug gesehen, um zu bedauern, daß sie im Kehricht gelandet ist. Ein großes Tier, dem es gelingt, im Verborgenen zu leben, zugleich aber durchdringend zu lärmen.

Und was man einmal gesehen hat, das stellt sich, nach der ersten Bekanntschaft, meist auch ein zweites Mal ein, diesmal sogar lebend. Die junge schwarze Katze, die uns besucht, ohne sich jemals berühren zu lassen, lag genüßlich, in tiefer Entspannung, hingestreckt zu meinen Füßen. Dann das Heben des Kopfes, Aufmerksamkeit. Wodurch? Das blieb mir zunächst verborgen. Und dann, unversehens, ein sachtes Schwirren wie von einem Miniaturpropeller; die Katze hat sich aufgerichtet, sitzt auf den Hinterbeinen, hat den Kopf geneigt und schlägt mit der weichen Vorderpfote ein festes Ding, nicht zu erkennen, von dem das Schwirren ausgeht. Wie ein Ballspieler dribbelt sie mit diesem brummenden Körper, der so hart ist, daß ich es beim Aufschlagen auf dem Boden ganz leise wie ein Auf-Holz-Klopfen zu hören meine.

Eine Zikade, die zweite meines Lebens, jetzt lebendig, aber in Todesnot. Wie schmecken Zikaden? Wie Taschenkrebse? Aber der Katze ist es nicht eilig mit dem Fressen. Sie schlägt das flügelschnarrende Insekt zwischen den Pfoten hin und her; seine großen Flügel sind jetzt ein Hindernis, sie gestatten nur, die Luft wie eine zähe Substanz langsam zu durchbohren, müßten aber Raketenkraft entwickeln, um den Insektenkörper über den Kopf der Katze hinwegschießen zu lassen, hinein in das sichere Luftreich, das ihn eben noch rings umgab und jetzt unerreichbar für ihn ist.

Es gab kein Entkommen für die Zikade. Dabei ließ ihr die Katze doch Zeit und betrachtete sie nach jedem Schlag versonnen. Zum nächsten Schlag holte sie erst wieder aus, wenn ihr Opfer sich zu bewegen begann. War es dieses Propellerschnarren, das sie ebenso reizte wie mich? Ein organisches Maschinchen war da eingeschaltet. Die Katze gab der inzwischen angeschlagenen Zikade – die Hiebe mit den Pfoten mochten sie verwundet haben – eine Chance; die Folter des Insekts inszenierte sie als ein tänzerisches Spiel. Nie habe ich die Katze so elegant, so anmutig gesehen.

Sie stand auf einem Bein, pirouettierte, fand aus der Drehung in einen Sprung über die Zikade hinweg und näherte ihre Schreckensmaske von der anderen Seite, um alsbald wieder zuzuschlagen. Ja, ich durfte mir vorstellen, ihre eigentliche, von ihr stets geheimgehaltene Fortbewegungsweise sei zweibeinig, nur unter menschlicher Beobachtung lasse sie sich auf vier Beine nieder. Und womöglich konnte sie sogar fliegen, sich aus der Pirouette in die Luft erheben. Selbst in der Luft wäre sie der Zikade überlegen, ein leichtes, das schwerfällige Tier mit einem präzisen Tatzenhieb aus seiner Flugbahn heraus auf den Boden zu schleudern. Wie drollig war ihre Miene, als spielte sie mit einem knisternden Papierball und nicht mit einem verzweifelten Lebewesen.

Und jetzt schon nicht mehr verzweifelt, vielmehr unbewegt, von den größer werdenden Katzenaugen durchdringend betrachtet, mit der Pfote angestoßen, auch mit der anderen, und immer noch nicht zuckend und schwirrend. Die Katze drehte sich weg, das war enttäuschend; sie schlich sich davon, verstimmt. Hatte sie für ihren Geschmack zu viel Mühe an die Zikade gewandt und sich gar lächerlich gemacht? Sie ließ sie liegen, keinen Augenblick hatte sie erwogen, sie zu fressen.

Ich neigte mich zu dem kleinen Leichnam hinab. Die Rüstungsringe saßen noch gut, nein, einer hatte sich gelokkert, darunter drang es feucht hervor. Die Riesenflügel waren zerfetzt; die konnten kein Schwirren mehr hervorbringen. Die Zikade war nur noch Unrat und würde später von João wie die erste weggekehrt werden, noch nicht einmal wert, im Magen des Raubtieres zu landen.

In der Antike hätte man solche Kleinkämpfe zwischen Haustieren als Idylle bezeichnet, Modelle für reizende Bildchen auf einer Freskenwand. Und ›idyllisch‹ ist auch unser Leben hier – ich untätig, in der Hitze Papier bekritzelnd, João Schnecken vom Anis absammelnd, Marjorie nackt im dunklen Zimmer unter dem Moskitonetz dämmernd, Paula in der Hängematte schlafend, die Kleine an sich geschmiegt, ein friedliches Bild, und am Flügel im Haus versucht sich Max seit einer Stunde an einer Klavierfassung von ›L'après-midi d'un faune‹ – tüdeltüdeldü –, wobei der Witz des Stücks doch gerade in der Flöte liegt. Ich habe mir abgewöhnt, seine Bemühungen zu kommentieren, sogar vor mir selbst.«

Aus Ruprecht Dalandts »Provenzalischem Journal«

2

Cornelius De Kesel war nun schon zwölf Jahre tot, aber in La Chaumière noch durch seine Statthalter auf Erden anwesend, das Ehepaar dos Santos, von der Algarve stammend, doch seit langem wie Hunderttausende ihrer Landsleute in Frankreich zu Hause: João zunächst als Maurer, Anna in Haushalten arbeitend, bis sie gemeinsam die Sorge für den damals fünfundsechzigjährigen De Kesel übernommen hatten, Anna von da an als Köchin, João als Gärtner; das war eine willkommene Rückkehr zur Landwirtschaft, die ihm von Jugend auf vertraut war. Außerdem bediente er bei Tisch; dann steckten seine breiten Pratzen in weißen Baumwollhandschuhen. Mit der dazugehörenden weißen Jacke zog er jeden Abend buchstäblich einen neuen Menschen an, der Landmann verabschiedete sich, an seine Stelle trat der mürrische, die Mahlzeit streng dirigierende Majordomus. Das war De Kesels Schule, der die Leute genauestens eingearbeitet hatte; sein Ideal war gewesen, einen Zustand zu erreichen, in dem er keine Anweisungen mehr geben mußte. Der Haushalt als Uhrwerk, das vom Wechsel der Jahreszeiten und der Schicksale unbeeindruckt weiterläuft, das war sein Ziel, inzwischen nicht mehr leicht zu erreichen; perfektes Personal war teuer geworden.

João und Anna hatten ihren Herrn verstanden. Was er von ihnen wollte, sollte er gern haben, solange es auf ihre Weise geschehen konnte. Pünktlich ein Mittag- und ein Abendessen auf den Tisch stellen, alle drei Tage die Betten frisch beziehen und, ganz wichtig, Früchte aus dem Garten einmachen – Cornelius De Kesel aß jeden Tag seines Lebens vor den Mahlzeiten eine auf seinem Grundstück geerntete und getrocknete Feige, auf dem Programm stand auch heute noch selbstgemachte Quittenpaste zum Kaffee und eine süße Tomatenmarmelade –, viel mehr durfte nicht erwartet werden. Auf das Kochen verschwendete Anna keine Kräfte. Ihre Küche war, freundlich gesprochen, einfach, andere nannten sie jämmerlich oder gar ungenießbar, doch wenn musterhaft serviert wurde, hatte Cornelius De Kesel sich damit abgefunden, und seine Tochter Marjorie und auch die Enkelin Paula verbanden keine besondere Freude mit dem Essen und waren im geheimen womöglich gar dankbar, daß die Speisen, die in der Chaumière auf den Tisch kamen, keine unüberwindliche Versuchung für den Gaumen darstellten. Der alte De Kesel hatte eisern nur auf die Zeremonien gehalten – das Hühnchen, das auf großer Platte gebracht wurde, hatte eßbar auszusehen, das mußte genügen. Er erteilte seinen Domestiken, nachdem er ihre Ausbildung abgeschlossen hatte, keinerlei Befehle mehr, denn alles stand fest, von dem vor dem Essen im Salon gereichten Aperitif bis zum nach dem Essen servierten Kaffee, und das Ehepaar dos Santos hätte, als es erst die Verhältnisse überblickte, darüber hinausgehende Anweisungen auch nur mißvergnügt aufgenommen.

Es waren dann mehr und mehr sie, die das Haus regierten. Sie bestimmten die Abläufe, und Extrawünsche hatten so lange zurückzustehen, bis es einmal paßte. Besucher, die von Anna oder João empfangen wurden, spürten sofort deren Mißtrauen und ahnten, durch ihre Anwesenheit den Betrieb aufzuhalten. Bot De Kesel seinen Gästen etwas zu trinken an, blickte er mit ängstlicher Miene zu Anna, die noch in der Tür stand und schweigend auszudrücken schien, daß Wichtigeres sie eigentlich daran hinderte, den Gast zu bedienen. Wenn sie dann das Glas gebracht hatte, begann sie ein Getuschel mit dem Hausherrn, der ihr beklommen lauschte und sie mit einem unentschlossenen Winken der Greisenhand dazu ermächtigte, doch bitte nach ihrem Gutdünken zu verfahren. Im Hinausgehen sandte sie noch einen langen Blick voller Vorwurf zu dem Neuankömmling, dem inzwischen klar war, daß seinem Bleiben hier enge Grenzen gesetzt seien.

Beide dos Santos' waren kurzbeinig und breit. Wenn João im Garten arbeitete, quoll aus seinem Unterhemd ein dichtes Gebüsch weißer Haare; seine Stirn war niedrig, die Nase flach, wie von einem Boxhieb zertrümmert. Anna war in ihrer Jugend wahrscheinlich gewesen, was man ein »süßes Mädchen« nennt, hatte davon in ihren vorgerückten Jahren aber nur eine gewisse Süßlichkeit der Miene bewahrt, vor allem, wenn sie etwas Gebackenes zum Dessert hereinbrachte: Jetzt kommt etwas ganz besonders Köstliches, das habt ihr alle nicht erwartet – es war gerade diese Verkündigungsmiene, die Ruprecht Dalandt so sehr verstimmte, daß er seinen Kopf zum Teller senkte, um ihrem Blick nicht zu begegnen. Auch seine Frau Marjorie gehörte nicht zu den Freunden der dos Santos' und hatte speziell an der Sauberkeit ihres Badezimmers öfter etwas auszusetzen – die einzige Kritik, die sie übte, jedes Mal längeres Beleidigtsein damit auslösend.

»Ich bitte dich, laß die Leute ihre Arbeit tun«, pflegte der alte De Kesel zu sagen, wenn er solche Zusammenstöße mitbekam. »Und denke auch daran, daß ich hier die Anweisungen gebe.«

»Aber du gibst ja keine«, war stets ihre Antwort; der Alte hatte daraufhin ärgerlich in sich hineingemurmelt.

Er hatte seiner Tochter in einem besonderen Legat aufgetragen, den dos Santos' niemals zu kündigen, als handele es sich bei dem Paar um die Vasallen eines Feudalherrn, mit denen man sich in Schicksalsgemeinschaft befand. Und Marjorie unternahm dann auch keinen Versuch, etwas am Status zu ändern, obwohl sie es liebte, während der Mahlzeiten etwa zu bemerken: »Wir essen gerade den teuersten Salat der Provence« – das mochte zutreffen, wenn man die Stunden, die João im unordentlichen, teils von Unkraut überwachsenen Küchengarten verbrachte, auf die Blätter in der Schüssel umlegte. Ruprecht, ihr Mann, vertrat ohne Nachdruck den Standpunkt, mit einem Legat könne keine Ewigkeitsgarantie verbunden sein – jetzt sei der Schwiegervater zwölf Jahre tot, und damit sei es den dos Santos' zuzumuten, an die Algarve zurückzukehren –, aber es stand derart unumstößlich fest, er habe in der Chaumière nicht das Geringste zu sagen, daß Marjorie sich die Mühe schenkte, seinen Vorstoß abzuwehren. Nein, an die Verfassung dieses

Besitzes sollte nicht gerührt werden, die war ihrem Willen entzogen. Wenn sie auch jeden Sommer ihres Lebens in der Chaumière verbracht hatte, änderte das nichts daran, daß die Anlage nun einmal nicht ihr gehörte, sondern der Familienstiftung, deren Begünstigte neben entfernteren Verwandten sie und ihre Schwester waren; nur daß diese Schwester in Kalifornien lebte, das Haus ohnehin nicht mochte und Europa nur selten besuchte.

Zugunsten der dos Santos' ist anzuführen, daß solche Sommerresidenzen, die lange Zeit im Jahr unbewohnt daliegen, gewöhnlich eine gute Woche brauchen, bis es wieder behaglich in ihnen ist – La Chaumière hingegen, im festen Griff der Portugiesen, präsentierte sich im Mai bereits sehr bewohnt, gar beseelt, wenngleich von einer nicht unbedingt menschenfreundlichen Seele. In dicken Bündeln hingen Lavendelgarben in allen Zimmern; das hatte Cornelius De Kesel so eingeführt, den Muffigkeit mehr gestört hatte als Ungemütlichkeit. Erst kurz vor der Ankunft der Familie wagte sich der Verwalter ins Haus, der gleichfalls noch zu Lebzeiten von Cornelius De Kesel seine Tätigkeit begonnen hatte und in einem Feldsteingemäuer wohnte, einem zum Pförtnerhaus umgebauten Stall, dort, wo das Grundstück an die Straße grenzte. Er machte eine Liste der im Winter erforderlich gewordenen Reparaturen und kam mit seinen Handwerkern, die hier ein Stück Regenrinne, da einen Wasserhahn, dort einen Fenstergriff in Ordnung brachten. Von den dos Santos' wurde der Mann nicht geschätzt, mußte als eine Art Favorit von De Kesel jedoch respektiert werden und stand weiterhin in einer Art Freundschaftsverhältnis zur Familie.

Gerade die Freunde des Hauses waren ihnen verdächtig. Um so verletzender, daß Marjorie dem Verwalter die Zimmerverteilung mitgeteilt hatte und nicht ihnen. Sie mißgönnten ihm, daß er mehr wußte als sie, und Anna lauschte mit zusammengekniffenen Augen und angedeutetem Kopfschütteln, als vernehme sie den schrillsten Unsinn, während er ihr von seinem Tablet vorlas: »Madame in ihrem Zimmer, Monsieur in seinem Zimmer, Mademoiselle Paula im Blumenzimmer, ihre kleine Tochter in dem angrenzenden Kabinett, Monsieur Max im Durchgangszimmer, Monsieur Allmendinger im grünen Zimmer, Madame Stiegle im Empirezimmer.« Alles Zumutungen nach langen Wochen, in denen das Haus sich ausnahmslos selbst bewohnt hatte.

»Das sind sieben Personen – und Sie kommen ja auch zum Essen dazu.« Es klang wie ein Vorwurf.

Ja, der Verwalter würde bei den Mahlzeiten immer anwesend sein. Er bewachte zwar noch andere Sommerhäuser, aber wenn Marjorie mit ihrer Familie anreiste, dann war er zur Stelle. Auch er war Teil der Erbschaft von Cornelius De Kesel, der selbst im fortgeschrittenen Alter noch an die Dekoration des Hauses gedacht hatte. Den Kamin im Salon wünschte er in einem ländlich naiven Barock marmoriert zu sehen, und da wurde ihm aus der Stadt der englische Dekorationsmaler Damien Devereux empfohlen. Der betrat die Chaumière, um dort zu bleiben. Es war ihm wohl vorher noch gar nicht bewußt gewesen, daß er eine solche Heimstatt gesucht hatte, die ein sicheres Fundament für das tägliche Leben bot und zugleich provisorisch genug war, um sich nicht festgelegt fühlen zu müssen.

Nach der Kaminmalerei, bei der verschiedene Versionen

ausprobiert wurden, fand sich noch anderes, was im Haus neu gefaßt werden sollte. Dem alten De Kesel muß die schweigsam-sarkastische Art des langsam, stets nur wie nebenbei arbeitenden Mannes höchst angenehm gewesen sein. Noch nicht alt, hatte er schon damals tiefe Falten im scharf geschnittenen, eher kleinen Gesicht, sein dichtes, feines Haar fiel ihm beständig in die Stirn. Etwas diskret Tragisches ging von ihm aus. Er hatte sich das Leben bequem eingerichtet, ohne in die Mühle eines regelrechten Berufs zu geraten, hatte ohne Geld denselben Traum vom Leben im Süden wie Cornelius De Kesel geträumt und war nun in die Jahre gekommen, in denen ihm nicht mehr der Kredit gewährt wurde, den er in seiner Jugend genossen hatte; die Augen sahen traurig unter den langen Wimpern hervor, während er an billigen Torpedo-Zigarren saugte. Aber in all dem lag auch etwas von Zuverlässigkeit und Treue, und obwohl die Verwaltung von La Chaumière, die er schließlich übernommen hatte, nie wirklich überprüft wurde, enthielten seine Abrechnungen nichts Mißtrauen Erregendes, das war schon in Ordnung so.

Und er war klug genug, es nie zum Streit mit den dos Santos' kommen zu lassen. Seine Korrektheit entwaffnete sie, sie zogen sich im Umgang mit ihm in schlechte Laune zurück, aber das taten sie bei allen anderen ja ebenfalls.

3

Fritz Allmendinger, in Ruprecht Dalandts Papyros Press der Mann der Zahlen und des Vertriebs, holte die neue Lektorin am Bahnhof ab; Sieglinde Stiegle hatte Angst vorm Fliegen und war mit dem Zug angereist. Die Hitze im Abteil hatte ihr zugesetzt, sie war aufgelöst und machte abwehrende Gesten, als Allmendinger sie umarmen wollte.

»Gut, daß du kommst, Sieglinde. Ich langweile mich zu Tode, und ohne dich kann die Arbeit nicht anfangen – was heißt hier Arbeit; Dalandt kann ja gar nicht arbeiten, hat noch nie gearbeitet. Wir müßten ihn nur irgendwie dazu bringen, den Startschuß zu geben, sonst rutscht uns das ganze Programm davon.«

Allmendinger sah sie bei diesen Worten nicht an, seine Augen waren auf die Straße gerichtet. Sein Sportwagen war ein älteres Modell, das er schonte, aber in La Chaumière hatte er gern damit vorfahren wollen. Das gab ihm Sicherheit und milderte den Druck des fremden Wohlstands, der auf ihm lastete, wenn er in die sommerliche Residenz des Verlegers eingeladen – oder besser: einbestellt – wurde.

Sieglinde Stiegle hatte als Gepäck einen großen Rucksack und eine Tasche bei sich. »Ich war unsicher, was ich einpacken sollte. Dalandt hat gesagt: ›Alles ganz einfach bei uns‹, aber wenn ich ihn mir ansehe, dann kann ich das nicht glauben.«

»Doch, darfst du glauben. Wir beide sind Intellektuelle, ohnehin nicht für voll genommen – man zieht sich zwar zum Abendessen um, aber ich vermute, nur für das Personal. Und du darfst dir auch keine Villa vorstellen, keine großartigen Gartenanlagen. Nein, alles ganz natürlich, bäuerlich, wie aus dem Bilderbuch – antiluxuriös! Ein schlichter Rückzugsort für eine Künstlerseele. Nicht gerade strohgedeckt, auch größer als eine Hütte, aber das Haus ist kaum zu sehen, ins Gelände hineingedrückt, die meisten Räume zur ebenen Erde, die Schlafzimmer im Dachgeschoß mit schrägen Wänden und Mansardenfenstern, aus dem Schornstein der Rauch vom Holzfeuer, jetzt natürlich nicht, es ist zu heiß, aber das gehört eigentlich dazu. Und drumherum nur Macchia, ausgetrocknetes Gestrüpp, Gewürzkräuter, Kaninchen, aber auch kleine Schlangen und Skorpione – besser nicht in Sandalen spazierengehen!«

»O weh, ich habe nur Sandalen dabei …«

»Du wirst kaum zum Spazierengehen kommen. Was du dir klarmachen mußt, wenn du diesen verwunschenen Besitz siehst: Dahinter steht ein ungeheures Geld. Dalandt hat die Tochter des Mannes geheiratet, der in den vierziger Jahren La Chaumière gekauft hat. Der aber war der Sohn von Job De Kesel, und der wiederum hatte nichts mit Künstlerparadiesen zu tun, der hat Bergwerke im Kongo besessen, als das die wichtigste belgische Kolonie war – unvorstellbar reich …« Allmendinger erlag dem Zauber der hohen Zahlen. Multimillionäre gab es inzwischen haufenweise, das hatte keinen Glanz mehr, nach heutigen Begriffen mochte Job De Kesel Milliardär gewesen sein, »vielfacher Multimilliardär«, entfuhr es ihm.

Sieglinde Stiegle vermutete, das sei ein Scherz, aber das war es nicht; er brauchte die Übertreibung, um das, was er beschreiben wollte, in seiner Unbegreiflichkeit deutlich werden zu lassen.

»Ein solches Vermögen!« Und er meinte mit diesem Ausruf nicht einfach nur den Haufen Geld, sondern auch, wie der zustande gekommen war. Die Heerscharen von Schwarzen, die in den Gruben geschuftet hatten – Tausende, das waren Allmendinger auch schon wieder viel zu wenig, Zehntausende, ganze Völkerschaften, ganze Stämme, unter erbärmlichen Umständen, Menschen, die sich gar nicht vorstellen konnten, was mit den von ihnen aus dem Boden gegrabenen Metallen eigentlich geschah, wofür sie gut waren, wohin sie gelangten, wer den Vorteil hatte von der immensen Anstrengung. Und wenn diese Völker nun gesehen hätten, wofür sie Schweiß und Blut vergossen hatten? Nur als Beispiel herangezogen: Ägypten. Die Arbeiter an den Pyramiden, die hatten, sofern sie das noch erlebten, die unerhörten, bis heute überwältigenden künstlichen Berge in ihrer Vollkommenheit geschaut – was hingegen hätte sich den Blicken der Schwarzen aus dem Kongo als Ergebnis ihrer Viecherei präsentiert? La Chaumière, ein Häuschen in der Macchia, mit mürrischen Domestiken, die für die Ankunft von Sieglinde Stiegle Hühnerbeinchen vorbereiteten. Darin, so Allmendingers erregte Rede, drücke sich der Geist des Zeitalters aus: das Verdampfen des Anschaulichen. Es sei dieser malerische Bauernhof in ausgetrocknetem Land einfach kein optisches Äquivalent für die Leiden der ausgebeuteten Kongolesen.

»Was wäre denn eines?« Ihre Stimme klang, als wehre sie sich gegen Allmendingers Pathos, aber der war um eine Antwort nicht verlegen.

»Der Brüsseler Justizpalast, maßlos, brutal, bedrohend – ein Ungerechtigkeitstriumph. Aber doch nicht diese spätkapitalistischen Schäferspiele!«

Sieglinde Stiegle ließ nicht nach. »Der Geschmack hat sich eben geändert. Heute liegt die Botschaft vor allem in der Adresse – im übrigen, je wohlhabender, desto unauffälliger. Und vielleicht ist nicht mehr so viel Geld da wie damals, wer weiß?«

»So viel sicher nicht. Es ist ja schon die dritte Generation, die nicht mehr aktiv mit dem Vermögen arbeitet. Das wird nur noch verwaltet, aber das heißt nicht, daß Marjorie Dalandt eine sorglose Genießerin wäre. Ums Geld geht es den ganzen Tag, gerade mit Dalandt. Er hat Papyros ja schon vor seiner Ehe mit ihr gegründet; es war immer ein Verlag, der nicht leben und nicht sterben konnte, aber das waren zugleich die besten Jahre: Von damals stammt unser Prestige. Seitdem sie für das Ganze bürgt, ist er viel vorsichtiger geworden. Sie besteht auf einer schwarzen Null – Dalandt, sonst so allergisch gegen Politikersprache, benutzt den Ausdruck in aller Unschuld. Und wundere dich nicht, wenn du das Ehepaar den ganzen Tag rechnend erlebst: Das hast du bezahlt, und das schuldest du mir, und das habe ich längst zurückgegeben et cetera, das ist ein richtiges Spiel zwischen den beiden. Sie hat immerhin in Harvard ihren MBA gemacht und hat unseren Dalandt inzwischen zum Buchhalter erzogen. Die Zeiten seines verlegerischen Idealismus sind vorbei. Er sucht jetzt nicht mehr nur die Anerkennung der Feuilletons, sondern will Geld verdienen.«

»Aber das schadet uns doch nicht.« Sieglinde Stiegle hatte aus seinen Worten offenbar einen Anklang von elitärer Sentimentalität herausgehört, verbunden mit der Neigung, dem Chef am Zeuge zu flicken: die Fortsetzung jener männlichen Dominationskämpfe, die schon in Deutschland in seiner Klage zum Ausdruck gekommen waren, er müsse in diesem Verlag alles ganz allein machen, Dalandt kümmere sich um nichts und führe in ihren Besprechungen erhabene Tischreden, anstatt in die sachlichen Niederungen hinabzusteigen. Darauf wollte sie sich nicht einlassen. »Meine Erfahrungen mit ihm sind bisher ganz erfreulich. Er hat Sinn für Lektoratsprobleme und steigt ins Detail ein …«

»Stichprobenartig. Du wirst schon sehen. Er schaut sich nur jede zehnte Seite an.«

»Vielleicht ganz klug. Wenn da alles in Ordnung ist, bedeutet das ja auch schon etwas, und wenn nicht, kann ich daraus Rückschlüsse auf die anderen Seiten ziehen.«

»Du wirst schon sehen.«

Sie hatten die Vororte der Stadt verlassen und befanden sich auf der Landstraße, die in Kunstkreisen weithin berühmt war, weil sie einen ikonisch gewordenen Blick bot. Allmendinger machte eine Geste, als schöbe er einen Vorhang zur Seite. »Voilà, die Montagne Sainte-Victoire! Der

Berg schwebt über der Chaumière, deshalb ist das Haus überhaupt gekauft worden. Es ist eingefügt in ein gigantisches dreidimensionales Cézanne-Gemälde.«

Sieglinde Stiegle drehte den Kopf, so weit es ging. Tatsächlich, da war er, der Cézanne-Blick. Niemals hätte sie diesen von ihr bewunderten Meister als Naturalisten bezeichnet. Sie war stets überzeugt gewesen, daß es sich bei seinen Landschaften um Stilisierungen handelte, die vor allem die eigene Handschrift ausstellen sollten, die sehr spröde, geradezu bröckelige Pastosität, die wie unter Überwindung eines Widerstands aufgetragenen Flecken, die durch viel Weiß ermatteten Farben, das schwache Grün, das fahle Gelb, die nicht ineinander verschmolzenen Farbfelder, und hier offenbarte sich nun, daß der Mont Sainte-Victoire wirklich so aussah: in der Sonne wie ein Kadaver ausgedörrt, trocken wie Gips oder Mehl, blaß und ausgesogen. Dies alles war naturgetreu erfaßt, jedenfalls jetzt im Mittagslicht – abends mochte der Berg seine müden Wangen rosa schminken, aber war es nicht ein besonderes Verdienst seines Malers, daß er sich mit romantischem Lichtzauber nicht eingelassen, sondern seinen Lebensberg in der nüchternen Nacktheit des Tageslichts hatte erscheinen lassen? Phantasie war schön und gut, aber noch aufregender war die Entdeckung, daß ein Kunstwerk, das sie für gänzlich autonom gehalten hatte, in Wahrheit sehr eng an eine Realität angelehnt war und sie sogar übertraf. In ihrem Erstaunen hatte sie Allmendinger einen Augenblick nicht weiter zugehört.

»Es gibt auch einen Maler im Haus, einen Mann mit Familienanschluß und einer für mich unklaren Position, einen

Engländer, der mal angefangen hat, im Haus herumzumarmorieren, und zum Glück bald wieder damit aufgehört hat. Er scheint ein Parasit des alten De Kesel gewesen zu sein, hält sich jetzt aber aus eigenem Recht auf dem Grundstück auf und verwaltet das Haus; ein ewiger Jüngling, inzwischen schon deutlich am Rand zum Greisenalter, eine Art Hippie-Existenz. Und dann, als schweigende und sich gelegentlich gefährlich verdüsternde Norne, ist da noch Marjorie Dalandts Tochter Paula aus erster Ehe mit einem algerischen Galeristen aus Paris. Das sieht man auch, sie ist eine maghrebinische Schönheit mit schwarzen Augenbrauen, dick wie mit einem angebrannten Kork gezogen.«

»Frida-Kahlo-artig?«

»Das trifft es nicht so schlecht, wenn auch ohne Zöpfe. Eine herbe Person, eher knabenhaft, aber ein beleidigter Knabe, wie Knaben eben sind. Hat eine Tochter, zu der es keinen Vater gibt – bei ihr könnte man sich vorstellen, daß sie das Kind ganz allein, in Parthenogenese, aus sich hervorgebracht hat. Ich vermute, sie mag keine Männer, vor allem solche, die dem Alter nach für sie in Frage kämen – so, wie sie den Freund behandelt, den sie dabeihat.«

Sieglinde Stiegle sah ihn von der Seite an. »Das klingt, als wärst du selbst der Beleidigte, womöglich der Zurückgewiesene? Nach allem, was du mir erzählst, müßtest du doch darauf bedacht sein, der Familie nicht zu nahe zu rücken.«

Die beiden hatten beim ersten Kennenlernen entschieden, daß sie füreinander nicht in Frage kamen, was ihr Verhältnis spannungsfrei machte und sogar ein gewisses Vertrauen hatte wachsen lassen, das war nicht selbstverständlich. Der Verlag war klein, der Kernbestand der Mitarbeiter an einer Hand abzuzählen, und nach jahrelangem Zusammenwirken widerstand Dalandt nicht der Neigung, die anderen gegen Allmendinger einzunehmen – damit hatte er auch bei ihr schon begonnen –, während Allmendinger daran arbeitete, eine Front gegen Dalandt zu schmieden. Wobei »schmieden« ein zu starkes Wort ist, denn die Menschen, mit denen er im Verlag zu tun hatte, waren nach seiner Erfahrung nicht aus Stahl, vielmehr überhaupt nicht metallisch, sondern aus biegsamer, zum Zerfallen neigender Materie. Allmendinger meinte aber, beobachtet zu haben, daß Sieglinde Stiegle dem kunstvollen Werben, bestehend aus kleinen Komplimenten, verständnisvollem Lächeln, ernsthaftem Zuhören, wie Dalandt das eben zu mischen verstand, bisher nicht nachgegeben hatte. Der Verleger wurde von ihr genauso abwehrend ironisch behandelt wie er selbst – oder gehörte das schon zum Flirt? Er fuhr fort, ihr Dalandt von dessen bedenklichsten Seiten her zu schildern, natürlich unter sorgfältiger Vermeidung irgendwie gehässiger Untertöne, nein, einfach genauso psychologisierend und analysierend, wie das von einem Kenner der Literatur zu erwarten war. Man sprach in seinen Kreisen schließlich über jeden so, auch über Freunde. Ungedämpfte Solidarität wäre als naiv empfunden worden.

Der Wagen rumpelte jetzt über den Feldweg, der durch ein Steineichenwäldchen zum Haus führte. Sie bogen in eine Kurve, das Wäldchen lichtete sich, und auf dem abfallenden Gelände lag La Chaumière. Zunächst war nur das alte Mönch-und-Nonnen-Dach sichtbar, dann die Nebengebäude, die ein Geviert bildeten und die Anlage geradezu wie einen kleinen Weiler aussehen ließen.

»Allerliebst«, sagte Sieglinde Stiegle und spitzte die Lippen, um dem altmodischen Lob den richtigen mimischen Kommentar mitzugeben, obwohl das soeben niemand würdigen konnte.

4

Marjories Taktlosigkeiten wurden dadurch erträglich, daß sie das, was für andere peinlich sein mochte, mit einer Ruppigkeit äußerte, die anästhesierend wirkte. Was ihr gerade durch den Kopf ging, sprach sie aus, ungefiltert, und die Zuhörer verstanden das und billigten ihr eine gewisse Unschuld zu. Wer täglich mit ihr zu tun hatte, Ruprecht, Paula, der Verwalter Damien, war ohnehin abgehärtet – da fiel die kleine Nike heraus, die schnell gekränkt war und ihrer Großmutter nicht verzieh, wenn sie Wünsche handgreiflich durchsetzte; ein sechsjähriges Mädchen zweimal um etwas zu bitten kam für Marjorie nicht in Frage. Nur bei ihr stimmte Nike kein Wehgeschrei an, wenn sie ihr mit festem Griff aus der Hand nahm, was sie nicht anfassen sollte. Das Heulen ging erst los, wenn Paula, die Mutter, hinzutrat, und konnte überhaupt so lange aufgespart werden, bis ihr ein Höchstmaß an Aufmerksamkeit sicher war.

»Sind Sie die Nachfolgerin von …« Marjorie wandte sich, den Suppenlöffel leicht in der Hand wiegend, von Sieglinde Stiegle zu Fritz Allmendinger. »Wie hieß noch Ihre letzte Freundin?«

Sieglinde Stiegle errötete, Allmendinger haspelte vage Erklärungen, denn beide waren nicht darauf vorbereitet, zu diesem Punkt Auskunft zu geben. Daß da seit neuestem möglicherweise doch etwas in der Luft lag, war eher unwahrscheinlich, vor allem was Sieglinde Stiegle anging, die zwar Ausschau nach einem Freund hielt, zugleich aber ein Mißtrauen gegen Männer in ihrem Alter hegte, die noch nicht vergeben waren. Und Allmendinger war weder Witwer noch geschieden, sein Freiheitszustand nicht greifbar.

»Sie gehören offenbar zu den klugen Frauen, denen das Aussehen ihrer Partner gleichgültig ist. Nicht zu diesen dummen Gänsen, wie ich eine bin. Bei meinen beiden Ehen habe ich auf die Schönheit der Männer geachtet – Toufik war so schön, daß sich die Leute auf der Straße nach ihm umgedreht haben, und Ruprecht war zwar an den Ecken schon etwas abgestoßen, ich allerdings auch. Sie glauben mir vermutlich nicht, daß meine Mutter bildhübsch war, ein Mannequin, sagte man damals noch, was ja auch Puppe heißt, und genau das war sie in ihrem kurzen Leben. Leider hat nicht sie mir das Gesicht vererbt, sondern mein Vater, ich bin seine Verdopplung, und zum Glück hat sich bei Paula dann Toufik durchgesetzt. Und bei Nike …«

Wohin strebte sie in ihrem unbedachten Monolog, während alle Anwesenden auf ihre inzwischen leeren Teller blickten? Hat der Ehemann die Pflicht, einer sich abzeichnenden Entgleisung seiner Frau zuvorzukommen? Ruprecht fand das offenbar nicht; als er den Kopf hob und seiner ins Stocken geratenen Frau ins Gesicht sah, geschah dies in vollständiger Gelassenheit, ja Ausdruckslosigkeit, als denke er: Was habe ich mit dieser Frau zu tun?

Später, als abserviert war und im Salon Whisky angeboten wurde, entspannte es sich wieder. Darauf folgte ein nächtlicher Spaziergang, nur auf gebahnten Wegen, ums Haus herum, eine von Cornelius De Kesel eingeführte Sitte, die den Rückzug der Gastgeber einleitete. Damit war der gesellschaftliche Zwang aufgehoben.

Allmendinger schlenderte mit Sieglinde Stiegle hinter der Familie her. Ziel war ein großes, aus der römischen Antike stammendes Ölfaß aus Ton, auf einem gemauerten Sockel und von hohen Lupinen umgeben, ebenso wenig gepflegt und sogar etwas struppig, als wüchsen sie an einem Bahndamm. Das war auch das Abzeichen der De Keselschen Gemüsegärten, diese leichte Verwahrlosung, die Marjorie beibehielt, indem sie João einfach so machen ließ, wie er es unter ihrem Vater gewohnt gewesen war. Zu den unumstößlichen Gesetzen des Verstorbenen gehörte: Gepflegte Gärten seien kleinbürgerlich, bei ihm müsse es so aussehen, als sei da einmal etwas angelegt worden, was aber allmählich von der Natur zurückerobert werde. Eine Lampe mit weißem Licht hing über dem Hof und bestrahlte die tönerne Amphore wie ein Filmscheinwerfer. Wer in ihre Richtung sah, wurde geblendet.

»Ist es eigentlich schön hier?« fragte Sieglinde Stiegle so leise, daß das Knirschen der Kiesel auf dem Weg die Stimme beinah verschluckte. Sie war unsicher geworden.

Allmendinger antwortete nicht, sondern verweilte in seinen eigenen Phantasien, die er jetzt, ebenso gedämpft, aussprach. »Ich überlebe ein solches Essen, indem ich nicht mehr zuhöre und mir alle Anwesenden als Hunde vorstelle. Bei manchen ist das leicht, der Engländer mit seinem unerschütterlich mannhaften Trübsinn hat ja ohnehin ein richtiges Hundegesicht, von einem Basset etwa, mit den vorwurfsvollen Triefaugen und den hängenden Lefzen –«

»Aber bei den anderen muß man etwas nachdenken.« Sieglinde Stiegle war ihm ins Wort gefallen und schloß sich seinem Spiel mit kleinem Lachen an. »Der Freund der Tochter ist ein Schäferhund, von unbegrenzter Dienstwilligkeit.«

»Ja, aber bei der Tochter ist es nicht so leicht, und wenn ich jetzt sage, die ist ein schwarzer Dobermann, dann meine ich weniger die physische Ähnlichkeit als diese Ausstrahlung von Bedrohlichkeit, das Fehlen einer Beißhemmung, das hinter dem Schweigen verborgen sein könnte.«

»Auf jeden Fall ist sie eine schwarze Hündin, die dunklen Augenbrauen verlangen das einfach. Und ihre kleine Tochter ein Zwergspitz – das kann sich vielleicht noch auswachsen, dieses Spitznasige mit den blanken Nagetieraugen, ihre bösartige Weise, hübsch zu sein.«

»Du magst das Kind also auch nicht, Sieglinde, niemand scheint es zu mögen. Das versucht die Mutter mit verzehnfachtem Aufwand wettzumachen. Es bekommt dadurch das Gefühl, immer auf der Siegerseite zu sein, denn es weiß genau, daß vor Paula alle Angst haben und auf Katzenpfoten gehen –«

Sieglinde Stiegle unterbrach ihn erneut. »Aber die Großmutter ist keine Katze, die ist nun wirklich ein Mops, mit wenig Nase und mit Quellaugen, vermutlich schilddrüsenkrank. Das würde das unkontrollierte Sprechen erklären.«

Das Gesicht habe sie vom Vater. Cornelius De Kesel sei ein feinsinniger Mops gewesen, der Typ des ängstlichen

Despoten. Allmendinger sprach, als hätte er den Alten noch erlebt, was aber nicht sein konnte. Er beschrieb das Photo, das in einem breiten Silberrahmen auf der Kommode seines Zimmers stand. De Kesel hatte darauf churchillhafte Züge, ins Alterslose hineinretuschiert, was Greis und Säugling ineinandergleiten ließ.

»Und welcher Hund ist Dalandt?« Die Frage hätte sie nicht stellen müssen, denn sie hatte sich schon entschieden, und zwar für den afghanischen, langhaarigen Windhund, der ebenso vornehm wie gefühlvoll aussah und dem ebenfalls eine schwere Locke in die Stirn fiel. Und wenn das Fell des Hundes auch noch grau war –

»Dalandt ist schneeweiß, seitdem ich ihn kenne. Ich weiß gar nicht, wie sein Haar als junger Mann gewesen ist. *Le vieux beau* – wie würdest du das übersetzen?«

Sieglinde Stiegle dachte nicht lange nach. »Alternder Schönling.«

»Da siehst du, wie plump wir Deutschen sind. Wenn wir Schönheit begegnen, werden wir giftig.«

»Und doch habe ich es richtig übersetzt.«

Sie hielt inne, denn der vor ihr gehende Ruprecht war ebenfalls stehengeblieben, drehte sich um und kam auf sie zu.

»Sie sprechen von der Übersetzung – wunderbar. Ab morgen wollen wir uns darüberbeugen, in zwei Tagen sollten wir das geschafft haben.«

5

Ruprecht hatte in den letzten Jahren, als ein gewisser Erfolg von Papyros Press sich abzeichnete – darunter auch die weithin beachtete Prämierung als bester deutscher Kleinverlag des Jahres –, seine Tätigkeit als Essayist zurückstellen müssen; das Halten des erreichten Niveaus bedurfte beständiger Anstrengungen. Die Existenz als Schöngeist, die er geführt hatte, als er Marjorie kennenlernte, war längst nicht mehr weiterzuführen, und zugleich hatte er seine Freude an der Ökonomie entdeckt, jetzt, da nicht mehr einfach aus schierem Mangel aufs Geld geachtet werden mußte, sondern eine nennenswerte Masse vorhanden war, bei der das Haushalten sich lohnte. Er widerstand der Versuchung, mit höheren Einnahmen ein bißchen verschwenderisch zu sein; das Leben mit Marjorie hatte ihn gelehrt, daß solche Anwandlungen auf eine Arme-Leute-Mentalität schließen ließen.

Stets sah er den Blick seiner Frau auf sich gerichtet, einen eher zerstreuten Blick, denn sein Verlag interessierte sie nicht, aber sie wurde manchmal von der Neugier ergriffen, wie er zurechtkomme. Sie hatte genügend Geschäftsinstinkt von ihrem Großvater geerbt, um zu wissen, daß die schwarze und die rote Null nicht immer genau zu unterscheiden sind, und war im geheimen bereit, in einer Notlage von Papyros Press einzuspringen; nicht unbegrenzt, aber doch so, daß das Unternehmen noch einmal eine Chance erhielte. Was sie dabei hauptsächlich beschäftigte, war die Frage, wie Ruprecht es anstellen würde, ihr seine Verlegenheit zu gestehen. Aber dieser Augenblick kam nicht, denn sein Verzicht auf das Abfassen eigener Essays trug Früchte. Der Verlag stand jetzt viel stabiler da als zur Zeit ihrer Heirat, und wenn hinter seinem Rücken geraunt wurde, er habe den Verlag durch seine Verbindung mit ihr saniert, dann widersprach er dem nie, wenn er so etwas mitbekam. Das Gerücht von potenten Bürgen im Hintergrund förderte den Kredit. Er hatte seine Gründe, von Marjorie soweit wie möglich unabhängig zu bleiben.

In diesem Sommer sollte die Schreibabstinenz aber einmal unterbrochen werden. Er hatte Allmendinger in dessen verdrossenes Gesicht hinein angekündigt, daß er einen eigenen Essayband vorbereite. Warum eigentlich dachte er trotz wachsender Abneigung niemals daran, diesen freudlosen, jeden Enthusiasmus abtötenden Mann loszuwerden? Das wurde überhaupt nicht erwogen, und auch Allmendinger hatte offenbar nicht vor, den Verlag zu verlassen, obwohl er täglich zu leiden schien, wenn er mit Ruprecht zu tun hatte. Nein, diese unharmonische Konstellation war eisern – gänzlich ausgeschlossen, sie aufzulösen, das hatte geradezu etwas Institutionelles.

Allmendinger betrachtete den Verlag als sein Werk, das war Ruprecht sehr wohl bekannt. Um das Anstellungsverhältnis zu beenden, hätte er den Laden schließen oder verkaufen müssen, die einzige Drohung, die dann doch über Allmendingers Haupt hing und dessen Lage ein wenig ungemütlicher machte. Wenn man es recht überlegte, war dieses festgefahrene Verhältnis mit den grauenvollen Wiederholungen in Dantes Hölle verwandt – der Vergleich kam ihm nicht von ungefähr, denn er plante tatsächlich schon lange einen Dante-Essay, die hohe Schule des Essays schlechthin: der Dante-Essay. Er konnte sich lebhaft vorstellen, wie höhnisch Allmendinger darüber sprechen würde: »Natürlich schreibt er einen Dante-Essay, darunter tut er's nicht, nur was ganz Feines darf es sein.« Und dabei war sein Interesse an der Danteschen Höllenvision aufrichtig. Ohne dem Christenglauben anzuhängen, pflegte er die Gewissenserforschung rücksichtslos und verwandte darauf so viel Zeit, daß Psychologen womöglich von Zwangsgedanken gesprochen hätten.

»Ich bin der, der das und das getan hat«, so sagte er im Stillen vor sich hin, wenn er mit Marjorie über Geld sprach oder mit Allmendinger über das Programm. Und das war ein Dante-Gedanke: Die Menschen waren das, was sie getan hatten – ob in lasterhafter Wiederholung oder auch nur ein einziges Mal. Ihre Tat definierte sie erschöpfend; da gab es keine Ausflucht, kein »Ich ist ein anderer«, im Gegenteil. Zwischen eine Person und ihre Tat paßte kein Blatt Papier – kein Attest, kein Plädoyer, keine die Person und ihre Motive zerlegende Analyse. Die Tat des Menschen war seine Form, ohne die Tat gab es ihn gar nicht, die Tat ließ ihn entstehen, und zwar als einen auf ewig Verdammten. Das war der beunruhigende Gedanke, der aus der ›Inferno‹-Lektüre auf ihn übergesprungen war. Um dies als Bedrohung zu empfinden, bedurfte es nicht der Vorstellung eines Totengerichts, das jedem nach seinen Sünden die Strafe zumißt. Dieses Gericht entstammte der Mythologie, selbst der Katholik Dante hatte es mit archaischen Figuren wie Minos und Radamanthys besetzt. Eine altertümliche Märcheninszenierung, auch als solche erkannt, und doch drückte sie nichts anderes aus als das, was bis heute galt: Ich bin, was ich getan habe. Und wenn das galt, was war dann er?

Ruprecht kannte die Antwort. Zunächst war es, als hätte sich mit der Überschreitung eine bis dahin verschlossene Tür aufgetan, dahinter ungeahnte Möglichkeiten, eine Offenbarung. Aber dann zeigte sich sehr schnell, daß der neue Raum sehr klein war und immer dasselbe darin ablief. Er war seit Jahren mit einem optischen Tinnitus vertraut, mit Bildern, die ihn nie verließen, jedem seiner Worte unterlegt waren und neben jedem seiner Gedanken herliefen. In unbeholfener technischer Sprache: Da war etwas eingerastet, etwas hängengeblieben, ein Kratzer in der Schallplatte behinderte das Weiterwandern des Tonabnehmers. Die Tat war in ein ewiges Jetzt übergegangen und hatte aus sich heraus die Qual geboren, das Kind der Sünde oder gar ihr eigentliches Wesen. Das immer neue Eintauchen in das kochende Pech, das Kreisen unter Feuerregen, das Hocken in der Kloake, das Festfrieren im Eis, ohne jemals darin erfrieren zu können – lange Zeit hatte er sich der nicht selten vertretenen Ansicht angeschlossen, all dies seien Wahnbilder einer sadistischen Phantasie, mit dem Nebenzweck, die Leute einzuschüchtern und den sogenannten Gnadenmitteln der Kirche zuzutreiben, die sich an der Angststeuer mästete. Aber er wußte inzwischen, daß nur wenig Phantasie bei diesen Schilderungen im Spiel war, daß es sich vielmehr um einen Realismus handelte, um ein Phänomen, das keineswegs erst nach dem Tod eintrat, sondern schon bei warmem Blut.

Nicht jede Sünde brachte es hervor. Es mußte etwas sein, was keinesfalls hätte geschehen dürfen, das Verletzen einer Grenze, die auch ein sittlich verwahrlostes Subjekt noch zurückhält. Diese Grenze lag für jeden woanders, je nachdem, wie entwickelt das Gewissen war, aber es gab sie gewiß auch bei einem vollständig verrohten Menschen.

Und wenn sie überschritten war? Dann konnte es zu dem kommen, was Dante in der Hölle beschrieben hatte: Die Gedanken spalteten sich in zwei Teile. Der eine Teil lief weiter und wandelte sich mit den Umständen des Tages, brachte neue Einfälle hervor, stand mit der Umgebung in Verbindung, antwortete, erfand, hatte witzige Einfälle oder geriet in Verdüsterung. Der davon abgespaltene Teil hingegen hielt den begangenen Exzeß beständig gegenwärtig und unterspülte damit die Festigkeit des Denkens; das obszöne Bild, das er bewahrte, war allem Späteren von nun an unterlegt, es relativierte alles. Dante hatte das, was er beschrieb, ganz sicher mit eigenen Eindrücken solide gemacht. Seine Höllenlandschaften bezogen sich auf ihm vertraute Gegenden Italiens, deren Charakter er lediglich steigerte, und deshalb durfte man überzeugt sein, daß er auch die Prägung der bösen Tat gekannt hatte, die sich nicht abschütteln ließ.

Ruprecht wußte, wie es war, wenn der Geist an der begangenen Grenzüberschreitung klebenbleibt und das, was später noch geschieht, entwertet. Ein kurzer Film lief ab,

Tag und Nacht, seit Jahren schon, vor seinem inneren Auge, was sonst er auch tat – während er sich mit Allmendinger über die geplante Leontjew-Übersetzung beriet oder bei einem Abendessen, wenn er neben Marjories alten Freunden saß. Eine weiche Linie von der einen Schulter bis zur schlanken Hüfte und zum Becken, bräunliche Haut, jung und samtig, ein unterdrückter Schmerzenslaut, ein Heben des Kopfes mit tiefschwarzem Haar, aber nicht hin zu ihm, eine fast noch kindliche Hand, die einen Speicheltropfen von den Lippen nimmt, ein Faden bildet sich dabei, und dann hinunterwandert, um sich damit einzusalben, während das Gesicht mit verlorenem Profil wie nachdenklich vor sich hin blickt, die überraschende Erfahrenheit dieser Geste, die Unterwerfung unter seine Wollust, als wäre sie darin unterwiesen worden – dies alles eindrucksvoll, frisch wie am ersten Abend, das Gefühl einer Vergiftung in seinen Adern erzeugend, immer aufs neue, als letztes Bild vor dem Einschlafen und als erstes beim Erwachen.

Viele sind mit dem Wort Ewigkeit schneller zur Hand, als es angesichts der Unvereinbarkeit von Zeit und Ewigkeit erlaubt wäre. Der Bilderunterstrom, der ihn auf die Wahrscheinlichkeit eines Realismus bei Danteschen Höllenstrafen schließen ließ, der hielt erst sieben Jahre an – sieben Jahre lag inzwischen zurück, was als inneres Bild nicht vergehen wollte, unabgeschwächt, stets gleich eindringlich und seinen Körper unter Strom setzend, der in den gut geschnittenen Anzügen jugendlich straff aussah, nackt aber die faltige Sehnigkeit eines Asketen besaß, der mit dem sinnlichen Leben abgeschlossen hat. Ein junges Mädchen sollte so etwas nicht sehen, das war ein Gedanke, der ihn streifte, wenn er sich nach dem Baden im Spiegel sah, die Sorge, die müde gewordene Haut und die zitzig hängenden Brustwarzen könnten das Gefühl des Widerwillens in einer Jüngeren auslösen, was ihn etwa daran hinderte, in Anwesenheit anderer in ein Schwimmbecken zu steigen. Aber dann das Staunen, die Erleichterung, schließlich die Überflutung mit Dankbarkeit, als das Befürchtete damals vor sieben Jahren nicht eingetreten war. Stattdessen nur köstliche Unterwerfung, und auch dieses Erlebnis blieb frisch, ließ sich nicht vertreiben und verhinderte ein Erwachen von Reue. Und auch das verband das bruchlose Andauern der unwillkommen-willkommenen Bilder mit den Danteschen Höllenstrafen. Die Mörder und Verräter, die Geizigen und die Verschwender bereuten ja ihre Taten nicht, noch nicht einmal, weil die sie in die ewige Verdammnis gebracht hatten. Keiner von ihnen dachte auch nur flüchtig: Hätte ich doch nicht getan, was ich getan habe; hätte ich gewußt, was das für Folgen haben würde, dann hätte ich es nicht getan. Nein, keiner der Verdammten vermochte, sich die eigene Person, sein Ich, ohne die verbrecherische Tat vorzustellen.

Und Ruprecht ging es nicht anders. Die unerwartet hohe Strafe für das Geschehene bestand darin, daß es kein Danach geben sollte, auch wenn das Herz das Blut noch jahrelang durch die Adern pumpte, keine Zeichen geistiger Ermattung sich einstellten und selbst Alterserscheinungen maßvoll blieben. Das seidenweiche volle Haar, vor mehr als zwanzig Jahren leuchtend weiß geworden, ließ ihn neben dem künstlichen Orange von Marjories Locken sogar jugendlich aussehen. Aber das alles half nichts, denn er mußte sich eingestehen: Das Leben war vorbei.

6

La Chaumière war behaglich, das typische Landhaus der Vorkriegszeit, dabei war es erst in den vierziger Jahren eingerichtet worden: Der lange Refektoriumstisch, die ländlichen Stühle aus dem achtzehnten Jahrhundert mit korbgeflochtenen Lehnen, die leinenbezogenen Kissen, die warmes Licht verbreitenden Lampen in chinesischen Vasen, das alles war durch die gemeinsame Patina zu einem wohnlichen Ensemble zusammengeschmolzen.

»Mein Vater suchte das einfache Leben. Er hatte das Schloß in der Nähe von Brüssel verkauft und sich ganz auf das Haus hier konzentriert. Gesammelt hat er immer weiter, aber er wollte um keinen Preis eine Sammler-Umgebung, alles sollte wie mühelos hereingespült sein, erst beim zweiten oder dritten Blick sollte man es als etwas Besonderes erkennen. Was wirklich wertvoll war, hat er dem Museum von Antwerpen vermacht – obwohl er, wie ich finde, so wohlhabend nun auch wieder nicht war, um auf solche Werte einfach mal so zu verzichten –, der große Braque, der über dem Kamin gehangen hat, der Juan Gris dort neben der Tür, der Vlaminck auf der anderen Seite …«

Sieglinde Stiegle wiederholte leise und andachtsvoll: Georges Braque, Juan Gris, Vlaminck. Durch die Abwesenheit der Bilder wurde diese Aufzählung noch ehrfurchtgebietender.

Marjorie nahm das wahr. Sie schätzte es, daß die väterlichen Stiftungen Eindruck machten, denn ihr hatten sie wehgetan. »Ich sehe das alles noch vor mir. Manchmal komme ich hier herein und erschrecke: Wo ist denn der Braque? Ich habe mich nicht daran gewöhnt, daß er weg ist, obwohl er dort in Belgien gut hängt. Im Museum will ich ihn dennoch nicht sehen, das wäre, wie wenn ich einen Verwandten im Gefängnis besuchen müßte …«

»Ich habe immer gehofft, du würdest mich im Gefängnis besuchen.« Ruprechts Heiterkeit sollte offenbar die Abwegigkeit dieser Vorstellung betonen.

»Das wäre ja noch schöner.« Marjorie fand daran gar nichts zum Lachen. An der Schärfe ihrer Stimme wurde deutlich, daß sie ihre Verbindung mit ihm als einen Pakt ansah, dem vom Unzumutbaren Grenzen gesteckt waren, und dazu gehörten auf jeden Fall Besuche im Gefängnis, aber was hieß das für das Krankenhaus?

Die Gäste wechselten während des kleinen Dialogs beziehungsreiche Blicke – »siehst du«, schien Allmendinger der Lektorin sagen zu wollen.

Der gelang es, wieder auf die Bilder zurückzukommen. »Aber etwas ist schließlich immer noch da!«

»Was noch da ist, gehört dem Trust, wie auch das meiste andere hier im Haus. Ich muß ausdrücklich darauf aufpassen, daß alles so bleibt, wie es ist, denn alle zwei, drei Jahre kommt meine Schwester aus Kalifornien mit ihrem Photogedächtnis und macht Krawall, wenn sie etwas nicht wiederfindet. Und dabei hat sie bei sich die besseren Sachen hängen.«

»Aber das ist doch ein Cézanne?« Sieglinde Stiegle zeigte mit einer gleichsam entrüsteten Miene auf ein mittelgroßes Aquarell, als sei sie auf etwas gestoßen, das ihr hatte verheimlicht werden sollen.

Das sei ja nun offensichtlich; Marjorie räumte ein, »daß von dem kleinen Kram noch allerhand im Haus geblieben« sei.

Sieglinde Stiegle gab ihrem Erstaunen darüber Ausdruck, daß es sich mit diesem Aquarell tatsächlich genauso verhalte, wie sie es während der Autofahrt erlebt habe: Die Erschöpftheit der Landschaft, die Hitze und Überhelle ausgesetzt war, ihre Staubtrockenheit, das Zerbröselnde des Steins, das sei mit wenigen, wie gegen einen Widerstand erzwungenen Pinselstrichen, die dazwischen weißes Papier frei ließen, festgehalten worden.

Marjorie sah sie überrascht an, als denke sie: Vielleicht ist die Frau gar nicht so dumm? »Wenn man mit dem Blatt vor die Tür geht und zum Berg hinblickt, dann sagt man: Richtig gesehen, stimmt! Naturgetreu, ohne naturalistisch oder auch nur realistisch zu sein, das konnte er – das hat er sogar erfunden.«

Im Inneren von Sieglinde Stiegle regte sich die Versuchung. Sie unterdrückte aber die Frage, wieviel Geld das Aquarell auf dem Markt wohl brächte, indem ihr im letzten Augenblick eine weniger decouvrierende Frage einfiel: »Und so etwas hängt hier herum, auch wenn das Haus leersteht?« Wenn man sich Besitzersorgen zu eigen machte, dachte man da nicht beinahe selber wie ein Besitzer?

»Zunächst einmal steht das Haus nie ganz leer, denn die Leute kommen ja aus dem Nebengebäude jeden Tag hier herüber, und Damien ist auch in der Nähe, und wenn Anna und João nach Portugal fahren, dann wandern gewisse Sachen in ein Bankschließfach.« Neben dem Cézanne-Aquarell, das nur Stellvertreterfunktion hatte – »die große Landschaft ist in Antwerpen«, Marjorie verkniff sich nicht die Bitterkeit –, hing ein starkfarbiges Frauenporträt, Rot, Schwarz und ein satt bräunliches Inkarnat strahlten förmlich. »Es gibt an sich die Regel: Hänge kein Ölbild neben Papier, die beiden entwerten sich gegenseitig.«

Weder Sieglinde Stiegle noch Allmendinger hatten von dieser Regel je gehört, sie schien ihnen aber sofort evident. Ja, ja, schon richtig, dem blassen, spröden Cézanne-Blatt tue die Nachbarschaft der überlebendigen Frau nicht gut –

»Aber wir lassen sie trotzdem nebeneinander, denn der Cézanne ist das wertvollste Blatt und sollte den besten Platz haben. Und außerdem ist das Haus kein Museum, das hätte mein Vater gar nicht gern gehabt. Ich finde zu viel Theater um die Bilder spießig, Sie wissen schon, diese Punktstrahler und Bilderleuchten – unerträglich. Die Bilder sind uns ins Haus geschneit, nun sollen sie sehen, wie sie hier zurechtkommen. Auch Sie müssen schließlich sehen, wie Sie bei uns zurechtkommen.«

Sie sagte das geradezu wegwerfend; Sieglinde Stiegle zuckte zusammen und suchte wieder den Blick von Allmendinger, der gleichfalls verlegen aussah, obwohl er diese Art der Gastgeberin schon kannte. Es war auch gar nichts Böses damit beabsichtigt; zum Ausdruck kam nur der unbedingte Wille, nicht konventionell zu sein, den sie von ihrem Vater übernommen hatte.

Kein Wunder also, daß sie begann, von ihren Eltern zu sprechen. Als Cornelius De Kesel ihre Mutter, eine Deutsche aus Bielefeld, geheiratet habe – »sie mußte allerlei lernen, die Arme!« –, sei das junge Mädchen, »bildhübsch, wie gesagt, aber ahnungslos, ein Opfer für einen Pygmalion«, unaufhörlich mit neuen Verboten vertraut gemacht worden. Schon gar nicht habe etwa ein Weihnachtsbaum ins Haus gedurft, und als sie »bloß mir zuliebe – ich war gerade in die Schule gekommen und wünschte mir wie die anderen einen Weihnachtsbaum zu Hause, Kinder sind Konformisten –, als sie dieses Verbot also nicht ernst genug nahm und einen mit Lametta geschmückten Baum im Salon aufstellte, da hat mein Vater in stummer Wut den Baum gepackt und draußen im Hof zerhackt. Unvergeßlich! Er war originell. Diese Frau in Schwarz und Rot hat er gekannt, das Bild ist ein später Derain – mein Vater wollte, daß es hierbleibt, da gab es wohl eine sentimentale Beziehung. Derain hat er auch gekannt; er fand es eigentlich nicht so gut, daß der sich von seinen Fauves-Anfängen abgewandt hatte und irgendwie klassisch malen wollte, aber für ein Porträt ist das natürlich vorteilhafter. Mein Vater sagte, das Bild sei dem Modell ähnlich, für mich ist es ein Allerweltsgesicht – so sehen doch tausend Frauen aus.«

Sie liebte es, an den Bildern ihrer Umgebung ein bißchen herumzumäkeln, sie jedenfalls nicht mit naivem Besitzerstolz vorzustellen. Unabhängigkeit, das war es, was sie anderen über sich mitteilen wollte. Der verheizte Weihnachtsbaum war ihr zur Fackel dieser Freiheit geworden.

»Ich finde trotzdem, daß du nicht so schroff zu den Gästen sein solltest«, sagte Ruprecht ihr später. »Das sind, hm, das sind doch kleine Leute, die verstehen so etwas nicht.«

»Du bist hier der Arrogante«, war ihre Antwort. »Die beiden sind sehr souverän, die brauchen keine Schonung.«

Ruprecht stand, während sie die Bilder kommentierte, schweigend daneben. Er machte durch seine Haltung deutlich, daß er in die Familie eingeheiratet hatte und den größten Wert darauf legte, sich vor Gästen nicht als Eigentümer aufzuspielen. Selbst das bewundernde oder kritische Kommentieren hielt er für fehl am Platze. Vor einem großen Blatt, das ein heranwachsendes Mädchen zeigte, dessen gespreizte Schenkel aus einem hochgerutschten Rock hervorsahen, nahm seine Miene den Ausdruck unerschütterlicher Sachlichkeit an.

»Jules Pascin«, sagte Marjorie. »Für mich ist das erotischer Kitsch, aber meinem Vater waren seine Pascins furchtbar wichtig. Er hat immer behauptet, er habe Pascin noch gekannt, aber das ist eigentlich nicht möglich, es sei denn, er hätte ihn als Fünfzehnjähriger kurz vor dessen Tod noch irgendwo mitbekommen. Jedes zweite Wort meines Vaters war: Den Soundso habe ich noch gut gekannt, die Sowieso war eine große Freundin von mir. Ich habe nie daran gedacht, so etwas zu überprüfen, hätte das auch kaum gekonnt, denn die Betreffenden waren meistens tot. Manchmal sind mir allerdings Zweifel gekommen.«

Ruprecht brach sein Schweigen, er wollte vor seinen beiden Mitarbeitern jetzt offenbar doch nicht ganz aus dem

Spiel bleiben. »›Den hab ich gut gekannt‹ – das war eine Redensart damals, damit sind viele Leute freigebig umgegangen. Und wenn man tatsächlich einmal zugeben wollte, einer namhaften Person nie begegnet zu sein, dann sagte man: ›Wir hatten gemeinsame Freunde.‹«

Marjorie beachtete die Bemerkung gar nicht. »Diese Pascin-Mädchen – heute würde er dafür wahrscheinlich verhaftet. Ich glaube, die sind alle nur gezeichnet, mit der Tuschfeder, und dann mit Aquarellwolken rosa und hellblau koloriert.«

»Finde doch mal ein anderes Wort als Kitsch.« Ruprecht wandte sich an die anderen. »Ich glaube, wir machen es uns mit dem Kitsch immer etwas zu leicht. Es ist ein Triumphgefühl damit verbunden, ein komplexes ästhetisches Phänomen, das man nicht in den Griff bekommt, mit der Fliegenklatsche zu erledigen. Kitsch – das ist ja schon vom Klang her ein Klatschwort.«

Auch Allmendinger widersprach Marjorie. »›Kitsch‹ finde ich für den Pascin etwas zu streng, man darf doch auch mal träumen«, und zu Sieglinde Stiegle: »Was sagst du denn zum Kitsch – wie übersetzt du das ins Französische?«

Die freute sich, Marjorie beispringen zu können. »›Kitsch‹ ist unübersetzbar, das Wort wird aber in allen europäischen Sprachen offenbar als so notwendig empfunden, daß man es überall als Fremdwort übernommen hat – als ob es die Augen für ein Phänomen geöffnet hätte, das man vorher nicht gesehen hat ... für etwas, was mit ›verlogen‹ oder ›unecht‹ nicht erschöpfend erfaßt ist. Und seitdem sieht die ganze Welt beständig etwas Kitschiges.«

»Das Wort sucht sich die Dinge wie ein Virus, um sie

anzustecken, und dann sind sie kontaminiert und wertlos geworden. Allmendinger?« Ruprecht hatte einen Einfall, an dem er seinen Mitarbeiter sofort teilhaben lassen wollte; er gab sich stets Mühe, ihn zu behandeln, als gäbe es zwischen ihnen keinen anderen Abstand als den des Alters. »Wäre das nicht ein schöner Stoff für unsere Essay-Reihe? Die Ausrottung des Kitsches – Krieg gegen ein verhängnisvolles Wort?«

Allmendinger riet meistens von solchen Augenblickseinfällen ab. »Wer könnte das denn übernehmen? Eigentlich nur Sie, aber Sie sitzen schon an Dante, und Sie wollten die Reihe doch nicht allein schreiben.«

Die Gruppe hatte sich dem nächsten Bild genähert, das über einer ausladenden bäuerlichen Kredenz hing. Dort standen Straßburger Fayencen, eine Terrine in Form eines Wirsings, eine andere in der eines Truthahns. Der Kopf mit dem charakteristischen Hautlappen unterhalb des Schnabels ragte vor den Bilderrahmen einer gelbgrundigen abstrakten Komposition.

Das sei ein Matta, erklärte Marjorie, hier auch deswegen vertreten, weil der Maler in der Nähe gelebt habe. Als wolle sie einer ironischen Bemerkung ihres Mannes zuvorkommen, ergänzte sie eilig, doch, doch, den hätten sie nun tatsächlich gekannt, sogar besucht, sie selbst erinnere sich gut an ihn, obwohl das Bild aus einer frühen Periode stamme, den dreißiger Jahren: »eine Art abstrakter Surrealismus – vom Begrifflichen her eigentlich eine Unmöglichkeit, aber wenn man es ansieht, begreift man das sofort.«

In schwefelgelbem Raum, der wie aufgesprüht wirkte, schwammen blasenartige Objekte, die in ihrem Innern reich strukturiert waren, edelsteinartige Quallen, jede einzelne studierenswert. Das war das erste Bild, bei dem ihr eine gewisse Wärme anzumerken war.

Sie begreife noch heute nicht, wie es der Gier der Antwerpener Kuratoren entkommen sei. »Wenn ich es hätte behalten wollen, hätte mein Vater es sofort weggegeben. So war er, ein menschenfreundliches Ekel.«

»Der Weihnachtsbaum«, raunte Sieglinde Stiegle.

Marjorie hatte das mitbekommen, sie wollte ihr wenig töchterliches Urteil etwas zurechtrücken. »Er hatte kein leichtes Leben, müssen Sie bedenken. Er war der Erbe eines bedeutenden Vermögens, fühlte sich aber nicht berufen, es immer weiter zu vergrößern – das war doch eigentlich ganz anständig. Nur, wenn man ein Vermögen nicht vergrößert, dann bleibt es sich nicht gleich, sondern wird weniger, das ist ein Gesetz. Er hat das durchaus gesehen, aber es hat ihn nicht beunruhigt. Anstatt sich mit seinem Geld zu beschäftigen, hat er sich eine Unmenge Standpunkte zugelegt, lauter unumstößliche Lebensregeln, Geschmacksurteile, politische Anschauungen – Papa war ziemlich links, zum Glück hat er Ruprechts ewige Kulturkritik nicht mehr kennengelernt, er hätte ihm das Haus verboten. Das fing damit an, daß alle vor jeder Mahlzeit eine getrocknete Feige essen mußten, fünfzigmal durchgekaut, ging weiter mit der Verachtung von Raffael –«

»Kitsch«, sagte Ruprecht mit unbewegter Miene.

»Bis hin zum schon erwähnten Verbot von Weihnachtsbäumen. Er war wie ein Brahmane oder orthodoxer Jude – mit so vielen Gesetzen, die unbedingt einzuhalten waren, daß es für nichts anderes Zeit gab.« So sei auch das Haus hier ausgesucht worden. Genau an dieser Stelle habe er wohnen wollen, als er in noch jungen Jahren darangegangen sei, sein Leben fern der Geschäfte zu etablieren. Mit dem Blick Cézannes auf diesen Berg habe eine neue Art zu sehen begonnen, und das habe die Mentalität der folgenden Epochen zutiefst verändert. Die Natur habe genau hier diesem neuen Sehen zugearbeitet – »das Blendende der Sonne, das die Landschaft terrorisiert und zersplittern läßt, und das alles im Auge des Genies, das als erster Mensch eine Antwort auf dieses Phänomen gefunden hat …« Marjorie wiederholte ziemlich wortgetreu ihren Vater, verlor aber den Faden, vielleicht auch, weil ihr plötzlich einfiel, wie regenverhangen und düster es im letzten Winter in der Chaumière gewesen war – keine Sonnenblitze weit und breit, welche die Landschaft hätten ausbrennen und zerfetzen können –, aber sie fügte ein weiteres väterliches Wort hinzu, das durch seine Apodiktik verdeckte, daß sie ins Schleudern gekommen war: »Das Phänomen Cézanne hätte niemals im Schwarzwald entstehen können.«

Aus ihr nicht ganz deutlichen Gründen fanden die meisten das komisch, und wer Gelächter erntet, hat recht.

7

Sieglinde Stiegle war in einen Rausch der Wißbegier geraten. Sie fühlte sich durch Marjories Mitteilsamkeit ermuntert, wie ein Kind Fragen zu stellen, indem sie mit dem Finger auf etwas zeigte: Und was ist das? Allmendinger guckte weg, das war zu peinlich, aber Marjorie schien nicht so zu empfinden. Sie hielt freimütig Vorträge und machte wie stets gern mit den Mängeln der fraglichen Objekte bekannt.

Das da, das sei eine Urne von Bernard Palissy – wenn sie echt wäre, ein Vermögen wert, »sehen Sie mal, wie die Eidechse und die Schlange darauf herumkriechen«. Und das da, ein Pferd aus der Tang-Zeit, auch nicht echt. »Mein Großvater hat sich eine Menge Kopien und Fälschungen andrehen lassen, lauter Zeug, das man damals haben mußte, weil es eben in eine bürgerliche Wohnung hineingehörte – die Innenarchitekten sind Strolche, die schleppen Wagenladungen von Dekorationsgegenständen an und schaffen Kunden einen Hintergrund, die gar keinen haben.« Aber ihr Vater sei von einer unerhörten Loyalität gegenüber dem Großvater gewesen. »›Ich will in Ehren halten, was er für echt und kostbar hielt, sein Irrtum hat die Sachen für mich geadelt.‹« Im übrigen sei es eine Wissenschaft für sich, eine Palissy-Vase zu beurteilen. Sie selbst sehe gar keinen Unterschied »zwischen diesem Ding und den Töpfen im Museum«.

Hier gab es wieder entspanntes Gelächter. Das Gefühl, von den angesammelten Kostbarkeiten erdrückt zu werden, wich von Sieglinde Stiegle. Sie begann, Sympathie für die Frau zu entwickeln, die sie eben noch eingeschüchtert hatte.

»Ist doch erfrischend, wie lässig die beiden mit ihrem Erbe umgehen – wohltuend«, flüsterte sie Allmendinger zu, als Marjorie und Ruprecht für einen Augenblick beiseite gingen, um Häusliches zu besprechen. »Sie gefällt mir viel besser als er. Dalandt schwankt immer zwischen Unnahbarkeit und allzu großem, schon beinahe verlegen stimmendem Verständnis.«

»Ein geheucheltes Verständnis.« Allmendinger wollte jedem Irrtum von Anfang an wehren. »Er interessiert sich für dich und mich nicht die Bohne, aber wenn er glaubt, daß man das merkt, dann wird er plötzlich einfühlsam. Das ist immer ein Zeichen, daß er sich ertappt fühlt.«

»Und seine Frau so ungezwungen und offenherzig – man kann ihr eine gewisse Grobheit gar nicht übelnehmen. Ein seltsames Paar, wie tut sich so etwas zusammen?«

Was Allmendinger darauf antworten wollte, ging unter, denn die Führung wurde fortgesetzt. Erst gegen Ende des Bilderbetrachtens kam es noch einmal zu einem kurzen Wortwechsel über Malerei, zwischen dem Ehepaar natürlich, die anderen hielten sich zurück. Man war aus dem

Speisezimmer in den Salon gegangen – hier hatte Damien Devereux marmoriert, Marjories Hinweis darauf bedachte der die ganze Zeit schweigend anwesende Maler mit dem Ausdruck von Selbstbewußtsein und Ungeduld – und war von dort in einen weiteren, jetzt ganz im Schatten liegenden kleinen Salon gelangt. Um etwas darin erkennen zu können, mußten die Läden geöffnet werden. Erst jetzt zeigte sich, was hier hing, zunächst im Dämmer und dann in gleißendes Licht gehoben.

»Oh«, sagte Sieglinde Stiegle, »ein alter Holländer!« Auf Bilder, die nicht aus dem zwanzigsten Jahrhundert stammten, sei man in diesem Haus gar nicht vorbereitet, »aber auch die Werke des zwanzigsten sind schließlich schon historisch und haben mit der Gegenwart kaum mehr etwas zu tun.«

»Ach, Himmel, unser alter ›Holländer‹, Sie sagen es ganz richtig. Das war das Mißverständnis, deshalb ist das Ding gekauft worden, vom Vater meines Vaters oder wahrscheinlicher noch von seiner Frau, die, offen gestanden, erst seine Köchin gewesen ist – warum auch nicht? Ende des neunzehnten Jahrhunderts wurden noch mal am laufenden Band Eßzimmerstilleben à la Holland des Siebzehnten produziert, keineswegs billig, damals müssen die Eltern meines Vaters solche Sachen in London gekauft haben, für ihre düstere Belgravia-Gruft. Versteht sich, daß mein Großvater nie gejagt hat, er war ja mit seinem Geschäft befaßt. Höchstens in Afrika mag er mal rumgeballert haben.«

Ein Jagdstilleben – eine Wildente und eine Feldtaube, eng aneinandergeschmiegt, jeweils an einem Bein aufgehängt, vor einer grauen Kellerwand. Das Licht fiel von links, Kopf und Flügel der Ente warfen einen dunklen Schatten. Im kleinen Salon kam das Licht jedoch von rechts auf das Bild – hätte es anders gehangen, dann wäre ein Trompe-l'œil-Effekt entstanden, denn die Malerei wirkte verblüffend plastisch.

»Stellen Sie sich ein Eßzimmer der edwardianischen Epoche vor: Ebenholzthrone um einen Tisch, darauf ein schwerer Teppich, in den Zimmerecken Ritterrüstungen. Wir haben Photos aus der Zeit, das war alles ziemlich schrecklich, kalt und staubig, das denke ich immer, auch bei diesem Bild. Für mich kaum glaublich: Es ist zur gleichen Zeit entstanden wie Cézannes ›Große Badende‹ oder sein großes Apfelstilleben, ist das zu fassen? Und der Maler war an sich gar kein ahnungsloser reaktionärer Spießer. Mein Vater behauptete, ein Deutscher, angeblich ein Freund von Courbet, von Fantin-Latour sogar gemalt, ein Zeitgenosse der größten Meister, kannte mit Gewißheit Zolas Aufsätze über den Salon – und malt einen solchen Quark. Das Komische ist, daß es das einzige Bild ist, das in diesem Haus mir gehört, alle anderen sind Inventar der Chaumière und Stiftungsvermögen, ausgerechnet das hier ist meins. Was hat mein Vater sich dabei nur gedacht? Ich ahne es leider: Er wußte, daß meine Schwester es haben wollte. Verstehen Sie? Dann konnte er gar nicht anders, als es ihr wegzunehmen, das war ein innerer Befehl.«

Sieglinde Stiegle hatte zunächst mit Wohlgefallen das Wildstilleben des unbekannten Deutschen betrachtet, war aber durch Marjories Rede ganz zu ihr hinübergezogen worden und staunte nun auch, wie es möglich sein konnte, daß in der Vortruppe der Fortschrittsarmee nicht alle

Künstler mitmarschiert waren, sondern manche auf einer Linie weitergearbeitet hatten, die offensichtlich schon verlassen war. Hatten sie die Zukunftstrompeten nicht blasen hören? Dankbar wandte sie sich an Marjorie: »Da kann man mal sehen, was man auch von einem schlechten Bild alles lernen kann, das ist ja wirklich Geistesgeschichte, was man da erfährt. Das Unheil der historischen Verspätung, das verhängnisvolle Kleben am Überwundenen, auch politisch so gefährlich …«

Ruprecht verharrte in seiner äußeren Unbeteiligtheit, war dahinter aber nachdenklich geworden. Eigentlich befolgte er den Grundsatz, niemals in ästhetischen Fragen Partei zu ergreifen, das sei sinnlos. Jeder fälle sein Urteil aus der eigenen Lebensgeschichte heraus – unmöglich, eine Biographie, zu der man nun einmal verurteilt sei, zu revidieren. Marjorie hätte er deshalb nie widersprochen; er ließ sie in dem Glauben, er sei ein blinder Büchermensch. Ohnehin hätte sie, wenn er ihr Widerstand geleistet hätte, angenommen, daß es ihm nicht um die Sache, sondern um etwas anderes gehe. War es die Bemerkung von Sieglinde Stiegle, die ihn die übliche Vorsicht hintansetzen ließ, sein Eindruck, daß ihre Ahnungslosigkeit noch nicht zur Meinung petrifiziert war? Oder fand er »ein schlechtes Bild« für ›Taube und Wildente‹ doch gar zu dreist?

Marjorie zog die Augenbrauen hoch, als er zu sprechen begann, fiel ihm aber nicht ins Wort. Er sprach wie immer in mildem, einschmeichelndem Ton, der zugleich sicher wirkte; es gab Leute, und nicht so wenige, die diese Stimmlage als arrogant empfanden. Die anderen sind zu dumm und zu unwichtig, um mich zu ärgern, so mochte das mancher auffassen, der erlebte, nicht einer Meinung mit ihm zu sein.

»Verzeihen Sie, Frau Stiegle, hier muß ich schnell einschreiten – apropos ›schlechtes Bild‹. Und zwar ganz unabhängig davon, wie ein Kunsthistoriker es beurteilen würde, der evolutionär nach dem DDC-MMC-Schema vorgeht.« Er sah die Ratlosigkeit in ihrer Miene und fügte, noch etwas leiser, um eine gesprochene Fußnote anzudeuten, hinzu: »Daviddelacroixcourbet-Manetmonetcézanne«, alles zu einem Wort verbunden und das Schema allein dadurch schon in Frage stellend. »Kurzum, ganz unabhängig von diesem Schema, in dem dieses Bild natürlich überhaupt keinen Ort mehr hat, gilt es festzuhalten, daß es sich um ein vorzüglich, ja staunenswert gut gemaltes Bild handelt.«

»Das ist ein Geschmacksurteil, damit kommst du nicht durch.« Aus Marjories Worten sprach das Vergnügen, daß ihr Mann hinter seiner Beherrschtheit dabei war, in Eifer zu geraten.

»Keineswegs ist das ein Geschmacksurteil. Dieses Bild verdankt sein Entstehen der Befolgung nachprüfbarer, ich möchte sagen, kodifizierter Regeln aus einem riesigen Regelkatalog, der in Jahrhunderten gewachsen und im neunzehnten Jahrhundert unter Führung der École des Beaux-Arts in den großen Akademien überall in Europa geordnet, klassifiziert und beschrieben worden ist.«

»Ich wußte gar nicht, daß du dieses Bild jemals zur Kenntnis genommen hast.« Marjorie klang spöttisch, aber auch verwundert. Ihr Mann dozierte sonst nicht in ihrer Gegenwart, den Mitarbeitern im Verlag war das freilich vertraut. Und weil er soeben in Fahrt kam, ließ er sich auch nicht aufhalten, als sie ihn spüren ließ, daß sie das gar nicht schätzte. Heute riet ihr eine innere Stimme, das erst einmal durchgehen zu lassen. Manchmal entstand aus einem nichtigen Anlaß ein ernstes und womöglich unbeherrschbares Zerwürfnis; so etwas zu vermeiden gehörte zu ihrer beider Kunst. »Wenn man ein bißchen aufpaßt, ist es ganz leicht, verheiratet zu sein«, verkündete sie gern, wenn sie von fremdem Eheunglück hörte.

Seine Antwort klang denn auch beherrscht, er überhörte den Spott. »Ich habe mich tatsächlich noch nicht besonders mit diesem Bild beschäftigt, erst jetzt gerade, als wir es zunächst im Dämmer gesehen haben und dann die Fensterläden aufgegangen sind. Da, im Licht, habe ich es entdeckt: Es ist ein Meisterwerk.«

»Also buchstäblich eine Erleuchtung …«

Ruprecht überhörte weiterhin den ironischen Unterton und sprach mit freundlichem Nachdruck weiter. »Ja, eine Erleuchtung, die dieses Bild aber auch braucht. Es verbirgt sich nämlich, nach dem Willen seines Malers, vor dem oberflächlichen Blick.«

Er wandte sich jetzt wieder Sieglinde Stiegle zu, auch um deutlich zu machen, daß er seinen Eindruck nicht länger mit seiner Frau erörtern wollte. Ja, die große abendländische Malerei, das Erbe der vorangegangenen Jahrhunderte, im Geist des neunzehnten Jahrhunderts rationalisiert und organisiert, »verwissenschaftlicht«, dürfe man durchaus sagen, die sei hier auf dieser Leinwand, wie ihm eben erst klarwerde, auf die Spitze getrieben worden – und das, während die akademische Schule schon im Sterben gelegen habe oder eigentlich sogar bereits gestorben sei, wie die gleichzeitig entstandenen ›Großen Badenden‹ es mehr als bewiesen. In diesem historischen Moment gehe also ein Maler hin und male in einer so fein abgestimmten Tonigkeit, daß beinahe eine Monochromie entstehe; Grisaille wolle er das schon nicht mehr nennen. Und diese Monochromie – die beiden Vögel beinahe ausschließlich in den feinsten Grautönen gemalt, in einer verzauberten Blässe –, die erzeuge im richtigen Licht den Eindruck einer Schwere und Körperlichkeit schier übernatürlicher Art; die Taube sei tatsächlich anders als ein reales Tier, nämlich erheblich größer als eine richtige Wildtaube, mithin ein phantastisches Wesen. »Und auf einmal sehen Sie, daß aus den hundert Grauschattierungen Farben auftauchen, wie unter einer Eisdecke nach oben steigend. Der Tonmaler huldigt in geradezu mikroskopischer Abschwächung den alten, den vorakademischen Buntfarben Rot, Gelb und Blau, die hier im Grau verborgen, von ihm gewissermaßen umhüllt sind. Man kann sich gar nicht vorstellen, wie das gemacht worden ist. Noch mal«, so Ruprecht unerwartet streng, »obwohl die Vögel anatomisch genauestens wiedergegeben sind, ihre Flügel, die sich unter dem Gewicht müde spreizen, die Festigkeit und die Schaumigkeit des Gefieders, die kalte Ledrigkeit der Füße, die Hornigkeit des Entenschnabels, ist das Bild vor allem eine Naturphantasie.« Dieses Rot, Blau, Gelb – »dieses Rosa, Blausa, Gelbsa«, wie er sagte, um mit einem Scherz Sieglinde Stiegle zu fangen –, das habe mit dem natürlichen Gefieder gar nichts zu tun, das sei ein Abschiedswinken der europäischen Malerei, eine letzte Botschaft der Kunst.

Sieglinde Stiegle folgte seinen Ausführungen beinahe

widerwillig; bei Allmendinger hingegen war alle Mühe vergebens. Ruprecht wußte, daß sein Mitarbeiter intransigent war und schwieg, wenn er, der Verleger, erkennen ließ, daß ihm etwas am Herzen liege, also sehr häufig.

»Ich frage mich, warum wir immer denjenigen besonders feiern wollen, der irgend etwas zum ersten Mal gemacht hat«, schloß Ruprecht seinen Vortrag. »Ist es nicht ebenso bemerkenswert und, vom Menschlichen her gesehen, vielleicht noch viel anrührender, wenn jemand etwas zum letzten Mal vollbringt, und zwar nicht schwächlich, dekadent, blutlos, sondern im Vollbesitz aller Qualitäten, welche die Sache einstmals besessen hat? Der hier ist solch ein Letzter, der seine Vorgänger in den Schatten stellt – aber es hilft nichts mehr. Auch der Beste kann die alte Kunst nicht mehr retten, was für ein Schicksal.«

Sieglinde Stiegle war jetzt bereit, sich auf seine Gedanken einzulassen. »Richtig, wenn man in der Kunstgeschichte ›spät‹ sagt, dann hat das immer etwas Abwertendes.«

Überschwenglich stimmte Ruprecht ihr zu. »Ja, ›spät‹, das ist immer ganz schlecht – und diese toten Vögel, die sind nicht nur spät, die sind sogar zu spät. Der Zug ist längst abgefahren in Richtung der ›Großen Badenden‹, für die nichts von der Kunst dieses Stillebens die geringste Bedeutung mehr hat. Im Gegenteil, gerade das Kunstvolle daran spricht aus dem Blickwinkel der ›Großen Badenden‹ mit ihren Schemen stark gegen diese toten Vögel – sehen Sie allein den Schatten, den die Ente wirft. Wahrscheinlich das Kühnste auf dieser Leinwand, eine leuchtende Schwärze, nicht einfach schwarze Ölfarbe, sondern vermutlich in zwanzig hauchfeinen Schichten gemalt.«

Marjorie fügte ihrer Ironie Hochmut hinzu. »Ja, was denkt denn ihr? Geschmack hat mein Großvater zwar keinen gehabt, jedenfalls keinen, der über sein Milieu als Unternehmer in den Kolonien hinausging – was hätte er nicht alles an Negermasken mitbringen können? Statt dessen keine einzige. Die gefielen ihm nicht! Aber Dreck hat er sich dennoch nicht andrehen lassen – nein, nein, teuer und handwerklich perfekt, das mußte schon sein. Was das mal gekostet hat, das bekäme man wahrscheinlich nicht mehr dafür, aber es gibt ja einen Markt für Genrekunst des Neunzehnten, Orientalismen und Ähnliches, da könnte das schon etwas bringen.«

Ruprecht sah sie an. Seine Miene war verändert, etwa mißtrauisch? Seine Frau sprach niemals über den Wert oder besser die Preise der Bilder, das schien sie sonst überhaupt nicht zu interessieren, war unter ihrer Würde. Wollte sie ihm jetzt einen Schritt entgegenkommen, indem sie seine Parteinahme für ›Taube und Wildente‹, was das Ökonomische anging, gar nicht so abwegig fand?

8

Max saß am Flügel und übte die ›Katzenfuge‹ von Scarlatti, um sich von dem ewigen Debussy etwas abzulenken. Er war über die Tastatur gebeugt, hatte das Gummiband aus seinen blonden Locken genommen, die bei den heftigen Bewegungen des Kopfes flogen, und spielte mit der rechten Hand Triller um Triller, während er mit der linken dazu einen rhythmisierten Bass donnern ließ. Es war später Nachmittag, und es wurde immer heißer, als drehte eine Titanenhand langsam den Regler einer Weltheizung auf. Max trug ein ärmelloses rosa Shirt, tagsüber gestattete Marjorie das, obwohl sie Paula einen Blick zugeworfen hatte – »gratuliere zu deinem Geschmack«, so konnte man den deuten. Mit dem Üben störte er niemanden, wurde sogar dazu ermutigt, denn Marjorie liebte die Vorstellung, daß in der Chaumière »gearbeitet« werde. Gerade das helle Geklimper mit seinen endlosen Wiederholungen fügte sich gut in die schläfrige Sommerhitze ein und ließ das nimmermüde Konzert der Zikaden zur weiteren Stimme einer eintönig-hypnotischen Komposition werden. Das Shirt war von Schweiß getränkt, die Arme leuchteten weiß im verdunkelten Salon, denn Max mied die Sonne; er bekomme davon Kopfschmerzen, habe vermutlich eine Sonnenallergie, wie er den Eltern der Freundin treuherzig auseinandergesetzt hatte. Die hatten ihm schweigend gelauscht und dann beide gleichzeitig von etwas anderem zu sprechen begonnen. Nie war das Paar sich so nah wie in Fragen der gesellschaftlichen Mechanik, da bestand eine unbestreitbare Zusammengehörigkeit.

Paula kannte sich aus mit dem Mienenspiel ihrer Mutter und hatte sich verfinstert, was ihr mit den schwarzen Augen unter den balkenartigen Brauen ausdrucksvoll gelang. Mutter und Tochter waren es gewohnt, sich gegensätzlich zu verhalten; die oft unfrohe Heiterkeit der Älteren wurde von der Jüngeren mit Zorn beantwortet, und wenn Marjorie verärgert war, erschien auf Paulas Gesicht ein dünnes Lächeln. Nur im Umgang mit Nike blieb sie sich stets gleich. Was die Kleine auch tat, sagte, verlangte, ablehnte, es antwortete ihr zuverlässig der sanft-besorgte Liebesblick, den das kräftigste Geschrei nicht trüben konnte. Sowie Nike etwas von ihr wollte, veränderte sie sich. Ihre alarmierte Miene zeigte: Jetzt ist es ernst. Nichts hatte noch Bedeutung, nichts durfte Anspruch auf Berücksichtigung erheben, wenn die Tochter das Wort an sie richtete. Paula unterbrach sich dann sofort, machte runde Augen und einen spitzen Mund, eine Miene schrankenloser Liebe und heftiger Besorgnis, und wurde für kurze Zeit ein anderer Mensch. Die Unerreichbare, Unerschütterliche, Verschlossene, allenfalls anzüglich Lächelnde wurde zu einer aufgeregten Glucke.

Mit dem Instinkt eines Welpen nahm Nike wahr, wie

ihre Mutter sich mit anderen Leuten betrug, ohne offenbar durch diese Spaltung des Verhaltens irritiert zu sein. Im Gegenteil, sie bezog aus der Widerspenstigkeit Paulas gegenüber ihrer Umwelt die Gewißheit, daß die Mutter sich niemals mit den anderen gegen sie verbünden würde, was immer sie auch anrichtete. Marjorie war als Großmutter völlig einflußlos, gab sich allerdings auch wenig Mühe, das Herz der Enkelin zu gewinnen. Ruprecht hingegen, mit zerstreuter Güte und Sanftheit, vermied es, sich mit dem Kind zu beschäftigen, ja war, als Nike noch ein Kleinkind gewesen war, zurückgewichen, wenn es sich einmal ergab, daß er sie halten sollte. Zu mehr als Duldung der kleinen Launen fühlte er sich als Stiefgroßvater wohl nicht verpflichtet, aber von Paula wurde großelterliche Zuwendung auch nicht eingeklagt. Dieses Kind war allein ihr Ressort. Es war in Ordnung, daß Nike sich jedem anderen Familienmitglied gegenüber wie eine Fremde verhielt.

Auch gegenüber Max. Der hatte sich in der Überzeugung gewiegt, vorzüglich mit Kindern umgehen zu können, und hatte herbe Abfuhren von Nike hinnehmen müssen. Was er ihr mitbrachte, pädagogisch wertvolles Spielzeug mit abgerundeten Ecken, würdigte sie keines Blickes oder warf es unter die Kommode. Ein Wort des Dankes vermochte kein Geschenk aus ihr herauszulocken; der blanke, leere Blick des Mädchens veränderte sich nicht, wenn ihr etwas überreicht wurde. An Druck auch nur der behutsamsten Art, »extra vergine«, war bei ihrer Erziehung nicht zu denken. Mahnungen der Großmutter hatte Paula von Anfang an in einem Ton unterbunden, daß sich dergleichen nicht wiederholte. Max hatte Erfahrung mit Klavierunterricht für

Kinder gesammelt und zunächst gemeint, Nike in die Anfangsgründe seiner Kunst einweisen zu sollen. Das einzige, was er damit erreichte, war, daß sie entdeckte, wie sie ihn am besten beim Üben störte.

Im dämmerigen Zimmer saß er nun schon seit einer Stunde über die Tasten gebeugt, als gälte es, die Bewegung seiner Finger auf dem kühlen Elfenbein akribisch zu erforschen. In seiner Konzentration bemerkte er nicht, daß Nike sich von hinten anschlich, und schreckte auf, als sie mit der Hand jäh auf die Tasten haute. Das Schreien, das dem Reflex folgte, sie wegzustoßen, rief Paula herbei, die große Trösterin, die ihm einen verächtlichen Blick zuwarf.

Als das Kind den Raum verlassen hatte, versuchte er, den Vorfall noch einmal anzusprechen. Es sei doch seltsam, daß dieses Kind von Musik angelockt werde, aber nur, um sie dann kaputtzumachen. Es gehe Nike auch sonst immer ums Kaputtmachen: Blumen abzureißen, einen Kuchen anzubeißen und dann wegzuwerfen, ein Gespräch der Erwachsenen zu unterbrechen.

Da hatten sich bei ihm Beobachtungen angesammelt, obwohl er geneigt war, derlei zu übersehen, denn eigentlich vertrat er, was Erziehung anging, die Doktrin seiner Zeitgenossen: bloß keine Dressur, keine Leistungsforderungen, keine Disziplin, erst recht natürlich keine Strafen. Doch im Umgang mit Nike begann er, Zornesregungen bei sich festzustellen, die er zu unterdrücken suchte; was er Nike ersparte, mußte er gegen sich selbst wenden. Nachdem sie ihm diese intensive Übungsstunde verdorben hatte, entfuhr ihm eine Frage, die er bereute, kaum daß sie ausgesprochen war.

»Von wem hat das Kind das? Paula, du bist doch nicht so … so destruktiv.«

»Ach, nicht?«

Paula war schnell gereizt, wenn sie ein Kompliment bekam, und tat alles, um es Lügen zu strafen. Das Gespräch auf Nike zu bringen, dazu war allein sie berechtigt, und selbst wenn sie die Originalität und den Zartsinn ihrer Tochter pries, hörte sie nur mit Ungeduld zu, wenn er ihr zustimmte, als traue sie seinen Worten nicht. Aber heute, nach der tückischen Störung seiner Arbeit, versagte seine Behutsamkeit. Deren Polster war aufgezehrt durch die Willensanstrengung, Nike nicht kurzerhand eine Ohrfeige zu verpassen, sondern sie bloß milde zu ermahnen.

»Nein, bitte, woher hat sie das?«

Was für eine Frage! Eigenschaften vermögen bekanntlich im Rösselsprung durch den Stammbaum zu hüpfen; längst vergessene Großonkel und Urgroßmütter sind imstande, in späteren Generationen wiederaufzuerstehen. Aber Paula wußte sofort, daß es Max nicht darum ging, vorbehaltlos zu ergründen, welcher Vorfahre Nike seinen Charakter vererbt habe, sondern daß er etwas wissen wollte, was sie ihm schon zu Beginn ihres Zusammenlebens ein für allemal verweigert hatte.

Sie hatte ihm die Zeit geschildert, als sie das Kind erwartete, diese turbulenten Monate. »Selbstverständlich mußte ich das Internat in Vermont verlassen« – obwohl sehr fortschrittlich, war man auf Wochenpflege dort nicht eingestellt. Immer neue Verhöre habe man zu Hause mit ihr angestellt, auf die schiefe und gemeine Tour, stets aufs neue scheinbar beiläufig darauf zurückkommend. Wenn ihre Mutter etwas erfahren wolle, sei sie zäh, wiege einen in Sicherheit und schlage dann gleichsam von hinten zu.

»Wir müssen aus reiner Vorsicht wissen, wer der Vater ist. Nike ist eine Erbin – nicht nur von mir, auch von deiner Seite, das Bennis-Vermögen. Da könnten Ansprüche entstehen, möglicherweise zu einem unwillkommenen Zeitpunkt, da muß man vorsorgen. Unsere Anwälte müssen sich den Kerl vorknöpfen, die entsprechenden Verzichtsurkunden müssen her. Es geht nicht immer nur um dich, meine Liebe, es geht auch um deine Tochter …«

Solche vernünftigen Vorhaltungen hatten Paulas Zorn hervorgerufen. Sie hatte eine harte Stimme. Wenn sie laut sprach, hielt Marjorie sich die Ohren zu und wich zurück – bis zum nächsten Mal. Bei einer anderen Gelegenheit hatte Paula sich etwas einsichtiger gezeigt.

Marjorie könne beruhigt sein. Der Mann, der Nike gezeugt habe, werde niemals Ansprüche welcher Art auch immer erheben.

»Weil du ihn gar nicht kennst? Weil er dich nicht kennt? Weil du selber nicht weißt, bei wem es passiert ist? Ihr habt heute andere Gewohnheiten als wir vor fünfundzwanzig Jahren, ohne daß ich mir besonders brav vorgekommen wäre …« Was in ihrem Tonfall mitschwang, bewies, daß sie nicht ganz so gleichgültig war, wie die Worte es vermuten ließen.

Das fand in Ruprechts Anwesenheit statt, der musterhaft zugehört hatte. Als er die Schärfe in Marjories Stimme wahrnahm, legte er die gebräunte Hand auf ihren weißen Arm mit den vielen Sommersprossen.

»Ich finde, Paula macht das großartig.« Sanft wie Schnee

waren seine Worte auf ein wüstes Feld gefallen. »Und Nike wächst hier bei uns so geschützt auf, daß sich solche Fragen, die nur weh tun, gar nicht stellen.«

Und dann war Ruhe, für lange Zeit. In der Familie bildete sich das starke Gefühl, daß Nikes Vater nicht einfach unbekannt sei, nein, daß es tatsächlich keinen Vater gab, daß sie in Jungfernzeugung entstanden sei, wie Allmendinger das genannt hatte. So blieb es, bis Max auftrat.

Wie üblich bei jungen Paaren, hatten sich die beiden über ihr Vorleben ausgetauscht, vielmehr die Versionen davon, die mit der Selbstachtung noch vereinbar waren. Max hatte nichts Wesentliches verschwiegen, er hielt mit seinem Curriculum nicht hinterm Berg, und da zeigte sich bald das Verworrene der Jahre zwischen zwanzig und dreißig: drei abgebrochene Studien, auch eines als Musikpädagoge – was er dabei aufgeschnappt hatte, sollte jetzt offenbar bei Nike Anwendung finden –, eine Weltreise, die in Indien wegen einer hartnäckigen Infektion beendet werden mußte, Auftritte als Jazzpianist mit damit verbundenen Versuchen, eine kleine Combo zu gründen, was nur für kurze Zeit gelang, Wiederaufnahme des Studiums am Konservatorium, und hier endete das Curriculum. Es fehlte ein Blatt, auf dem dann hätte stehen müssen, daß er, seitdem er mit Paula lebte, gänzlich in ihren Dienst getreten war. Liebesverhältnisse hatte es in den besagten zehn Jahren immer gegeben. Bei seinem Aussehen geschah das Anbandeln ohne größeren Aufwand, nur war sein Magnetismus offenbar nicht stark genug, denn nach kurzem fielen die Mädchen von ihm ab wie vollgesogene Blutegel, ein schmerzloser Vorgang auf beiden Seiten, und es gab nicht eine darunter, der er einen kleinen sentimentalen Erinnerungsdienst gewidmet hätte. Daß er bei Paula nun schon zwei Jahre aushielt, man könnte sagen, klebengeblieben war, hatte vielleicht vor allem damit zu tun, daß sein Lebenslauf ins Stottern geraten war und der vorher mühelose Wechsel von einem Zustand in den anderen nicht mehr gelingen wollte.

»Im Vergleich zu dir ist bei mir alles ganz einfach abgelaufen. Nach dem Internat – daß ich dort aufhören mußte, das war schade – kam die Schule in Deutschland, aber erstens war mein Deutsch nicht mehr gut genug, und zweitens war Nike ständig krank. Kurzum, ich habe zwei Jahre verloren, dann extern Abitur nachgemacht – weißt du, wie mühsam das ist? Dann hab ich erst mal eine Pause eingelegt, ich war viel zu erschöpft.« Sie legte Wert darauf, zwar stets umlagert gewesen zu sein – in ihren Erzählungen klang es, als mißfiele ihr nichts so sehr, wie wenn man sich um sie bemühte –, daß es aber höchst selten eine Liebschaft gegeben habe, eigentlich nur auf dem Internat, »weil man das dort einfach mußte«. Um so auffälliger, daß sie über den Vater ihres Kindes eine Damnatio memoriae verhängt wissen wollte. »Hörst du, ein für allemal. Frag nie wieder, auch in zwanzig Jahren nicht. Vergiß diese Frage!« Das war so drohend gesprochen, daß es lange dauerte, bis ihm in diesem schwachen Augenblick doch wieder etwas in der Richtung entschlüpfte.

Von ihrem eigenen Vater Toufik Bennis hingegen sprach sie viel. Der junge Anwalt und Galerist aus wohlhabender algerischer Familie stand ihr vor Augen, als wäre er eben aus dem Zimmer gegangen. Sie trug ein Photo von ihm mit sich herum, eine Art Paßbild, es zeigte ein alterslos glattes

Gesicht, kurzgeschoren, schwarzäugig wie sie. »Mami und er haben nicht lange zusammengelebt. Ich habe ihn erst richtig kennengelernt, als er schon krank war. Er wurde sehr dünn; als kleines Mädchen konnte ich ihn im Bett aufrichten und ihm ein Kissen in den Rücken stopfen, das war schön. Ich tat ihm weh dabei, aber er hat keinen Laut von sich gegeben.«

Zwei Jahre nach seinem Tod heiratete ihre Mutter Ruprecht Dalandt. Von dem sprach Paula wenig, nichts Böses und nichts Gutes. Sie erwähnte aber, was er ihr alles zum Lesen gegeben habe, das durchzog ihre Berichte über die Jugend. »Er hat mir Sei Shonagon, das Kopfkissenbuch, geschenkt«, »er hat mir die ›Princesse de Clèves‹ vorgelesen«, »er wollte, daß ich mich mit Virginia Woolf beschäftige«. Immer Schriftstellerinnen, es klang, als habe er sie auf eine eigene literarische Tätigkeit vorbereiten wollen, beinah unmerklich, wie es seine Art war. Obwohl ihren Worten nie eine besondere Sympathie für ihn zu entnehmen war, merkte Max, daß sie vielfältig auf den Stiefvater bezogen war. Er war der einzige, von dem sie Nike fernhielt, um dem Kind ja keine Möglichkeit zu geben, ihm auf die Nerven zu gehen, und auch Nike hatte offenbar verstanden, daß der höfliche, meist schweigsame Mann mit der silberweißen, tief ins Gesicht hängenden Locke von ihren Unordnung stiftenden Aktivitäten auszunehmen war. Wenn er zufällig in ihre Nähe kam, sah sie ihn ausdruckslos an und machte sich dann davon, verkrümelte sich, wie man einen unauffälligen Abgang zu nennen pflegt. Niemand hätte behauptet, er hätte das Kind vertrieben.

9

Bei Ruprecht hätte man das Schweigen lernen können; nie hatte er sich an Marjories Inquisitionen beteiligt. Wenn sie ihn spitz darauf aufmerksam machte, sie habe seine Unterstützung bei diesen peinlichen Befragungen vermißt – es gehe immerhin um das gemeinsame Schicksal, und überhaupt verstehe er doch, daß ihr, seiner Ehefrau, die Frage am Herzen liege, sei da nicht eine gewisse Solidarität am Platze? –, dann gab er den Verständnislosen, um schließlich mit leiser, nur mit gespitzten Ohren vernehmlicher Stimme, zugleich nachdrücklich, an seine Grundsätze zu erinnern.

Sie kenne sein Credo: Er glaube an die absolute, uneingeschränkte Freiheit für sich selbst, aber daraus folgend auch für die Menschen, deren Leben er teile. Er müßte sich schämen, wenn er nun gerade Paula gegenüber, der er durch sein Beispiel von Kindheit an dieses Prinzip vermittelt habe, nun plötzlich inkonsequent würde – zumal ihn die Sache, da er nicht ihr leiblicher Vater sei, gar nichts angehe. »Auch als dein Ehemann bin ich nicht betroffen, denn sie hat das Bennis-Erbe und ist jetzt schon völlig unabhängig.« Und sie habe seinen Respekt belohnt. »Sie hat mir in die Hand versprochen, daß der Kindsvater niemals irgendwelche Ansprüche erheben werde, weder auf Umgang noch auf Unterhalt – auf gar nichts.«

Marjorie war nachdenklich geworden. Wer fiel ihr denn ein, der Paula vor sieben Jahren öfter besucht hatte oder mit dem sie verabredet gewesen war, irgendeinen Kerl mußte es doch gegeben haben? Aber aus Paula war noch nie etwas herauszuholen gewesen, auch damals schon, als noch von keiner Schwangerschaft die Rede gewesen war. Jede Ermutigung zu kleinen Geständnissen, ob denn »bei einem so bildschönen Mädchen wie dir«, das klang aus ihrem Mund beinah vorwurfsvoll, nicht irgendein Anbeter zur Stelle sei, wie man das in ihrer Jugend genannt hatte, war ins Leere gelaufen. Die Lippen ihrer Tochter blieben verschlossen, Marjorie hatte ihr Stummbleiben geradezu als Hohn empfunden.

»Es gibt ja jetzt solche schauerlichen Orte …«

»Was meinst du?«

»Diskotheken mit abgedunkelten Hinterzimmern …«

Marjorie war auf der Höhe ihrer Zeit, auch weit davon entfernt, sich über derlei zu entrüsten, nur für sich selbst wollte sie das, zumindest im Gespräch mit Ruprecht, ausgeschlossen wissen. Aber bieder mochte sie dennoch nicht scheinen. Wenn man das heute so machte, dann sollte es so sein, nur das Kind, in solchem Umfeld entstanden, hätte nicht unbedingt zur Welt kommen müssen. In diesem Punkt war Paula ebenso hart geblieben wie bei der Weigerung, irgend etwas zur Frage des Erzeugers beizusteuern.

»Du siehst doch, daß ihre Erbmasse sich bei Nike durchgesetzt hat, und sie hat alles von Toufik – die Feingliedrigkeit, die bräunliche Haut, die weißen Zähne.« Ruprecht wußte schon, wie er Marjorie, jedenfalls kurzfristig, ablenken konnte. »Und denk immer an den Ziegenbock!«

Er selbst hatte die Geschichte nicht erlebt, das war noch zu Toufiks Zeiten gewesen, Paula war etwa so alt wie Nike jetzt – oder nicht doch erst fünf? Älter als vier jedenfalls. Die Eltern hatten ihr ein junges Ziegenböckchen geschenkt, kaum zwei Monate alt, sie durfte es mit einer Milchflasche säugen und hing mit schrankenloser Liebe an dem anfangs noch unsicher tapsigen Wesen, das sie als seine Meisterin ansah und ihr auf Schritt und Tritt folgte. Wenn das zarte Meckern verriet, daß es sich in der Macchia verloren hatte, sprang Paula auf, lief ihm hinterher und umarmte und küßte es, sowie sie es wiedergefunden hatte. Ihr Kummer war, daß sie es nicht mit ins Bett nehmen durfte – warum ihm keine Windeln anlegen? Kleine Menschen sperrte man doch auch nicht in den Stall, nur weil sie alles aus sich herauslaufen ließen.

Aber als der Sommer vorbei war und die Familie die Chaumière verlassen mußte, gab es bedrohlich wirkende Szenen. Bei der Vorstellung, das Böckchen verlassen zu müssen, weinte Paula so heftig, daß ihr kleiner Körper wie von Krämpfen geschüttelt wurde. Damals hatte der Großvater noch gelebt, der ihr vertrauenswürdiger vorkam als der Gärtner João. Stumm, den Tod im Herzen, lauschte sie seiner Versicherung, er werde sich täglich um den jungen Ziegenbock kümmern. Später gestand Cornelius De Kesel, daß er sich vor ihrem Blick gefürchtet habe.

Paula gehörte nicht zu den Kindern, auf deren kurzes Gedächtnis man zählen kann. Sie zwang ihre Eltern täglich, in der Chaumière anzurufen und sich nach dem Ziegenböckchen zu erkundigen, das übrigens keinen Namen hatte – Paula machte es wie João, der das Böckchen nur »*le bouc*« nannte, der Bock, das stellte ein Verhältnis von gleich zu gleich her. Das Böckchen stand für sie auf derselben Stufe wie sie selbst. Man stieß als Kind zwar unablässig an Grenzen, aber sie empfand das als unwürdig und ersehnte den Tag, wenn das Mißverhältnis zwischen ihrer Erfahrung, ihrem Körper und ihrem geistigen Anspruch aufgehoben sein würde.

Ein Schock stand ihr bevor, als sie bei der Rückkehr im Sommer darauf begreifen mußte, daß *le bouc* diese Phase bedeutend früher als sie erreicht hatte. Er war prachtvoll herangewachsen, mit Fellzotteln, die ihm ein wildes Aussehen gaben, die weit auseinanderstehenden Augen blickten, so schien es, tückisch, und das Gehörn war zwar noch nicht voll entwickelt, aber zwischen den Hinterbeinen baumelte es bedeutend. Der strenge Geruch, der von ihm ausging, verwirrte Paula jedoch nicht im mindesten, und wenn es wohl ungeklärt bleiben mußte, ob *le bouc* sie wiedererkannte, so stellte die furchtlose Sicherheit, mit der sie ihn umhalste, sofort wieder ein enges Verhältnis her.

Aber Marjorie war entsetzt und Toufik jedenfalls besorgt. »Ins Haus kommt das Vieh nicht mehr«, das entschied Marjorie, und Toufik ging noch einen Schritt weiter. Er nahm Paula auf den Schoß und sprach sanft in ihr Ohr, während sie den Kopf an seine Brust geschmiegt hatte.

»*Le bouc* ist jetzt erwachsen. Es geht schneller mit den Tieren als mit den Menschen. Als wir weggefahren sind, war er jünger als du, und jetzt, nach nur einem Jahr, ist er viel älter als du. Er will nicht mehr mit einem Kind spielen, er will Papa von kleinen Böckchen werden. Wir müssen ihm das erlauben.«

»Ich erlaube ihm alles!« Sie hatte sich aufgerichtet, Entschlossenheit im Blick.

Der Vater sah das nicht ohne Rührung, war aber von seinem Vorhaben nicht abzubringen. Was der Bock jetzt zu seinem Glück brauche, sei in der Chaumière nicht zu verwirklichen. Er müsse fort von hier, in eine Ziegenherde. Toufik hatte auch schon eine gefunden, deren Hirte bereit war, sich das Tier schenken zu lassen.

Marjorie vergaß nie, wie Paula das aufgenommen hatte: Das stellte die Verzweiflung beim Abschied von *le bouc* vor einem Jahr noch in den Schatten. »Es war, als hätte sie einen Asthma-Anfall gehabt«, so hatte sie das Ruprecht beschrieben. »Wir waren kurz davor, einen Arzt zu rufen.« Aber als die immer wieder wiederholten Fragen von Toufik und ihr, »was sollen wir denn nur tun? Was willst du, was wir machen sollen?«, endlich zu ihr durchgedrungen waren, wandte sie ihnen das tränenfeuchte Gesicht unvermittelt zu. Sie hatte noch ihr Schluchzen zu bekämpfen, aber sie war nicht mehr verzweifelt, sondern hatte offenbar die Notwendigkeit einer Trennung eingesehen und einen Entschluß gefaßt. »›Ich will ihn essen.‹ Das heißt, mit Toufik hat sie französisch gesprochen: ›*Je veux le manger.*‹« Marjorie staunte immer noch darüber. Was für ein Kind hatte sie geboren? »Damals habe ich die Herrschaft über sie verloren, das wußte ich sofort.«

Ruprecht sagte etwas von »barbareskem Blut, das in ihr lebendig geblieben« sei.

»Ach Unsinn, Toufik war europäisiert, gänzlich domestiziert.«

Marjorie tat, als sei das ein Beweis von Schwäche gewesen, aber sie gab zu, daß Toufik dem Willen des Kindes, der sich auch am nächsten Tag nicht geändert habe, alsbald entsprochen hatte: Ein Metzger wurde gerufen, der *le bouc* in seinen Lieferwagen lud und kurz danach ein Paket mit einigen Kilo Fleisch in der Küche abgab. »Natürlich hat Paula nicht den ganzen Bock gegessen, aber ein paar Stückchen aus der Keule. Ich habe ein Ragout kochen lassen. Wir haben die Augen nicht von ihr abgewendet, als sie die Gabel in das Fleisch stach und als sie kaute, mit unbewegtem Gesicht.«

»Wie gern wäre ich dabeigewesen.« Ruprecht war froh, den Gesprächsgegenstand weit weg von seinem Ausgangspunkt gelenkt zu haben. »Ein prachtvolles Kind.«

»Ein monströses Kind, ein undurchschaubares, zur Grausamkeit fähiges Kind, wolltest du wohl sagen. Dieses ›Ich will ihn essen‹ gehört in dieselbe Ecke wie ihre störrische Geheimnistuerei. So etwas hat sich damals angekündigt.«

»Wobei sie den Mann doch wahrscheinlich nicht gegessen hat.«

Marjorie betrachtete ihn mißvergnügt mit kleinen Augen. »Du stehst immer und in jeder Angelegenheit auf ihrer Seite. Sie hättest du heiraten sollen, nicht mich.«

Er machte eine beleidigte Miene. »Du weißt doch, daß Paula für mich das Kind geblieben ist, als das ich sie kennengelernt habe; davon kann ich einfach nicht absehen. Ich liebe sie und bewundere sie, wie man eine Tochter liebt – ja, sie ist wirklich zu meiner Tochter geworden.«

Bei Marjorie löste das Wort Tochter keine solch zärtlichen Gefühle aus, wie ein kinderloser Mann sie kultivieren mochte. Ihr schien es leicht, für einen Menschen Sympathien zu entwickeln, mit dem man nicht verwandt war.

So war es Max vorbehalten, noch einmal auf das verbotene Thema zurückzukommen, obwohl er gewarnt war. Er übersah die Anzeichen von dem, was sich über ihm zusammenballte, und redete bedächtig und vernünftig vor sich hin, ohne zu bemerken, wie sich der Ausdruck seiner Freundin veränderte. Er streifte sogar die Möglichkeit, Nike zu adoptieren, sollte man zusammenbleiben, denn eines Tages werde das Mädchen einen Vater haben wollen.

»Bilde dir bloß nicht ein, daß ich das für ein verlockendes Angebot halte.«

Das war der noch halbwegs gelassen klingende Anfang ihrer Antwort. Danach brach der Sturm los. »Ich will ihn essen«, das wurde nun wieder vorstellbar. Es sah eine Weile so aus, als werde Max abreisen müssen, nicht weil sie ihn hinausgeworfen hätte, vielmehr aus Selbstachtung, aber er besaß nicht allzuviel davon; zu mehr als der Ankündigung reichte es nicht, vor allem weil Paula keinerlei Versuch unternahm, ihn zurückzuhalten. Nike, die draußen auf der Terrasse im Kies spielte, hörte die erhobene Stimme der Mutter und eilte neugierig zur offenstehenden Tür. Max wandte den Kopf und erkannte, daß seine Abstrafung eine Zeugin hatte. Schwer zu sagen, ob die Kleine verstand, was da verhandelt wurde, und doch meinte er, Zeichen der Schadenfreude auf ihrem Mondgesicht zu entdecken.

An diesem Tag war Schluß mit dem Üben, denn seine Hände zitterten.

10

Ruprecht lag unter einem Moskitonetz in der heißen Sommernacht. Er war müde und fühlte sich wie von einer anstrengenden Arbeit zerschlagen, obwohl den ganzen Tag über nichts anderes angefallen war, als sich mit den Neuankömmlingen zu unterhalten und sie mit der Familie in ein halbwegs ausgewogenes Verhältnis zu bringen. Unverblümt hatte Marjorie schon bei der Begrüßung bemerkt, eigentlich werbe sie schon seit Jahren dafür, daß er aufhöre, Beruf und Privatleben zu mischen und Leute in Verlagsangelegenheiten in die Chaumière zu bestellen. »Das ist doch auch für Sie furchtbar lästig – die lange Reise in der Hitze, und wer ist schon gern bei fremden Leuten zu Gast, selbst Freunde sind doch nach kurzem eine Plage.« Ruprecht hatte dem so ungerührt gelauscht, daß Sieglinde Stiegle, die ihn nicht aus den Augen gelassen hatte, es für möglich hielt, sich diesen unliebenswürdigen Empfang nur eingebildet zu haben. Allmendinger hingegen war dergleichen gewohnt und seinem Chef im Teilnahmslos-Blicken womöglich überlegen.

Ruprecht war erfinderisch darin, sich auszudenken, was

auf andere peinlich oder verletzend wirken könnte, aber er hatte sich von Anfang an bei Marjorie zum Prinzip gemacht, solche Bemerkungen nicht zu kommentieren. »Man muß sich entscheiden – will man mit ihr zusammensein oder nicht? Wenn ja, muß man sie nehmen, wie sie ist, unkorrigierbar, taktlos, schroff, denn ändern wird sie sich nie.« Das ließ ihn weise und gütig erscheinen, obwohl er neuerdings auch die Anstrengung empfand, die mit dieser Haltung verbunden war.

Jetzt noch mehr als sonst, da er außerdem die Gegenwart von Max ertragen mußte. Wie aufreizend wirkte dessen Demut, aber auch die Zähigkeit, mit der er trotz schlechter Behandlung an Paula hing. Unvergeßlich, wie Marjorie ihm begegnet war, als er eben erst schwitzend das Auto ausgeladen hatte.

»Paula sagt, du bist Pianist. Es gibt drei Sorten von Pianisten, jüdische Pianisten, schwule Pianisten und schlechte Pianisten – wozu gehörst du?«

Er darauf, mit einer Unschuld, welche die Provokation nicht wahrzunehmen schien: »Dann gehöre ich wohl in die dritte Kiste. Aber die muß es ja auch geben.«

Wieso muß es schlechte Pianisten geben? Marjorie hatte sich die Frage gespart, die man ihrer Miene trotzdem ablesen konnte. War solche Duldsamkeit, wie der junge Mann sie beständig an den Tag legte, nicht doch verächtlich? Ruprecht spürte unter den weißen Schleiern des Netzes jene Antipathie in sich aufsteigen, die ihn im Umgang mit Max besonders liebenswürdig werden ließ.

»Ich bin falsch«, dachte er, »ich bin in beinahe jeder Beziehung falsch.« Harte Urteile über sich selbst begleiteten in den letzten Jahren häufig sein Nachdenken über den vergangenen Tag, erstaunen hätte ihn nur müssen, wie leicht sie ihm fielen. Er kannte kein Bedürfnis, sich anzulügen. So, wie er war, war es nicht gut – das war in seinen Reflexionen sogar ein beruhigender Schluß.

Er griff zu einer kleinen, in rotes Leder gebundenen Dante-Ausgabe, um vor dem Einschlafen noch ein paar Verse zu lesen. Wäre es nicht gut, den Faden hin zu seinem Essay, der nun durch die Gäste abzureißen drohte, ein wenig weiterzuspinnen? »Ich muß mich mit diesen lästigen Menschen jetzt um Texte kümmern, die mich im Grunde gar nicht mehr interessieren, obwohl ich selbst sie ausgegraben habe. Darf ein Verleger so etwas denken? Wahrscheinlich nicht. Er muß alles, was er herausgibt, wichtig finden. Bin ich also überhaupt ein Verleger?« Ein aufgeschlagenes Buch, das ihm im Liegen auf die Brust sank, war sein zuverlässigstes Schlafmittel, und zugleich kam es ihm so vor, er nähme den Inhalt des Werkes mit der Brust auf, ohne den Umweg über Augen und Hirn. Die Nachttischlampe brannte dann weiter, erst wenn er mehrere Stunden später erwachte, löschte er sie. Jedes Mal erinnerte er sich dankbar an den Tag, an dem Marjorie und er sich für getrennte Schlafzimmer entschieden hatten, als wäre es vor allem die nicht ausgeknipste Nachttischlampe gewesen, die diese Reform nahegelegt hätte.

Wie lange schlief er schon, als ein lebendiges Traumbild ihn aus der buchstäblichen Gedankenlosigkeit riß? Ein Bild von einer Reise mit Marjorie und der sechzehnjährigen Paula nach Algerien. Sie wollten das Mädchen zu seinen Wurzeln führen und hatten auch Toufiks Verwandtschaft in der Stadt besucht. Jetzt sollte es nach Ruprechts Willen um römische Ruinen gehen, vor allem um Mosaikböden – darüber könnte vielleicht ein Buch entstehen, doch, doch, das war im Traum noch von Bedeutung, nur schwierig zu realisieren, denn er sah sich umstellt von ökonomischen Einschränkungen. Dieses Gefühl war vertraut und garantierte die Wirklichkeit der geschauten Situation.

In einem ländlichen Souk wurden Kühe und Kälber auf einen Lastwagen geladen. Die Kühe mußten, was ihnen höchst zuwider war, auf einer Planke, die sich unter ihnen bog, zur Ladefläche hinaufsteigen. Dicht gedrängt stand die Herde vor dem Wagen, Unruhe breitete sich in ihr aus. Einzelne Kühe hoben den Kopf mit den rollenden Augen und öffneten die Mäuler zu dröhnenden Rufen, einem Protest, der Kraft bewies, aber sie waren sich dieser nicht bewußt und hatten Angst. Es polterte, wenn eine Kuh den schwankenden Steg hinaufgezerrt wurde, immer wieder rutschte eine aus. Dann hing ihr Bein in der Luft, zugleich würgte sie der Strick am Hals, ihr Kopf war zurückgeworfen, sie schwebte zwischen Himmel und Erde. Ihr Gewicht war für sie selbst bedrohlich; stürzte sie hinab, würde sie sich die Knochen brechen. Manch eine wehrte sich nicht, sondern versuchte, in Überwindung ihrer Furchtsamkeit zu gehorchen und es den Männern, welche die Herde verluden, leichtzumachen, diesen mageren braunhäutigen Gesellen mit den wilden Zähnen, die Befehle brüllten und die Kühe stießen, traten, schlugen und vorandrängten. Diejenigen, die schon oben standen, Leib an Leib, die Wärme der Nachbarin spürend, beruhigten sich etwas, aber immer hob auch von dort eine den Kopf und antwortete auf ein

Muhen von unten, als ob sich Familienmitglieder etwas zuriefen.

Paula folgte diesem tumultuarischen Vorgang ergriffen und am ganzen Körper bebend, wie er sehr wohl bemerkte, weil er den Arm um ihre Schulter gelegt hatte und sie fest an sich zog. Sie sah zu ihm empor, mit weit geöffneten Augen. Da standen sie mit einem Mal selber auf der Ladefläche, eng zwischen die Kühe gepreßt, und es wurden immer mehr Tiere herbeigetrieben von den Henkersknechten. Die Ladefläche war längst übervoll, und die Schar, in deren Mitte sie ohne Ausweg eingeklemmt waren, bewegte sich voran, immer voran. Augen, die sich verdrehten, umgaben ihn. Er suchte Paulas Blick, sie den seinen, aber wie eine Fremde. Sie wußte, daß er ihr in dieser Lage nicht mehr helfen konnte, und auch er selbst erkannte, daß es keine Hilfe gab – nie wieder Hilfe, nie wieder Hoffnung, denn sie wurden vorangeschoben in den großen Rachen, den Höllenrachen. Das war jetzt plötzlich klar, und was sich da gezerrt und gestoßen voranschob, das waren gar keine Kühe mehr, keine sich drehenden Hälse und hochgereckten Köpfe mit hervorquellenden Augen. Diese alle waren er selbst, und er suchte Paulas Blick, die seltsam ruhig schien und einverstanden mit dem, was geschah. »So kommt das eben«, meinte er sie sagen hören, während es im Dunkeln voranging, und nun tauchte auch zum ersten Mal die Ahnung eines Zieles auf – weit, weit vorne ein rotes Licht, ein Funken eigentlich nur, feurig, aber nicht strahlend, eine Ampel wie in einer Kirche, oder würde sich dieser Punkt aus der Nähe als ein prasselnder Scheiterhaufen herausstellen?

Ruprecht erwachte mit klopfendem Herzen. Diesmal war es willkommen, daß die Nachttischlampe brannte. Als er sich aufsetzte, bewegte sich sein Schatten riesengroß jenseits der Moskito-Schleier an der Wand. Paula war damals über die Maße erregt gewesen, als sie die Verladung von Kühen sah, sie hatte an der Unbeholfenheit und Wehrlosigkeit der Tiere den größten Anteil genommen und war überzeugt gewesen, ein Kalb, das ihr den Kopf zuwandte und sie angstvoll anzuflehen schien, rufe gerade sie zu Hilfe, als hätte es erkannt, daß unter all den hartherzigen Männern sie die Einzige sei, in deren Brust Mitgefühl wohnte. Ruprecht meinte noch zu spüren, wie sie sich fester an ihn schmiegte und zugleich auf den Lastwagen zulaufen wollte. Das lag sieben Jahre zurück – wann war Nikes Geburtstag?

Er hatte kein Gedächtnis für Daten, Marjorie zum Glück auch nicht. Sie hätte nicht nur den eigenen Geburtstag, sondern auch Weihnachten vergessen, wenn daran nicht so massiv erinnert worden wäre. Es wurde jetzt unangenehm zu liegen; die unter das Netz eingedrungenen Mücken machten es notwendig, sich mit einem Leintuch zu bedekken, und darunter wurde es dann wieder schnell zu warm. Er schlief nackt, sein Körper schien in dem gedämpften goldenen Licht der Lampe stark gebräunt und gänzlich fettfrei, von gleichsam indischer Hagerkeit.

Um durchs Haus zu gehen, zog er sich eine weiße Pyjamahose an, dann öffnete er leise die Tür und tappte durch den dunklen Korridor der Treppe entgegen. Unten in der Küche spülte er seinen vom Schlaf schon taub gewordenen Mund aus, dann nahm er eine angebrochene Weißweinflasche aus dem Kühlschrank und ging ins Eßzimmer und weiter in den Salon, ließ sich dort aber nicht nieder, obwohl der Diwan bequem war, sondern betrat den kleinen Salon, der von drei Tischlampen in Chinavasen beleuchtet wurde. Er knipste sie an, das rosa gefärbte Licht füllte den Raum wie eine feine Substanz. Er begann, an den Lampen herumzuschrauben, bald waren die Schirme abgenommen. Jetzt war das Licht hell und weiß.

›Taube und Wildente‹ hing schutzlos vor ihm, kälter beschienen als bei Tageslicht. Allen Gegenständen und vor allem den Menschen tat gedämpftes Licht gut, nicht aber diesem Bild. Der Rahmen warf einen starken Schatten, es war, als wölbte sich die Malerei in den Raum hervor. Das Versteckspiel, das der Maler, der in Fragen der Beleuchtung offenbar bestens bewandert gewesen war, mit den Buntfarben getrieben hatte, die dadurch erreichte Vorspiegelung von Monochromie, war jetzt aufgehoben. Das Grau-Rosa, das Grau-Hellgelb, das Grau-Hellblau der Taubenflügel ließen das Gemälde trotz seiner auf die Spitze getriebenen Zartheit starkfarbig erscheinen. Der Entenkopf war tief tanninbraun, der Schnabel von einer Schwärze, die sich als Klage über die Vernichtung eines Lebens verstehen ließ. Das zart ockrige Hellgrau der Wand, in vielen Schichten aufgebaut, so daß der Putz fühlbar wurde, bildete eine Folie wie eine pergamentene Trommelhaut. »Ist der Maler Jäger gewesen, wie sein Freund Courbet?« Ruprecht wollte darüber nachlesen. Die geschossenen Vögel waren eigentlich weniger als Beute oder Trophäen aufgefaßt – »es ist ihm vielmehr um die im Tod noch bewahrte Schönheit gegangen, und dazu gehört ihr Gewicht: wie sie da schwer an den um die Füße geschlungenen Schnüren hängen«.

Er stand mit seinem Weinglas in dem überhellen Zimmer, näherte sich dem Bild und begann, beinahe mit der Nase darauf herumzufahren. Die Malerei hielt das aus. Sie war von solcher Dichte, daß sie selbst bei dieser quasi mikroskopischen Erforschung nicht zerfiel, sondern Tiefe offenbarte, wie ein Auge oder eine Perle.

Und dann die Entdeckung, die ihn verblüffte, obwohl es ihm vorkam, als hätte er so etwas vorausgeahnt. Plötzlich erkannte er die Achse, um die das Bild kreiste, das Schlüsselloch, durch welches es sich aufschließen ließ. Mitten auf dem blaugrauen, nach unten hängenden Taubenkopf auf dem Schnabel ein zinnoberroter Punkt, die einzige kräftige Buntfarbe in dem ganzen Gemälde, zugleich eine Farbe, die nichts mit Naturbeobachtung zu tun hatte – ein Taubenschnabel ist graugelb –, auch nichts mit den Gesetzen der hier bis zum Alleräußersten getriebenen Tonmalerei. In einem Werk wie diesem war solch ein winziger Zinnoberpunkt nicht erwartbar, man hätte Wetten darauf abschließen können, daß hier niemals ungemischtes Zinnober, so schien es, zur Anwendung gelangt wäre. Wenn man die stupende Leistung des Malers von irgendeinem Standpunkt her – am besten von dem der ›Großen Badenden‹ – als Ergebnis virtuoser Regelbeherrschung und eines akademischen Rigorismus herleiten wollte, dann mußte dieses Urteil angesichts des roten Zinnoberpünktchens in sich zusammenbrechen. Nein, das war etwas anderes, jedenfalls kein Akademismus, aber auch nicht die bedenkenlose Regelverletzung wie bei den ›Großen Badenden‹ und der Unzahl von Bildern, die jenem berühmten Werk gefolgt waren.

Dieser rote Punkt war ein Zeugnis des Genies. Die getötete Natur empfing von hier aus ein neues, verändertes Leben. Ruprecht kannte nichts weiter von dem Maler, aber er war davon überzeugt, daß der so etwas wie den zinnoberroten Punkt noch niemals vorher gewagt hatte, und es war wohl ein Alterswerk. Die Präzision, mit welcher der Zinnober gesetzt war, hatte nichts von einer Augenblickslaune, von Künstlerwillkür. Eine vollendet ausgeführte Komposition an einer zentralen Stelle zu durchbrechen, das mochte einer blitzartigen Eingebung entstammen, war jedoch in ein langes Malerleben eingebettet, in dem sich die Bereitschaft dazu vorbereitet hatte. Wie eine kühne, vorher nie vernommene Gedichtzeile, wie ein noch nie vorher gespielter Akkord in einem Quartett war der rote Punkt ein Ereignis, in dem die Tradition das Neue aus sich heraus gebar. Wer hatte den Schnabel vor ihm bemerkt? Der alte De Kesel, der Kongo-Ausplünderer und Konquistador, der das Bild womöglich im Londoner Atelier des Meisters gekauft hatte? Der Schwiegervater, der feinsinnige Cornelius, der das Bild aus Respekt vor seinem Vater aufbewahrt hatte, obwohl sein Herz einer ganz anderen Kunst gehörte? Immerhin, ein Bildbetrachter war er gewesen, obwohl im Fall von ›Taube und Wildente‹ auch ein Bildverächter.

Er hielt es nicht für ausgeschlossen, daß er selbst der erste war, der den geistigen Akt erkannte, den dieser zinnoberrote Punkt darstellte. Der fiel ja eben nicht schreiend aus der Komposition heraus, er stiftete in seinem Anderssein keine Unruhe. Eine geistige Großtat hatte in Ruprecht vielleicht den einzigen Zeugen. Hätte er sie nicht entdeckt, wäre es ihr ergangen wie so vielen genialen Einfällen, die niemals von irgendwem bemerkt worden sind. Sie waren dennoch in der Welt, denn eine geistige Tat wirkt auch ohne Publikum, aber eben auf unbestimmbare Weise. Wer als einziger und erster einen bedeutenden Fund gemacht hat, der mag sich schon fast dem Verfertiger des Entdeckten ebenbürtig fühlen.

Ruprecht schraubte die Lampenschirme wieder fest. Das war, als verwische er die Spuren seines Abenteuers. Als er das Licht löschte, zeigte sich das Bild in neuer Gestalt. Es mußte nicht angestrahlt werden, um zu wirken, es gewann jeder Art von Beleuchtung das Beste ab. Jetzt wurde es mondhaft, wie aus grauem Stein gemeißelt, eine Felsstruktur. Nichts verriet, daß in ihrem Zentrum ein Funken glühte.

11

Nie war es auf dem Gelände rund um die Chaumière so schön wie an einem frühen Sommermorgen. Es war, als hätte das Laub der Steineichen sich in der Nacht gesundgeschlafen, es erschien weniger ausgetrocknet, und wenn es auch nicht zu wirklichem Tau kam, so lag doch eine sanfte Feuchtigkeit in der Luft und machte sie frisch und rein, obwohl es schon kurz nach der Wiederkehr der Sonne begann, heiß zu werden. Marjorie stand früh auf, wenn alles noch schlief, und verließ in einem durchscheinenden Gewand, halb Nachthemd, halb Abendkleid, leise das Haus; dünn und groß, wie sie war, konnte sie so etwas sehr gut tragen. Der Stoff umwehte sie, schmiegte sich an den Körper und löste sich wieder davon, ein Faltenspiel wie bei einer antiken Statue, vor allem, wenn sie schnell lief. Und sie hatte es eilig; ihr Haar hatte nur zwei Bürstenstriche abbekommen, um nach der Nacht auf dem Kissen wieder gelockert zu werden.

Der Feldweg, der vom Haus zur Landstraße führte, war uneben und staubig. Cornelius De Kesel hatte sich stets geweigert, ihn besser befestigen zu lassen, obwohl große Wagen schon darauf steckengeblieben waren. Er hatte den

Eindruck hervorrufen wollen, man bewege sich hier, nur wenige Schritte von der Straße entfernt, schon tief in bäuerlichem Land oder gar in der Wildnis. Anders als zu Cézannes Zeiten wurde in Wald und Heide rund um die Chaumière nun nicht mehr gejagt, die Vögel hatten längst wieder Vertrauen gefaßt und piepsten und raschelten in den Büschen, durch ihr Flattern Staubwölkchen aufwirbelnd. Da kreuzte ein Wiedehopf Marjories Weg, mit aufgerichteter Krone; geschäftig wie auf einem Botengang verschwand er zwischen den Krüppelstämmen zur Seite der Straße. Noch war das Licht rosafarben, verheißungsvoll. Die Kalkwand des Mont Sainte-Victoire, trocken wie Bimsstein, war von Schatten überhaucht – »so hätte man ihn auch malen können, aber das wollte er nicht, Stimmungen sind spießig«. Marjorie schoß dieser Gedanke durch den Kopf, als wäre sie im Gespräch mit Ruprecht. Jetzt war Verkehrsgeräusch zu hören, sie näherte sich der Grenze jenes Gebietes, wo nur ihre eigenen Gesetze walteten und nichts sie hinderte, im Négligé umherzuschweifen.

Das Dach eines kleinen Hauses wurde sichtbar, mit Mönch-und-Nonnen-Ziegeln gedeckt wie die Chaumière: das Pförtnerhaus, das so hieß, obwohl kein Zaun und keine Mauer das Gelände umschlossen; auch das hätte Cornelius De Kesels Gesetz nicht gestattet. Früher hatte ein steinaltes Ehepaar darin gewohnt. Die Frau hatte behauptet, sie sei auf dem Grundstück geboren worden, das reichte für Cornelius De Kesel als Legitimation. Die beiden kamen auf seine Gehaltsliste, auch wenn sie kaum mehr arbeiten konnten. Ihre Tätigkeit hatte vor allem darin bestanden, ankommende Autos aus dem Fenster heraus zu begrüßen und sie zum

Haupthaus weiterzuleiten. Nach dem Tod des Mannes war die inzwischen hilflos gewordene Frau in ein Asyl gebracht worden. Als Damien Devereux das Marmorieren begann, stand das Pförtnerhaus leer, gänzlich verwahrlost, aber der Maler hatte es sich schon länger ausgeguckt. Er war aus seinem Quartier in der Stadt herausgeflogen und stellte an seine Umgebung keine Ansprüche, war außerdem nicht ungeschickt, was Reparaturen anging, und bot De Kesel an, dieses Haus, eher eine steinerne Hütte, in Ordnung zu bringen. Auf die Probe stellen durfte man seine Reparaturen aber nicht, sie hielten, solange sie nicht angefaßt wurden.

Am Türgriff so zu rütteln, wie Marjorie es gerade tat – die Tür klemmte, abgeschlossen war sie nie –, das war nicht vorgesehen, aber da hatte man sie drinnen schon gehört, Schritte kamen die Treppe herab. Ein exakt plazierter kleiner Tritt ließ die Tür aufschwingen. Damien nahm Marjorie den Türgriff ab, den sie in der Hand hielt, und versuchte, weiterhin ohne sie zu begrüßen, ihn wieder an seine Stelle zu setzen. Sie drückte sich an ihm vorbei und stieg die quietschende Treppe hinauf. Während er unten noch bricolierte – das war als wortloser Vorwurf zu verstehen, daß sie in ihrer Ungeduld, den Zustand der Tür genau kennend, schon wieder die Klinke abgerissen hatte –, sah sie sich in dem großen Raum um, der sein Atelier war und in dem er, auf einer Matratze in der Ecke, auch schlief. Es gab sogar eine Kochplatte, die gegenwärtig, während der Anwesenheit der Familie in der Chaumière, aber kalt blieb. Auf einer Staffelei stand ein angefangenes Bild, ›Ansicht des Mont Sainte-Victoire‹ – »leicht cézannisierend«, wie Damien diese Produktion nannte. Er belieferte eine Touristengalerie in der Stadt, die solche Andenken vor allem an Reisende aus dem fernen Osten zu mäßigen Preisen verkaufte.

Unversehens stand er hinter ihr, bei ihm gab die Treppe keinen Laut von sich, er hatte einen katzengeschmeidigen Gang. Sah man seine strichdünnen Lippen, hätte man sich fragen können, wie er damit wohl küßte – gar nicht, war die Antwort. Er klappte den Mund überweit auf wie ein gähnendes Raubtier, als mache er Anstalten, Marjories Gesicht aufzufressen; die Zunge ließ die fehlenden Lippenpolster vergessen. Der Geschmack seines von schwarzen Zigarren imprägnierten Speichels, lakritzenhaft und bitter, störte sie überhaupt nicht, sondern war Ankündigung für das, was sie seit der letzten Visite im Pförtnerhaus, seit vierundzwanzig Stunden also, mit wachsender Ungeduld erwartet hatte. Sie waren gleichaltrig und beide asthenisch, bei beiden hatte die Haut die jugendliche Spannung verloren, aber unter der seinen verbarg sich die harte Muskulatur eines Schnellläufers; beim Militär, wo er als Sergeant ausgeschieden war, hatte er Preise im Wettgehen gewonnen. Die Sonne ließ seine Haut schmutzigbraun werden, ein harter Kontrast zu ihrem buttermilchweißen Teint mit den vielen Sommersprossen, wenn sie eng umschlungen auf der Matratze mit dem länger nicht gewechselten Leintuch lagen. Ihre Skelette offenbarten die Fähigkeit, sich wie Schlangen umeinander zu winden. Das ging nicht ohne Bisse ab, manchmal mußte sie ein paar Tage lang einen Schal tragen.

Sie sagten weiterhin kein Wort. Vor Erregung bekam sie einfach nichts heraus, sie schnappte nach Luft. Erst mußte das ernste Geschäft erledigt werden, bevor sie wieder sprechen konnte. Bis dahin erzeugte sein sehr feines Haar bei ihr einen Niesreiz, den sie verfluchte. Nur jetzt keine Ablenkung, das dachte sie so heftig, daß der Reiz tatsächlich wieder verging. Ruprecht fragte sie dann und wann, ob Damien ein Toupet trage; das war sein Tick, immerfort hatte er irgendwen im Verdacht, ein Toupet zu tragen.

»Doch, doch, man sieht bei ihm keinen Haaransatz, und nach unten hin wechselt das Haar ganz deutlich den Ton.«

Es habe eigentlich gar keine bestimmte Farbe.

»Doch, doch! Im Nacken wird es dunkler, da ist eine richtige Grenze.«

»Du mußt mir schon verzeihen, wenn ich den Mann nicht so genau unter die Lupe nehme. Er ist so häßlich, daß ich ihn kaum ansehen kann«, war dann stets ihre Antwort.

Worauf Ruprecht sie für ihre Undankbarkeit tadelte. »Wir müssen froh sein, daß wir ihn hier haben. Er ist mir lieber als die dos Santos'.«

Der Verwalter erwiderte diese Sympathie, wofern man das so nennen will, in sogar noch entschiedenerer Weise. »Ruprecht ist ein aufrechter Mann«, sagte er gelegentlich, vorzüglich Deutsch sprechend, aber sich nie die geringste Mühe mit der Aussprache gebend. »Ruprecht« reimte sich bei ihm auf »gefleckt« und »geleckt«.

Solche Bemerkungen weckten Marjories Widerspruchsgeist. »Das ist wieder mal so ein typisches Männerritual: sich gerade mit dem Mann zu solidarisieren, mit dessen Frau man schläft. Aber du brauchst gar nicht so ritterlich zu tun, er hat überhaupt keine Empfindungen. Eifersüchtig ist er nicht, viel zu gefühllos. Mein Gott, wie hat sich Paula um ihn bemüht, das vaterlose Kind. Er hat sie frostig abblitzen lassen. Verzeih …« Sie nahm einen affektierten Tonfall an, in dem Ruprecht niemals gesprochen hätte. »Ich kann mich nicht mit Kindern abgeben; diesem dummen Egoismus und der infantilen Erpressung fühle ich mich nicht gewachsen.«

Damien sah sie mit trübem Blick an, sein Augenweiß war dunkelgelb, als wäre das Nikotin bis dorthin gedrungen. Sie wußte, daß es unmöglich war, ihn zu beeinflussen, gar ihn zu zwingen, etwas zuzugeben, was er nicht wollte, auch bei ganz gleichgültigen Dingen. Unvergessen war sein Kommentar nach einem im Fernsehen übertragenen Fußballspiel, bei dem die deutsche Mannschaft die Engländer glorios besiegt hatte: *»The English were the better team.«* Und das mit derselben Objektivität, die bei ihm nach dem Ausbruch kannibalischer Leidenschaft augenblicklich zurückkehrte – immer erstaunlich, auch jetzt in der gemeinsamen Ruhe auf der Matratze, inzwischen allerdings entknäult.

»Was machst du eigentlich das ganze Jahr, wenn ich nicht da bin?« Drei Monate im Sommer, manchmal eine Woche im Herbst – den fand sie zwar zu kalt, und ein Umherstreifen, leicht bekleidet, auf dem Gelände bot sich dann schon gar nicht an – und ein paar Tage um Ostern herum, »um nach dem Rechten zu sehen«, das sei nicht eben viel für einen Besessenen wie ihn. Da gebe es doch bestimmt noch eine andere.

»Hast du mit den dos Santos' gesprochen?« Ihm war keine Unruhe anzumerken, von Beteuerungen und Rechtfertigungen keine Spur.

Seine Frage war eine Frechheit, dachte sie, sprach es aber nicht aus. Mit dem Personal zu konspirieren, das fiel ihr denn doch nicht ein, da hatte sie ihren Stolz. Er könne machen, was er wolle, er sei frei, sie habe keine Versprechungen verlangt – ach was, das wäre ja das letzte.

Wie oft sind solche scheingenerösen Deklarationen zwischen ungleichen Liebespaaren schon ausgesprochen worden? Daß er frei sei, ließ keine Regung auf dem faltenreichen Gesicht erscheinen. Das Zucken der Augenbrauen galt einer dicken Fliege, die sich auf seinen feinschrumpligen Tränensack gesetzt hatte.

»Also, was machst du, wenn ich nicht da bin?«

Er hob seinen Blick, sah sie unter den langen Wimpern an und wackelte mit dem Kopf wie ein Inder, der ja sagen will. *»I enjoy my wife every day«* – die Indian-English-Nummer, die sie ihn so gern vor Gästen vorführen ließ; während man lachte, empfand sie einen geheimen Schauer. Aber es gab auch etwas, was er ernst nahm, seine Position als Verwalter nämlich, wie sie ihm durch Cornelius De Kesel zugefallen war. »Hör mal, jetzt ohne Spaß.« Sein Blick war unversehens voll zärtlicher Wärme, so daß Marjorie schon dabei war, darauf einzugehen, als er fortfuhr: »Das Dach ist undicht. Über dem Zimmer der deutschen Frau, ich vergesse immer ihren Namen …«

»Sieglinde Stiegle.«

»Kann sein. Der Fleck an der Zimmerdecke wird größer und größer.«

»Der war schon im letzten Jahr da, das ist nichts Neues.«

»Ich habe dich auch schon im letzten Jahr gewarnt – da muß etwas geschehen.«

Kaum ein fatalerer Gegenstand hätte gewählt werden können. Mit den Verwaltern der Familienstiftung lag sie in ständigem Streit. Aus Marjories Sicht war ihr Vater der Schuldige, der nicht geklärt hatte, in welchem Umfang die Nießbrauchsberechtigten für die allfälligen Reparaturen aufzukommen hatten. Dr. Tobler, der Stiftungsvorstand, betrachtete das Stiftungsvermögen als einen Drachenhort, dem möglichst wenig, am besten überhaupt nichts zu entnehmen sei. In seinen Augen waren sämtliche Maßnahmen, die den Bestand des Hauses sicherten, von den Nießbrauchsberechtigten zu tragen, den Schwestern De Kesel also, Marjorie und Elinor, was es für Marjorie noch unerfreulicher machte. Denn das bedeutete nicht nur Kampf mit Dr. Tobler – zeitweise hatten sie sogar über Anwälte verkehrt, doch dann mußte sie einsehen, daß der Mann am längeren Hebel saß –, sondern auch Streit mit Elinor, die von Kalifornien aus der Auffassung war, für grundsätzlich gar nichts aufkommen zu müssen.

»Das Dach ist kaputt, ich habe es mir angesehen.«

»Was heißt ›kaputt‹, das hat doch schon zweihundert Jahre gehalten. Da nimmt man ein Stück Dachpappe und einen Hammer, da steigt man mal rauf, da stellt man einen Eimer drunter, da legt man ein Stück Plastikfolie drüber …« Sie bewies verblüffend praktischen Sinn, als hätte sie im Leben nichts anderes getan, als mit ein paar Handgriffen lecke Dächer hopp-hopp zu reparieren.

Ihre Vorschläge perlten an ihm ab, er hörte gar nicht zu. Er habe vom Dachdecker einen Kostenvoranschlag eingeholt. Der sei aufs Dach gekrochen und kopfschüttelnd heruntergekommen: Balken verrottet, die Feuchtigkeit schon eingezogen, erste Anzeichen von Schwamm. Dann habe er selber mit Dr. Tobler telefoniert, »denn du hättest mit dem Mann nur wieder einen unnötigen Zank angefangen«.

Sie widersprach nicht. Auch jetzt, obwohl sie zutiefst bewegt und empört war, konnte sie sich nicht vom Anblick seines Körpers lösen, der ihr auf eine anziehende Weise mißhandelt, gequält, durchgeprügelt vorkam, wie der Körper eines Galeerensklaven. Auf die Galeere kam niemand grundlos, die Grausamkeit, die man dort erlitt, hatte ihr Pendant in dem, was vor dem Urteil stattgefunden hatte – willkommen-unwillkommene Gedanken, es ging um ihr Geld, da durfte sie nicht abschweifen. Und doch: »Wenn er es richtig anstellen würde, könnte er alles von mir haben; aber er versucht es nicht einmal, ihm ist das gleichgültig.«

Damien war schon einen Gedanken weiter. Dr. Tobler habe, wie zu erwarten, rundheraus abgelehnt, für den Schaden einzustehen, und sogar vermutet, das Desaster sei wohl nur deshalb so groß geworden, weil man nicht rechtzeitig eingeschritten sei – »und das trifft zu«.

»Aber da mußt du doch dagegenhalten. Wir haben das Dach nicht repariert, weil er nicht zahlen wollte! Er ist der Schuldige!«

»Wenn du mit der Reparatur wartest, bis ihr euren Streit beigelegt habt, dann ist das Dach bis dahin eingestürzt.«

»Was hast du da für eine Narbe?« Sie fuhr mit dem Zeigefinger behutsam, als könnte die Stelle noch schmerzen, eine lange, helle Linie entlang, die sich vom Hals über die obere linke Brust bis zur Achsel hinzog, nicht zum ersten Mal übrigens, aber immer neu gefesselt vom Anblick dieser grob verheilten Wunde; ein kosmetischer Chirurg war nicht am Werk gewesen.

»Stacheldraht. Ich bin in eine Stacheldrahtrolle gefallen, weißt du doch längst. Wir müssen jetzt an den Auftrag denken, das Dach muß vor den Regengüssen im Spätherbst dicht werden.«

Die Frage nach dem Kostenvoranschlag wollte ihr nicht über die Lippen kommen; solange sie nichts davon wußte, war die Welt noch schön, der Morgen hell. Und sie brauchte sie auch gar nicht zu stellen. Damien war in gesammelter Aufmerksamkeit bei der Sache. Man hatte ihm etwas übertragen, und er hatte es angenommen, aus freiem Entschluß. Auch wenn Cornelius De Kesel nicht mehr Zeuge wurde, wie sorgfältig seine Interessen wahrgenommen wurden, entlastete das nicht, im Gegenteil. Nun war Damien nur noch sich selbst verantwortlich, und das war erheblich verpflichtender.

»Wenn wir es ordentlich machen, so daß es auch ein bißchen hält, zwanzig Jahre womöglich, dann kostet es hundertzwanzigtausend Euro.«

Marjorie unterdrückte einen Schrei und rückte etwas von ihm weg. Die erschreckende Zahl hatte seine Attraktion unversehens herabgesetzt.

»Wenn wir pfuschen und nur das Allergröbste angehen, dann kostet es sechzigtausend Euro. Aber das ist im Grunde rausgeschmissenes Geld, denn in ein paar Jahren stehen wir vor einer ähnlichen Situation.«

»Der reine Wahnsinn ist das.« Sie löste sich nun vollständig von ihm und richtete sich halb auf, ihr Gesicht, von gesträubten orangeroten Haarwellen umgeben, stand als tragische Maske über ihm. »Damien«, ihre Stimme wurde beschwörend, als ginge es um ein furchterregendes Geheimnis, »ich habe das Geld nicht – ich habe keine sechzigtausend, verstehst du? Das ist einfach nicht da! Ich habe ein

Budget. Du lebst anders als ich, du kennst so was nicht – ein Budget! Daran muß ich mich halten, das ist ein Stahlkorsett! Da sind keine sechzigtausend für provenzalische Dächer drin, nicht für einen Ziegel.« Sie sprach aufrichtig, dieses Budget gab es tatsächlich, und klein war es nicht, nur von anderen Posten restlos besetzt, wobei auch ein gewisser Aufwand eingeschlossen war. Aber »es muß ja alles im Rahmen bleiben«, das war die Lebensregel, der sie sich mit Augenmaß unterwarf, da ging es gar nicht darum, ständig nachzurechnen. Das hatte sie irgendwie im Gefühl – was lag noch im Rahmen, was nicht –, und wenn man sich daran hielt, dann war es ein ästhetisches Vergnügen, wie sich das am Jahresende wieder ausgegangen war.

Für Damien waren solche Plädoyers, im Ton der Hoffnungslosigkeit vorgetragen, bevor sie vor der erbarmungslosen Realität kapitulierte, nichts Neues. Sie werde sich ins Unvermeidliche schicken müssen.

»Sechzigtausend.« Marjorie murmelte, als sähe sie in einen Abgrund. Den höheren Betrag hatte sie schon beiseite geschoben. Hatte Damien ihn nur genannt, damit sie sich mit dem niedrigeren leichter abfand?

»Guck doch mal unter deine Matratze, da findet sich doch noch was.«

Sollte das ein Scherz sein? Das wußte man bei ihm nie. Einer wie er fand alles und nichts komisch und wunderte sich schon gar nicht.

Marjorie wollte aufbrausen – was er ihr zutraue! –, hielt sich dann aber zurück. Ihre Sorge, sich vor ihm lächerlich zu machen, dämpfte ihre Entrüstung. Ging es um Stilfragen, vermochte er sie einzuschüchtern.

»Wenn in der Matratze wirklich keine Reserve versteckt sein sollte« – er sprach in einem Ton, als könne er das kaum glauben –, »dann hängt sie jedenfalls an der Wand.«

Marjorie verstand nicht gleich, konnte ihn wohl auch gar nicht verstehen, weil sich die absolute Unantastbarkeit der Bilder als väterliches Gesetz jeder Diskussion entzog; daß sie über das, was von der Sammlung noch im Haus verblieben war, ebenso wenig verfügen durfte, als wäre es bereits im Museum, das war für sie so selbstverständlich, daß darüber nicht nachgedacht werden mußte. Als ihr dann klar wurde, was Damien meinte, war sie verärgert. Wie er darauf komme? Er habe ihren Vater doch selber noch gut, sogar sehr gut gekannt, das sei doch schon eine Freundschaft gewesen.

Er ging darauf nicht ein. Da tat sich die kulturelle Kluft zwischen ihnen auf: Für ihn als Engländer hatte das Wort *»friend«* keinesfalls dieselbe Gefühlsaufladung wie im Deutschen.

Er wisse doch am besten, wie es mit den Eigentumsverhältnissen im Haus bestellt sei. Wenn sie eines der Bilder verkaufen würde –

»Dann könntest du bis an dein Lebensende Dächer reparieren.«

Darauf ging sie nicht ein, stellte aber eindringlich dar, was sie dann von ihrer Schwester zu erwarten hätte, von der Stiftung ganz zu schweigen. Dr. Tobler würde sie vor den Kadi bringen, das sei Diebstahl …

»Unterschlagung oder Veruntreuung.« Damien korrigierte sie gelassen.

War er auf seinem wechselvollen Lebensweg auch in die Geheimnisse der juridischen Sprache eingeweiht worden, oder hatte er selbst Erfahrungen mit solchen Delikten gesammelt? »Und ganz davon abgesehen – es wäre Verrat an Papa. Er würde mir nachts im Traum erscheinen, er würde mich verfluchen, und zwar zu Recht.«

»Du bist nicht der einzige Mensch mit solchen Sorgen.« Sie sei doch in England gewesen, habe die berühmten *stately homes* besichtigt, mit ihren Riesenbarockbildern, van Dyck, Poussin ... Keines von den richtig wertvollen Bildern dort sei noch echt, die seien längst in alle Welt verstreut. Was in den schweren Goldrahmen prunke, seien alles Kopien.

»Unmöglich.« Sie sprach mit einer Sicherheit, als hätte sie damals, als junges Mädchen von ihrem Vater herumgeführt, ganz genau hingesehen; auch Cornelius De Kesel hatte keine Skepsis gezeigt. »Dann waren das aber sehr gute Kopien ...«

»Natürlich waren es gute Kopien, so schwer ist das ja nun auch wieder nicht.« Er sei schließlich Maler, gebe aber gern zu, daß er sich außerstande sehe, einen van Dyck zu kopieren. »Das würde mir einfach zu lang dauern.« Der kleine Cézanne hingegen sei überhaupt keine Schwierigkeit. »Und wenn das Ding dann erst mal hängt, im alten Rahmen und bei schwachem Licht, dann sieht niemand den Unterschied.«

Sie ließ ihren Blick durch den Raum schweifen, er blieb an der Staffelei hängen. Ein erbärmliches Gekleckse, diesen Gedanken ließ sie nicht laut werden.

»Es wäre nur gerecht, wenn Cézanne ein bißchen zur Reparatur beitragen würde«, Damien sprach träumerisch, »denn immerhin ist er ja schuld daran, daß die Arbeiten am Haus so teuer werden. Wenn er nicht in diesem Tal gemalt hätte, dann stünde das nicht alles unter Denkmalschutz. Aber so wird jeder alte Dachziegel so behandelt, als wäre er auf einem Bild im Musée d'Orsay zu bewundern. Das ist ein Götzendienst, was hier betrieben wird.«

Sie widersprach ihm nicht. Für sie stand fest, daß er keine Ahnung von neuerer Kunst habe, kleines dekoratives Talent, das er war, mit seinem Geschmack dem neunzehnten Jahrhundert verhaftet, aber leider nicht mit seinen Fähigkeiten: Hotelkünstler, Landhauskünstler, Souvenirproduzent und aus einem Milieu, in dem künstlerischer Dilettantismus zur gehobenen Lebensart zählte. Sie dagegen sah sich berechtigt, Anspruch auf Kennerschaft zu erheben; ihr Vater hatte sie systematisch ausgebildet und durch alle bedeutenden Sammlungen Europas und Nordamerikas geschleift. Sie hatte etwas gesehen, allerdings ohne daß eine Liebe zu dem bemalten oder bekritzelten Papier, zu den mit Ölfarben verkrusteten Leinwänden, zu diesem ganzen gerahmten und aufwendig präsentierten Ramsch entstanden wäre. Wie tot war das doch alles, wenn sie jetzt diesen sehnigen, knochigen Körper neben sich spürte, mit diesem Schweiß, der unverwechselbar englisch roch – englischer Sportler-Internats-Schweiß. Sie war davon überzeugt, daß sie das unterscheiden konnte.

Im Haus würde jetzt wahrscheinlich schon gefrühstückt, Ruprecht saß dort mit seinen literarischen Gästen bei Tee und Toast, aber es war nicht üblich, daß sie an solchen Runden teilnahm. Nein, sie würde hierbleiben, bis Damien sie hinauswarf. Da hatte er keine Hemmungen, das stand ohnehin bald bevor, und sie dachte nicht daran, diese kostbare Zeit selber abzukürzen.

12

Zum Mittagessen, zu dem sie verspätet erschien – in der Chaumière wurde mit dem Essen grundsätzlich nicht bis zur Vollständigkeit der Tafelrunde gewartet, ein weiteres Gesetz von Cornelius De Kesel, der sogar verboten hatte, auf ihn selbst Rücksicht zu nehmen, die Küche müsse mit festen Zeiten rechnen können –, brachte Marjorie den Schwung ihrer Erlebnisse aus der Stadt mit und scheuchte damit die nur gedämpfte Worte wechselnde Tischgesellschaft auf. Sie tauchte den Löffel in den Gazpacho, der jedenfalls nicht hatte kalt werden können, und gab sich nicht mit den Gründen für ihre Verspätung ab.

»Ich habe den Schampir gesehen«, rief sie, als sei das eine Nachricht, die am ganzen Tisch verstanden würde.

Schampir – was war denn das? Ein seltenes Tier? Eine Gespenstererscheinung? Allmendinger und Sieglinde Stiegle guckten ratlos, ihnen mußte das Wort dann doch erklärt werden. Ein Kinderwort, eine Schöpfung von Nike, die aus immer wieder gehörten Bemerkungen über einen Jean-Pierre diesen Namen geschaffen hatte. Er war ein Erfolg, alle im Haus sprachen nun nur noch vom Schampir, wenn von dem kosmetischen Chirurgen Schlesinger die Rede war, einem Getreuen von Cornelius De Kesel, der Ruprechts Generation angehörte und schon als junger Mann in die Chaumière gekommen war. Ruprecht hatte ihn »Künstler des Besuchens« getauft, außerdem nannte er ihn »den großen Gratulator«, weil er keinen Geburtstag vergaß und selbst vom Himalaja aus telefonische Grüße sandte, dann den »Erfinder der Freundschaft«, und eine Weile war auch der »Postkarten-Epigrammatiker« im Schwang, nachdem Schlesinger an fünf miteinander in Verbindung stehende Personen poetische Postkarten von einer Griechenlandreise verschickt und auf jeder einzelnen von »der unendlichen Weite des Meeres« geschwärmt hatte. Als das später einmal in seiner Gegenwart herausgekommen war, hatte er nur höhnisch gelacht, als sei ihm ein besonders ausgekochter Streich gelungen. Die Dummen waren die Empfänger, die geglaubt hatten, Anspruch auf einen persönlichen Text zu haben. Marjorie fand das charmant. Postkarten zu schreiben sei an sich schon »völlig unmöglich«; wer es dennoch tue, müsse wenigstens albern sein. Ruprecht hingegen war nicht so gern Objekt von Späßen und verhielt sich dem Getreuen des Hauses, dem Getreuen vieler Häuser, immer reservierter gegenüber. Der bemerkte das wohl auch, denn wenn er zufällig einmal allein bei Ruprecht saß, versiegte sein Redestrom; sie schwiegen dann nebeneinander, bis jemand hinzutrat und die Beklommenheit auflöste.

Im letzten Sommer war Schlesinger in der Chaumière mit einer japanischen Freundin aufgetreten, die beträchtlich jünger war als er und in der Stadt in einem teuren Blumengeschäft gearbeitet hatte – »eine undurchdringlich schweigsame Frau«, wie Marjorie sie jetzt beschrieb, »mit riesigen sprechenden Augen«.

Ruprecht verglich diese Augen mit Früchten unter einer aufgeplatzten Schale, »mit einem Blick von kaum erträglicher Intensität – daß sie sich von uns und ihrem Freund ein Bild gemacht haben muß, war offenkundig, nur welches, das ließ sie nicht heraus«.

Auch Marjorie wollte das Gefühl gekannt haben, von ihr beurteilt oder gar gerichtet zu werden. Schlesinger trete inzwischen jedenfalls wieder solo auf; ob auch er die Gesellschaft der Japanerin eines Tages als ungemütlich empfunden habe? Aber allein sei er deswegen nicht. Sie korrigierte sich mit sichtlichem Vergnügen. »Er hat Ersatz gefunden.« In Vorfreude auf ihren Bericht kicherte sie. »Das Bild war spektakulär.« In der Rue Mazarine – »er war natürlich wieder auf Besuchstour« – sei er ihr auf der anderen Straßenseite entgegengekommen, wie immer im Grasleinenjanker, den er bevorzugt in der Provence trage, »in Bayern kann das schließlich jeder«. Zunächst habe sie den kleinen dicken Mann nicht erkannt, der, den Kopf mit Vogelschnabelnase in den Nacken gelegt, an langer Hundeleine von einem besonders schlanken marokkanischen Jagdhund vorangezerrt worden sei. Er habe das stürmische Tier kaum halten können und sei ihm mit ausgestrecktem Arm hinterhergestolpert. »Zum Totlachen.«

Marjorie machte ihn nach und streckte ihrerseits den rechten Arm weit aus, wie von einer starken Kraft gezogen, wobei sie Allmendingers Glas umwarf. Rotwein ergoß sich über seine weiße Hose, er hatte bloß eine einzige solche dabei. Sie nahm davon kaum Kenntnis, sie beachtete es nicht weiter, das hätte ihren Bericht gestört, so daß Allmendinger seine Versicherung, das mache überhaupt nichts, kaum zu Gehör bringen konnte.

Da habe sie den Schampir erkannt und er auch sie. Er habe gerufen: »Ist dieser Hund nicht wunderschön? Noch ganz jung und ungestüm.« In seiner anspielungsreichen Weise habe er die Wörter zelebriert, als wolle er eine erotische Spezialität andeuten. »Die Augen, sehen Sie diesen Ausdruck!« Und tatsächlich, das seien wieder diese seelenvollen, wie bei der Japanerin vorquellenden Augen gewesen, die von einem in Aufruhr befindlichen Innenleben zeugten, berstend vor Jagdfieber. Daß nun an der Straßenecke stehengeblieben werden sollte, machte das in seiner Grazilität unerwartet kräftige Tier verrückt. Es zerrte an der Leine und umkreiste die beiden, bis sie davon ganz umwickelt waren. Marjorie wankte und wäre beinahe gestürzt, aber das erzählte sie nicht, ebenso wenig vom schadenfrohen Gelächter des glücklichen Besitzers, der nicht daran dachte, sich zu entschuldigen. Illouz, so habe er den Hund getauft –

»Natürlich, ein preziöser Name.« Ruprecht genoß es sichtlich, in seiner Einschätzung recht zu behalten.

Illouz freue sich schon auf den Besuch in der Chaumière, denn dort sei ja Platz. Ein solcher Jagdhund brauche täglich zwei Stunden Auslauf, er erreiche dann eine Geschwindigkeit von achtzig Stundenkilometern und könne eine flüchtige Gazelle reißen.

»Da konnte die Japanerin nicht mithalten«, das war wieder der nur zu sich selbst gesprochene Kommentar Ruprechts.

Aber Marjorie wollte standhaft geblieben sein: Wenn der

Schampir zum Essen komme, dann ohne Hund! Ausgeschlossen, ihn hier frei laufen zu lassen. Auf dem Gelände gebe es Kaninchen und Wildschweine.

Was er darauf geantwortet habe?

»Dann bekommt Illouz eben eine Schlaftablette.« Das sei das Undurchschaubare an diesem Mann. Man wisse nie, ob er so etwas ernst meine oder ob er durch Zynismus provozieren wolle.

13

Nach dem Essen versank das Haus in Totenstille, die Gastgeber zogen sich auf ihre Zimmer zurück.

»Hier ist der Tag so eingeteilt, daß eigentlich kaum Zeit zum Arbeiten bleibt.« In der Hoffnung, nach dem Essen mit Ruprecht ein paar Seiten durchgehen zu können, hatte Sieglinde Stiegle ihr Leontjew-Konvolut mit nach unten genommen und trug es nun wieder auf ihr Zimmer, nicht beunruhigt, eher verwundert.

»Wenn Dalandt jemanden hierherbestellt, besteht die Arbeit eher in beiläufigen Gesprächen zwischendurch, da die Tage durch alle möglichen Gewohnheiten streng eingeteilt sind.« Allmendinger kannte das schon. Der Chef vermute wohl, daß in seiner Gegenwart eine Art osmotischer Austausch mit ihm stattfinde, der die Richtlinien für ein Lektorat eher indirekt vermittle.

Sieglinde Stiegle war nicht enttäuscht. Wenn das darauf hinauslaufe, daß sie im Ergebnis alles allein entscheiden solle, sei es ihr recht. Übersetzungsfragen mit jemandem zu diskutieren, der die Originalsprache nicht beherrsche, sei ohnehin ein müßiger Zeitvertreib. Sie war entschlossen, den Aufenthalt zu genießen, auch wenn Allmendinger fortwährend versuchte, sie auf irgendwelche Fatalitäten hinzuweisen.

Ob sie nicht bemerkt habe, wie über den heute Abend erwarteten Gast gesprochen worden sei? Dabei sei dieser Schlesinger ein besonderer Favorit des Hauses; da könne sie sich ja vorstellen, wie über sie beide gelästert werde.

»Das machen doch alle so.« Sieglinde Stiegle war nicht gewillt, darauf weiter einzugehen. Sie hielt es für wahrscheinlicher, daß Ruprecht Dalandts Frau sie zu langweilig fand, um sich näher mit ihr zu beschäftigen.

»Und selbstverständlich sind wir in den schlechtesten Zimmern untergebracht.« Allmendinger klagte besonders über sein Bett, dessen durchgelegene Polster von Milben so durchsetzt seien, daß er nachts allergische Hustenanfälle bekomme.

Sie hatte es tatsächlich im Nachbarzimmer husten hören, war aber sofort wieder eingeschlafen. Ihr Zimmer hatte ihr sofort gefallen, das altmodische Messingbett und die Waschkommode mit Fayence-Schüssel und großer Kanne, längst nur noch Dekorationsgegenstände, ein Bad lag unmittelbar gegenüber. Wenn sie in dem bäuerlichen Alkoven mit den geblümten Vorhängen lag, den Blick auf den großen gelblichen Wasserfleck an der Zimmerdecke gerichtet, mochte sie sich kaum eine behaglichere Umgebung vorstellen. Diese Lässigkeit, diese Patina, so etwas konnte kein Dekorateur herstellen. Man mußte sich das trauen, Räume einfach so lange sich selbst zu überlassen, bis sie ein Eigenleben entwickelten.

Eine Weile hatte sie in einem Industrievorort gewohnt,

in dem eine Schokoladenfabrik süßliche Kakaogerüche verströmte, und war jeden Morgen mit der Bahn in die Stadt gefahren. Der Weg zum Bahnhof war von grauen Häuschen gesäumt, und an einem davon gab es ein kleines rostiges Metallschild zum Aus- und Einklappen, auf dem vielversprechend »Zimmer frei« stand. Aber immer war es ausgeklappt, nie war das Zimmer vermietet. Und wer hätte dort auch mieten sollen? Sie wäre ja selber nicht in diesem Vorort gelandet, wenn nur ein paar Tage Zeit für die Zimmersuche im Zentrum der Stadt gewesen wäre. Damals arbeitete sie über russische Surrealisten, und das Schild »Zimmer frei« an diesem armseligen Haus, dessen Rolläden immer heruntergelassen waren, erschien ihr wie der Einbruch der Poesie in jene häßliche Siedlung. Oft hatte sie sich vorgenommen, an dem Haus zu klingeln, um das Zimmer zu besichtigen. Sie träumte sich in dieses stets bereite, vielleicht gerade auf sie wartende Zimmer hinein, als eröffne sich dort eine Welt hinter dem Alltag: das Unerwartete, keiner Spekulation Zugängliche.

Jetzt, im Alkoven, bei geschlossenen Läden, die weiße Lichtleitern über den Teppich legten, meinte sie, das freie Zimmer nahe der Schokoladenfabrik endlich betreten zu haben, obwohl es doch gar nicht sein konnte, daß es dem hier auch nur entfernt ähnelte – eine historisch-soziologische Unmöglichkeit, dachte sie und lächelte, denn zugleich stand fest, daß alles, was keine solche Unmöglichkeit gewesen wäre, sie enttäuscht hätte. »Der Weg ins Innere«, diese Formel fiel ihr wieder ein, sie war ihr in den Sinn gekommen, sooft sie an dem Schild »Zimmer frei« vorbeigegangen war. Ein bißchen schade nur, daß sie sich mit niemandem darüber hatte austauschen können. Sie war zu skeptisch im Umgang mit Menschen gewesen, mit Männern vor allem, um sich in ihrer Gegenwart Überschwang zu gestatten.

Es hatte da durchaus einige längere Liebesbeziehungen gegeben, aber diese Männer hatten alle etwas Unerwachsenes gehabt – »so wie Max«, solche sensiblen, schwachen, zugleich unenthusiastischen Typen, da spürte man regelrecht, wie das Feuer langsam abgedreht wurde, zum Schluß noch bläulich flackerte und dann erlosch. Ohne Überwindung entwickelten sich spannungslose Freundschaften aus solchen Verhältnissen, sie übernahm später sogar Patenschaften von Kindern dieser Männer. Und im Täglichen fehlte ihr nichts, denn sie arbeitete gern und gab sich ihren Aufgaben vorbehaltlos hin. Bei Papyros hatte man schon bemerkt, daß ihre Anstellung ein Glücksfall war.

Das entscheidende Gespräch hatte sie mit Fritz Allmendinger geführt, der sie recht mißtrauisch geprüft hatte. Ruprecht Dalandt allerdings war voller Zugewandtheit und Verständnis gewesen, und sie hatte sich kurz gefragt, ob das wohl eines Tages in explizite Werbung umschlagen werde, aber bald stellte sie fest, daß hinter solcher Einfühlsamkeit bei ihm nicht sehr viel steckte. Allmendinger hingegen – nein, er gefiel ihr nicht wirklich – lebte allein, ob aus eigenem Entschluss oder weil er verlassen worden war, hatte sie noch nicht herausbekommen. Ein zerrissener Charakter von verletzlicher Eitelkeit, ein Mann, der sich stets ungerecht behandelt fühlte und die schlechte Behandlung überdies heraufbeschwor, so daß die Ungerechtigkeit ihm gegenüber nicht warten ließ. Es gab diese Sorte Mensch, die keiner mochte, schon wenn sie zum ersten Mal ins Zimmer kam, und Sieglinde Stiegle glaubte, daß er dazugehörte, und tat, als wäre ihr das nicht aufgefallen. Zum Frieden zwischen ihnen trug bei, daß er ihre Unterstützung gegen Ruprecht Dalandt brauchte und deshalb vermied, ihr zuzusetzen; nach seinen Möglichkeiten wollte er angenehm sein. Aber eine Affäre mit ihm hatte sie sich nicht vorstellen wollen, er umgekehrt wohl auch nicht. Er schien mit Liebesdingen abgeschlossen zu haben und kam ihr selbstgenügsam vor, ein Mann, der in seinen freien Stunden an einem schönen, alten Auto herumbastelte.

Aber jetzt, im Gästezimmer der Chaumière, da genügte es ihr plötzlich nicht, den Reiz dieser Atmosphäre allein auszukosten. Irgendein Mann hätte bei ihr in diesem Alkoven liegen müssen, gern auch einer, der nach ausgeschöpftem Glück unsichtbar wurde und wieder verschwand, der geisterhafte andere Mieter von »Zimmer frei« am besten – ja, sie hatte sich manchmal vorgestellt, in dem Haus in der Vorstadtstraße nicht immer allein zu sein, sondern dort jemanden vorzufinden, der, ohne sie zu kennen, ihr bestimmt war. Ob Allmendinger diese Lücke füllen konnte? Bereit wäre er vielleicht dazu, sie meinte, in seinem Ton ihr gegenüber eine wachsende Vertraulichkeit wahrzunehmen. Der heiße Sommer, die in der Hitze brutzelnden Säfte der Macchia-Kräuter, die vor allem abends die Luft aromatisierten – Fenchel-, Anis- und Rosmarinstaubwolken standen dann ums Haus herum –, hatten vielleicht auch ihn in eine Ausnahmestimmung versetzt, so daß er sich auf eine kleine Ermutigung hin vielleicht zu Taten aufraffen mochte.

Nur, was würde mit ihnen geschehen, wenn sie wieder zu

Hause in Deutschland in zwei benachbarten Büros sitzen müßten? Wie dann die provenzalische Spannung in den Verlagsalltag überführen? Am Ende hieß das sogar, in einen Gegensatz zu Ruprecht Dalandt zu geraten, der sich einer neuen verfestigten Konstellation gegenübersehen würde? Und das alles für einen Mann, der ihr nicht wirklich gefiel – der aber nun einmal da war! Immerhin ein Mann, unbestreitbar. Es offenbarte sich ein bei ihr überraschender Zynismus: Mann ist Mann, so ließ sich die Erfahrung von inzwischen zwanzig Jahren auf den kürzesten Nenner bringen.

Es klopfte.

Sie rief: »Herein!«

Die Tür öffnete sich langsam, und herein trat – ein Mann, als hätten ihre Gedanken ihn herbeigezaubert. Leider doch nur wieder Allmendinger, mit großen feuchten Flecken auf dem weißen Hemd, das war nicht vorwerfbar, die Temperatur hatte Ofencharakter. Sie blieb liegen, nur andeutungsweise bekleidet, aber mit einem Leintuch bedeckt, unter dem sich ihr Körper abzeichnete.

Allmendinger machte keine Umstände, sondern setzte sich auf das Fußende, sie zog die Beine an. Sie scheine mit ihrem Bett besser zurechtzukommen als er. Er denke nicht daran, sich auch tagsüber dort hineinzulegen, sein Rücken tue ihm so weh, als wäre er geprügelt worden.

Sollte das etwa vorbereiten, daß er ihr einen Zimmertausch vorschlug? Fähig hielt sie ihn zu so etwas. Oder wollte er, weichgekocht, indem er Gesundheitsgründe vorschützte, gar neben sie schlüpfen? Einmal ausschlafen, einmal sich ausstrecken! Sie war fast bereit, ihm anzubieten, sich neben sie zu legen, aber er hatte den Klagegesang nun hinter sich und dachte wieder ans Geschäft.

»Wir haben noch immer keine endgültige Antwort von der Kulturstiftung, nicht wahr? Ohne finanzielle Unterstützung wird unser ganzes schönes Leontjew-Projekt einschließlich deiner langen Arbeit sang- und klanglos untergehen.«

Sie wollte nicht glauben, daß die Werkausgabe einzig und allein an einer Subvention hänge. »Das Geld kommt schon – die mündliche Zusage habe ich. Außerdem: Dalandt will doch die Ausgabe, und wenn sie nicht unterstützt wird, dann macht er sie eben so!«

So stelle sie sich das vor. Allmendinger wurde wieder bitter, als ginge es um seine Matratze. Dalandt sei nicht bereit, einen einzigen eigenen Heller in ein Projekt zu investieren. Niemals setze er Eigenmittel ein. Das müßten immer andere sein, die den Kopf und die offene Brieftasche hinhielten.

»Aber es ist doch eigentlich sinnvoll, erst mal zu versuchen, andere Quellen auszuschöpfen, bevor man sich selber übernimmt und plötzlich keine Ressourcen mehr hat.« Sie sprach in gelassenem Ton, auf dem Bett wie auf einem Katafalk ausgestreckt, zugedeckt, »aber eigentlich nackt«, dieser Einfall amüsierte sie. Allmendinger und sie hatten sich noch nie in einer solchen Situation befunden. Wie wirkte das auf ihn? Schwer zu sagen. Einerseits schien er ganz und gar in Verlagsangelegenheiten versunken, andererseits war die wachsende Erregung – sein ihr längst bekannter, jetzt aber immer bitterer werdender Ärger – am Ende gar ein Zeichen, daß er die Spannung zwischen ihnen spürte und sie zerstreuen wollte.

»Diese Subventionswirtschaft – das ist es doch gerade! Vielleicht komisch, daß ausgerechnet ich das kritisiere, obwohl ich doch über jede Förderung froh sein müßte. Aber so wissen wir letztlich nie, wie es um die Überlebensfähigkeit von Papyros wirklich bestellt ist, sind stolz auf kleine Verkäufe und fühlen uns als Retter der Kultur. Retter der Kultur wären wir aber nur, wenn wir Papyros ohne solche Abstützungen zum Laufen bringen könnten.«

»Ich verstehe: Wenn er kein Geld einwirbt, ist es schlecht, und wenn er Geld herbeischafft, ist es noch schlechter …«

Sie hatte nicht vor, sich in seine üble Stimmung hineinziehen zu lassen. Endlich sah er, wie sie da vor ihm lag. Es war, als sei er bereit, auf ihren Scherz einzugehen und sich dem Augenblick zu überlassen. Der verharrte in der Schwebe. Es war noch nicht absehbar, in welcher Richtung es weitergehen würde: Vielleicht blieb die Zeit einfach stehen wie eine Uhr?

Sieglinde Stiegle fand das Schweigen aber schwierig. Sollte sie andere Wünsche gehabt haben, dann waren die, sowie sie den Mund öffnete, verschwunden. »Apropos – unser eigener Erfolg, der Zuschuß von der Kulturstiftung, hast du Dalandt schon davon erzählt?«

Der Stein war ins Wasser gefallen, die stille Oberfläche schlug kleine Wellen, die Ungewißheit, wie sich das Gespräch entwickeln würde, hatte sich aufgelöst. In den kurz ebenfalls versunken gewesenen Allmendinger fuhr das Leben.

»Ich denke nicht daran, ihm das so nebenbei mitzuteilen. Er muß richtig und in Ruhe realisieren, daß da nicht einfach so sechzigtausend ins Haus geflattert kommen, sondern daß das ein Ergebnis meiner Arbeit und meiner Leistung ist.«

»Und soweit das Exposé und die Probeseiten und das Gutachten auch eine Rolle gespielt haben sollten, wohl auch meiner Arbeit.« In ihren spöttischen Ton war eine leichte Ungehaltenheit gemischt. Auch war damit zu rechnen, daß sie ihren Anteil an dem Erfolg des Antrags Ruprecht Dalandt gegenüber zur Geltung bringen würde.

»Ja, natürlich.« Das kam hastig, auch ein wenig wegwischend. »Natürlich werde ich deinen Anteil herausstreichen, ist doch auch in meinem Interesse. Ich habe dich ja schließlich eingestellt.«

Seine Gedanken waren schon weitergewandert. Die Zeit bis zur Abreise verging im Flug. Wenn er Dalandt eine Stunde allein sprechen wollte, dann mußte er ihm auflauern, mußte wie ein Hund in der Nähe seiner Tür warten und ihn abpassen, wenn sie sich öffnete. Zu allem anderen fehlte ihm die Geduld. Er stand auf und hatte das Gesicht schon abgewandt, als er sich murmelnd verabschiedete.

Sieglinde Stiegle, die sich nicht gerührt und kein Wort entgegnet hatte, empfand eine kleine Leere; dann stieg ein Gefühl der Erleichterung in ihr auf.

14

Ruprecht saß an seinem Schreibtisch. Cornelius De Kesel hatte die Gästezimmer in einer von ihm ersonnenen Mischung aus bäuerlichen Schränken und Tischen und reich dekorierten Napoléon-Trois-Stücken eingerichtet. Vielleicht schwebte ihm ein literarisches Vorbild vor, bei ihm durchaus vorstellbar, so etwas wie eine Rekonstruktion des Hauses von Doktor Bovary. Deshalb war Ruprechts Schreibtisch auch nicht besonders funktionstüchtig, mit schwarzlackierten geschwungenen Beinchen und kleinen Schubladen mit Perlmuttintarsien; das Ganze schwankte leicht, wenn er mit seiner ausdrucksvollen Schrift das Papier bedeckte. Er hatte ihn ans Fenster gerückt, so daß das Licht von links auf die schreibende Hand fiel und kein Schatten ihn störte.

So stand sein Schreibtisch auch zu Hause, das war sein einziger Gesichtspunkt für die Einrichtung gewesen, den Rest hatte er Marjorie überlassen, die sich über seinen Spezialwunsch schon genügend geärgert hatte – die beiden Schreibtische in seinem Arbeitszimmer, Prachtmöbel, hätten nach ihrer Vorstellung den Raum regieren müssen, in der Mitte freistehend und nicht »in die Ecke gequetscht«, wie sie sich ausdrückte. Von dem funktionellen Vorteil des Fensterplatzes abgesehen, hatte der Anblick eines tatsächlich hinterm Schreibtisch irgendwie verschanzt wirkenden Ehemannes etwas, was sie mißtrauisch machte: ein Bedürfnis, sich in eine Nische zurückzuziehen, mit dem Rücken zur Wand? Vor wem er sich da wohl schützen und verkriechen wollte? Sie brachte ihren Eindruck aber nicht zur Sprache, sie beide waren auf der Hut, aus Prinzip. Man mußte nicht aufdecken, was man über den anderen wußte. Es war vorausschauend, sich ein geheimes Wissen zu sichern, wenn es schließlich doch einmal zu einer offenen Auseinandersetzung käme.

Ruprecht hatte die Gewohnheit, Schreibblockaden durch Gekritzel zu lockern, um die Schwierigkeit des Anfangs zu überspielen. Es ging um den Dante-Essay. Er begann, mit einer Art *écriture automatique* schon einmal drauflos zu schreiben – was ihm gerade durch den Kopf wanderte und was später, wenn der Einstieg in seinen Aufsatz erst gefunden war, getrost weggeworfen werden durfte.

»Was ist die Wahrheit?« schrieb er also gedankenlos, als er sich nach dem Mittagessen an den Schreibtisch gesetzt hatte. »Was man von weitem sieht oder was man sieht, wenn man ganz nah ran geht? Was ist der wahre Mond – die weiße oder auch manchmal rötliche Scheibe am Himmel, deren Anblick mich immer noch verzaubert, oder die graue Staubwüste, als die er sich offenbart, wenn man sich mit größtem Aufwand auf ihn hinauf hat schießen lassen? Der Mond: aus der Nähe mit seinen Schutthalden unendlich viel weniger bedeutend als ein Grashalm mit einer

Ameise, aber von der Erde aus gesehen eine an den Himmel versetzte Seele.

Und hier im Haus ist es doch nicht anders. Unser Mittagessen eben, wie wir da um den Tisch herum saßen und Anna die Platte mit den Hühnerbeinen hereinbrachte – verheißungsvoll lächelnd, als präsentierte sie eine Überraschung (wie ich das hasse!), und João mit den weißen Handschuhen und der Karaffe mit dem billigsten Wein der Kooperative. Und dann wir: Marjorie mit ihrem auftrumpfenden Damengeschwätz, die Stiegle lauernd und verschlossen, Allmendinger, der vor Ressentiment kaum schlucken kann, Paula, meinem Blick ausweichend, Max, den sensiblen Künstler hervorkehrend, Damien mit seiner selbstgenügsamen Arroganz und ich, hinter falschem Lächeln verbergend, daß ich am liebsten davonlaufen würde – schreckliche Menschen, ungenießbares Essen. Und jetzt das Ganze von fern gesehen, ohne Ton oder die Gespräche nur als Geräusch. Welch harmonischer und geschmackvoller Anblick: das Fayence-Geschirr von Cornelius De Kesel, der dunkle Wein in den grauen Kristallgläsern, die Menschen (keine Schönheiten, aber doch Köpfe), der gedeckte Tisch unter den schwarzen Deckenbalken, das südliche, von den Fensterläden gefilterte Licht – ein schönes, gar beglückendes Bild einer heiteren kultivierten Welt, das manchen Betrachter mit dem Wunsch erfüllen könnte: Da säße ich auch gern, es muß etwas Ungewöhnliches sein, was hier besprochen wird.

Ja, und was ist nun die Wahrheit? Was ist von größerem Gewicht? Das aus einigem Abstand gesehene Bild – das doch auch eine Realität ist, gerade für Augenmenschen wie mich – oder, aus der Nähe gesehen, die Heillosigkeit und Niedertracht am Tisch? Nein, nein – nichts da von inneren Werten oder innerer Bosheit, auf die allein es angeblich ankomme: Nein und noch mal nein. Der reine Anblick hat sein eigenes Recht – die Tragödie ist nur, daß dieses Recht stumm ist und die tönende Dummheit sich immer vordrängt.«

Hier hielt er inne. Die Automatik des Schreibens verlangsamte sich. Er hatte sich dem Punkt genähert, an dem er selber an die Reihe gekommen wäre, sortiert nach innerer Verfassung und äußerem Eindruck. Für den standen ihm leider nur der Spiegel und die Photos in den Verlagsprogrammen zu Gebote. Aber das auszuführen wollte automatisch nicht gelingen, und das Nachdenken gehörte nicht zu seiner vorbereitenden Übung. Und so schloß er: »In der Malerei ist uns das selbstverständlich. Vermeers brieflesende Frau ist für den Betrachter von geisterfüllter Ruhe, vom Fenster links beschienen wie vom Licht der Offenbarung, und dieser Eindruck ist wahr, auch wenn in dem Brief nur Lügen und Gemeinheiten ständen. Und so ist auch unsere Tafel am Sommermittag beides, eine Art olympisches Göttermahl und zugleich Ort des Mißtrauens und der kaum verborgenen Abneigungen.«

15

Irgendein Dichter hatte das Ratschen der Zikaden einen »Gesang der Stille« genannt, aber an diesem Nachmittag, als es mit jedem Atemzug heißer zu werden schien, war richtiger Lärm daraus geworden. Marjorie hätte aus ihrem verdunkelten Schlafzimmer gern »Ruhe!« gerufen, wenn das nicht aussichtslos gewesen wäre. Sie lag im Dämmer unter den weißen Moskitoschleiern, auf denen bräunliche Blutpünktchen bewiesen, daß sich immer wieder Insekten ins Innere des Zeltes stahlen, wo sie erst erlegt wurden, nachdem sie sich schon vollgesaugt hatten. Sie hatte tief und traumlos geschlafen und griff, kaum war sie wach, nach ihrem Tablet, das sie neben ihr Kopfkissen gelegt hatte, um jeden müßigen Moment sofort mit Nachrichten zu füllen. Von dem, was sie mit Damien besprochen hatte, war nur eine untergründige Unruhe zurückgeblieben, eine Irritation wie von einer in der Nähe surrenden Mücke, nicht aufwühlend genug, um sich ernsthaft damit zu beschäftigen.

Keine Absicht leitete sie, als sie das Tablet anstellte. Es war, als wäre ihr Hirn in das Gerät ausgewandert: Als ihre

Finger auf den Bildschirm tippten, formten sie Wörter, ohne daß sie weiter darüber nachdachte – das war nichts anderes als die gedämpft heraufklingenden Trillerübungen von Max am Flügel, die etwas zu probieren schienen, was er selbst noch nicht verstanden hatte. Sie war eine Nichtsuchende, aber der Vormittag im Pförtnerhaus hatte ihr neue, bis dahin unbekannte Denkräume eröffnet, in welchen sie schwerelos auf und ab schwebte, als ginge es zunächst nur darum, sich zurechtzufinden, bevor sie zu Entschlüssen gelangte.

Sieh da, plötzlich bauten sich die Statuten der Familienstiftung vor ihr auf, ohne daß sie diese bewußt angesteuert hätte; das Gerät stand mit dem, was sie noch nicht bedacht, was sich aber in wortloser Vorbereitung befunden hatte, im Bunde. Es gab viele Paragraphen darin, sie waren ihr alle seit langem bekannt, denn sie hatte sich gleich nach dem Tod ihres Vaters kundig gemacht, welche Verfassung er seiner Familienrepublik gewährt hatte – eine solche hatte entstehen sollen nach dem Hinscheiden des Patriarchen, lange Dauer sollte ihr verliehen werden. In mancher Hinsicht ein erstaunlicher Text, der alles vorausschauend und genau regelte. Da war für Streit wenig Raum, viel zu wenig nach Marjories Geschmack, denn sie ging Streit nicht aus dem Weg. Sie war kriegerisch von Temperament, aber die Stiftungssatzung erstickte größere Konflikte bereits im Ansatz, und das hatte sich ein Dr. Tobler zunutze gemacht.

Sie ließ die Seiten an sich vorübergleiten. Endlich kam sie dorthin, wo es etwas zu sehen gab. Akribisch waren die im Haus verbliebenen Gemälde aufgeführt, die der Stiftung gehörten, mit Photo und Beschreibung – das Cézanne-

Aquarell, die Derain-Frau, das Pascin-Mädchen, der Utrillo in ihrem Schlafzimmer, die große Balthus-Zeichnung in Ruprechts Schlafzimmer, der Corot in Paulas Zimmer – silberglänzende Weiden und an deren Fuß ein Kind mit rotem Käppchen, dem Markenzeichen des Meisters. Auf Bildern Corots hatte sie unter Anleitung ihres Vaters das jeweilige rote Käppchen suchen müssen. »Das ist jetzt furchtbar langweilig und uninteressant, aber später erinnerst du dich, und dann hast du viel Freude daran«, waren seine weisen Worte, und er hatte recht behalten, denn Kennerschaft schenkte das Gefühl von Überlegenheit.

Daß Damien allen Ernstes glaubte, er könne von diesen Werken Kopien anfertigen, ließ sie lächeln. Dieser sonst so nüchterne Mensch pflegte offenbar einen geheimen Größenwahn, oder hatte er es bereits versucht? Ein flüchtiger Gedanke, der sie weniger beunruhigte als amüsierte. Sie spürte, sie hätte es ihm nicht übelgenommen; mit irgendetwas mußte er sich an den langen Winterabenden ja beschäftigen. Und herauskommen würde es wahrscheinlich nie, denn diese Bilder waren dem Markt entzogen und würden keine kritische Prüfung über sich ergehen lassen müssen. »Aber er kann es ja nicht, der Arme.« Ein maliziöses Mitleid.

Etwas weiter unten in den Statuten war auch Cornelius De Kesels Testament zu finden, soweit es sich auf die Stiftung bezog. Obwohl es in juristischen Formulierungen abgefaßt war, meinte Marjorie beim Wiederlesen, seine helle, etwas krähende Stimme und sein hohes Räuspern zu vernehmen, das sie aus dem Gesprächswirrwarr einer großen Menschenmenge im Konzertsaal oder bei einem Empfang herausgehört hatte.

»Das Werk ›Taube und Wildente‹ von Otto Scholderer, erworben von meinem Vater 1905 in der Kunsthandlung Durand-Ruel in London, erhält meine Tochter Marjorie zu ihrer persönlichen Verfügung, es wird aus der unserer Stiftung zugeordneten Sammlung ausgegliedert. Meine Tochter Elinor erhält im Gegenzug: ›Pompejanisches Interieur‹ von Sir Lawrence Alma-Tadema, erworben gleichfalls von meinem Vater im selben Jahr und in derselben Galerie.«

Was hatte ihn zu dieser Auswahl der Legate bewogen? War es ihm darum gegangen, nach seinem Tod die eigene Sammlung von den ererbten viktorianischen Elementen zu befreien? Und nun hatte Ruprecht ausgerechnet das ihr zur persönlichen Verfügung überlassene Stilleben so beredt verteidigt, obwohl er es, das hätte sie geschworen, davor nie weiter beachtet hatte. Welch seltsamer Augenblick war das gewesen! Als hätte er den Gästen und vor allem auch ihr eindringlich vorführen wollen, daß er in einer anderen Welt lebe als sie, daß er genauer wahrnehme, der eigentliche Kenner im Hause sei, auch wenn ihm nichts darin gehörte. War das nicht gar eine Respektlosigkeit gegenüber demjenigen, der den Bilderschatz des Hauses zusammengetragen hatte, so zu tun, als hätte der niemals gewußt, wo in dieser Anhäufung von Malerei sich die wirklichen Werte befanden? Üblicherweise hielt er sich doch zurück, er war ein stilles Wasser.

Jetzt, am brütenden Nachmittag, der im Halbdunkel die Zeit vergessen ließ, wollte es ihr darüber hinaus vorkommen, als habe er auch sie bloßstellen und vor seinen Mitarbeitern ihre Ahnungslosigkeit demonstrieren wollen. Da war ein Anspruch sichtbar geworden, den er sonst verborgen gehalten hatte; war damit nicht auch der Pakt gebrochen, der unausgesprochen ihr Zusammenleben regelte: das, was sie trennte, niemals zur Sprache gelangen zu lassen? Das war Rebellion. Wer regiert, entwickelt ein feines Gespür für die Risse, die sich in seiner Autorität bilden.

Wer war dieser Scholderer überhaupt. Der Maler selbst hatte offenbar eine hohe Meinung von sich gehabt, ziemlich dick und groß war das O. S. in die linke Ecke seines Stillebens gesetzt, als müßte jeder wissen, wer er sei. Auf ihrem Schoß lag das allwissende Tablet, aber sie suchte nicht nach seiner Biographie, sondern rief Artnet auf, worauf sie abonniert war.

»Scholderer – komischer Name – Polterer, Doderer, Stotterer …« Und während sie so vor sich hin plapperte, waren auch schon die ersten Ergebnisse von deutschen und Schweizer Auktionshäusern zu sehen. Doch, doch, so obskur war Otto Scholderer nicht, der Markt kannte ihn; er spielte zwar in einer erheblich bescheideneren Liga als die Meister, die den Schwerpunkt der De-Kesel-Sammlung bildeten, aber das war nicht verwunderlich, diese Bilder gehörten in eine andere Kategorie. In den achtziger Jahren konnte man ein Scholderer-Stilleben noch für fünf- oder zehntausend Mark haben, er hatte viele kleine Formate gemalt, vorwiegend Obststilleben, drei Äpfel oder drei Birnen auf einem Porzellanteller und daneben ein schräggelegtes Messer, dessen Griff über den Tischrand ragte. Das wußte sie noch vom väterlichen Unterricht her: Die Holländer hatten mit diesem schrägliegenden, beinahe aus der Bildfläche herausragenden Messer angefangen, und dann wanderte es durchs achtzehnte und neunzehnte Jahrhundert, und so stark sich die Malerei in dieser langen Zeit auch gewandelt hatte, das Messer mußte immer dabei sein, »perspektivisch in die Tiefe des Bildraumes führend, räumlichkeitsinszenierend«, so Cornelius De Kesel, der bei der Betrachtung des Messers stets länger verweilt hatte als bei den Äpfeln, Pfirsichen und Würmern, die daraus hervorkrochen, den Käfern und Schmetterlingen. Solche kleinen Tiere waren auf den Scholderer-Obst-Bildchen, die sie vorüberwandern ließ, wieder verschwunden, nur das Messer eben nicht, das sie zwar nicht ins Bildinnere geleitete, dafür aber zu ihrem Vater, seiner feinen Pedanterie, die sie, die Ungeduldige, bei keinem anderen ertragen hätte.

Neben den Abbildungen standen die Preise, und die waren allmählich in Bewegung geraten, gelegentlich mal abgestürzt, dann sich wieder erholend und langsam steigend – sieh da, man war schon bei zwanzigtausend, jetzt bei vierundzwanzigtausend, das bereits in Euro –, und dann kamen größere Formate, ›Heimkehrende Bauern‹, seltsam starre Männer mit der Sense über der Schulter. Hatte der Vater nicht etwas von Courbet gesagt? Der hatte doch auch solche starren Figuren gemalt, bei Otto Scholderer waren die aber gefälliger, gingen mehr in Richtung Millet, ohne Zweifel »gut gemalt«. Das war nach Marjories Maßstäben eine eher herablassende Bewertung, »gut malen« konnte schließlich jeder – nur der arme Damien leider nicht, wenn er nicht gerade marmorierte. Und das Gutgemalte hatte seinen Preis – bitte, sechsunddreißigtausend, das wurde schon interessanter.

Jetzt hörten auch die ewigen Äpfel auf – »Eßzimmerbilder«, dachte sie, in unzähligen bürgerlichen Eßzimmern mußte dieses Obst gehangen haben, der Mann war offenbar mit der Produktion kaum nachgekommen. Jetzt kamen Wildstilleben, die gleich auch teurer wurden, größer als die Äpfel, tote Hasen vor allem, eigentlich ein schauerliches Sujet, geschossene tote Tiere – immer noch besser als ein röhrender Hirsch, allerdings dasselbe Genre. Hatten aber ihren Preis: achtundvierzigtausend, das lag noch nicht so lang zurück, zwei Jahre, jetzt wurde es langsam ernst. Wer kaufte so was? Achtundvierzigtausend war doch immerhin Geld, »viel Geld«, dachte Marjorie, wie sie es stets tat, wenn sie sich um bescheidene Beträge mit Ruprecht oder Dr. Tobler stritt.

Dann traute sie ihren Augen nicht. Im Dorotheum war ein Wildstilleben, zwei an einem Nagel hängende, eng aneinandergeschmiegte Hasen, schlaff und schwer, die Köpfe mit den langen Ohren und den blinden Augen stießen auf einen steinernen Boden, für sechzigtausend weggegangen. Sie schüttelte den Kopf. Es war doch gut, wenn man nicht immer in dieselbe Richtung sah, sondern auch mal den Blick abschweifen ließ, nach rechts und links und auch in die Nischen hinein.

Sie verweilte bei den Hasen. Unverwandt betrachtete sie das schaumige Weiß des Fells auf der Hasenbrust, aber sie war mit ihren Überlegungen woanders. Es war die Zahl, die sie beschäftigte, diese Zahl, die am Vormittag in vertrauter Liebesstunde, als sie beinahe so schlaff wie die toten Hasen auf der Matratze gelegen hatten, eine Weile Gegenstand der Erörterungen gewesen war. Wenn jener Augenblick eine Verstimmung überhaupt zuließ, dann waren sie einer solchen sehr nahegekommen, und ausgelöst hatte das die Zahl, die unverschämte, die Zumutung, zwar sofort wieder weggedrückt, aber – Marjorie war Realistin – sie würde wiederkommen, denn Damien war zäh und betrieb sein Geschäft unbeirrbar. Sie hatte sich den angeblichen Wasserschaden noch gar nicht angesehen, der Fleck war in Sieglinde Stiegles Zimmer, gegenwärtig nicht ohne weiteres zu betreten, auf solche Regeln achtete sie, sie mußte sich nur vorstellen, daß jemand unangemeldet zu ihr hereinkäme. Erstaunlich, was da zusammenkam: Eben hörte man eine Zahl in unerfreulichem Zusammenhang, und wenige Stunden später tauchte sie wieder auf, in ganz anderem Zusammenhang, und das hieß doch, daß beide Phänomene sich unbestimmt anzogen – man mußte sie bloß kurz entschlossen zueinander bringen.

Sie war in eine schöpferische Stimmung geraten, die wortlose Unruhe verwandelte sich, wurde zu Schwung, eröffnete eine Aussicht. Sie klickte die Versteigerungsergebnisse weg; darauf ließe sich später zurückkommen. Jetzt wollte sie sich mit etwas Angenehmem beschäftigen. Sie suchte die Adresse ihres Vermögensverwalters. Der Mann saß in Genf und legte an, was sie als ihr Spielgeld bezeichnete, Summen, die sie behandeln wollte, als besäße sie diese nicht, das hatte sie sich geschworen. Wenn sie nicht ausgab, was die Stiftung ihr monatlich überwies, und das tat sie beinahe nie, und zwar ohne sich deshalb etwas zu versagen, dann übergab sie das Gesparte dem Genfer, von dessen Existenz niemand in der Familie etwas wußte. Ein vorsichtiger Mann, dem glänzende Anlagemöglichkeiten zur Verfügung standen. Seitdem sie mit ihm arbeitete, hatte er sie nie enttäuscht. Das war nicht nur ein erfahrener Bankier, sondern auch ein Kenner ihrer Seele: Er wußte, daß auch kleinere Verluste sie nervös werden ließen – so gänzlich vergessen war der dort angesammelte Hort dann doch nicht. Und siehe da, als sie nun die Ertragslage ihrer Papiere an sich vorbeimarschieren ließ, wie ein Feldherr die Parade seiner Truppen abnimmt, wie erfreulich war dieser Anblick: überall nur Zuwächse, bei manchen Papieren sogar stattliche. Um beim Feldherrnvergleich zu bleiben – sie gehörte geistig zu der Sorte Militär, die mit der hochgerüsteten Truppe keinesfalls in eine Schlacht ziehen will. Diese langen Kerls trugen ihren Wert in sich; allerdings durften es gern mehr werden.

16

Nicht in allen Punkten wurde dem Gesetzeswerk, das Cornelius De Kesel für das Leben in der Chaumière erlassen hatte, weiterhin gehorcht. Für die Stunde des abendlichen Aperitifs etwa hatte er angeordnet, denselben Wein wie bei Tisch zu servieren. Cocktails hielt er für eine Unart und das Durcheinandertrinken für ungesund; er konzedierte aber Eiswürfel im Weißwein, solange man draußen stand im schwächer werdenden Licht; bei Tisch waren sie verboten. »Unklassisch« nannte er das, obwohl für ihn nicht alles, was landläufig als klassisch galt, verbindlich war. So lehnte er mit Kompromißlosigkeit Krawatten ab. In dieser Hinsicht vermochte er Gästen zwar nichts zu befehlen, aber er warb immer für den Stil, den er für sich selbst entwickelt hatte: bis zum Hals hochgeknöpfte Anzüge, dem Mao-Anzug nicht unähnlich, allerdings von besserem Schnitt und in sehr ausgefallenen Wollstoffen, von Farbpünktchen durchwebt. Diese Anzüge hätten zu viktorianischen Missionaren oder Forschungsreisenden gepaßt; vielleicht hatte er als Knabe im Umkreis seines Vaters Männer gesehen, die derartig gewandet aus Afrika zurückgekehrt und ihm zum Vorbild geworden waren.

Jetzt, in der Hitze, trug ohnehin niemand eine Jacke oder gar eine Krawatte, dieses Gesetz erübrigte sich. Was aber den Aperitif betraf, so war er um Whisky erweitert worden, was vermutlich auf Damien zurückging, der, um ein Familienabendessen durchzuhalten, vorher ein paar Gläser mit etwas Kräftigerem brauchte. Der Sonnenuntergang dieses Abends war besonders schön, die Menschen, die mit ihren Gläsern und Zigaretten über die Terrasse verteilt standen, wirkten wie Hintergrundfiguren auf gewissen Renaissance-Gemälden, die sich ohne Bezug zur Hauptszene in der verdichteten Stimmung der Komposition verlieren. Es war, als teile sich der Lichtzauber allen mit, man sprach unwillkürlich leise.

»Diese ganze Hügellandschaft ist das Grab meines Vaters.« Marjorie war in einen selten nachdenklichen Ton verfallen; sie spürte plötzlich das Bedürfnis, Ruprechts Gästen Eröffnungen zu machen. »Mein Vater haßte Beerdigungen. Die Ansprachen, womöglich von einem nur zu diesem Anlaß herbeigezerrten Pfarrer, die Gemeinde, die ein *figure de circonstance* macht, schreckliche Musik, geschmacklose Blumen – er ging nie auf eine Beerdigung, und er selbst hat sich verbrennen lassen. Eines Tages, Paula und ich kamen gerade aus Deutschland zurück, Toufik aus Paris, wir hatten uns schon vor dem Tod meines Vaters getrennt, da fand ich hier einen Pappkarton, in dem es rasselte wie von Kürbiskernen: Papas Asche. Wir haben einen großen Spaziergang über das Grundstück gemacht und ihn ausgestreut, wie man Pflanzen aussät. Er ist hier überall; in allem, was hier wächst, ist ein bißchen Materie von ihm drin.«

Mit diesen Worten wandte sie sich von den Gästen ab und ging ins Haus, um den gedeckten Tisch anzusehen. Das tat sie stets, ohne an dem Vorgefundenen noch etwas zu ändern, aber ein wenig wollte sie doch Hausfrau spielen. Für Allmendinger und Sieglinde Stiegle war ihr Abgang eine Erleichterung, weil beide nicht recht wußten, was sie zu den Eröffnungen sagen sollten; wäre nicht eine gewisse Ergriffenheit am Platz gewesen?

»Wie würdest du *figure de circonstance* übersetzen?« Allmendinger fand ins Praktische zurück.

»Mit dem, was du eben aufgesetzt hast: Trauermiene. Das gibt es aber nicht richtig wieder, die ganze Seele der französischen Nation steckt in diesem Ausdruck – heute nicht mehr, die heutigen Franzosen können ganz schön sentimental sein.«

»Schau mal.« Allmendinger lenkte ab, er fühlte sich nicht wohl, wenn sie ihm etwas voraushatte. Aus der Terrassentür traten soeben Max, die Lockenpracht am Hinterkopf mit einem Gummi gebändigt, und Paula in einem einfachen schwarzen Leinenkleid. »Ein schönes Paar, die südländische Frau, der nordische Mann …«

»Und doch scheint's nicht sehr gut zu funktionieren. Das Verhältnis von Mann und Frau ist so schwierig, daß ich mich manchmal frage, woher die Überbevölkerung kommt.« Nein, damit zielte sie nicht auf ihren Kollegen, dieses Verhältnis war nicht schwierig, die kleine Irritation am Nachmittag, dessen war sie sich sicher, würde sich nicht wiederholen.

»Eine gewisse Verdrossenheit gehört heute zum Auftreten junger Leute.« Allmendinger, der so viel älter als Max gar nicht war, wollte beobachtet haben, daß bei der nächsten Generation das Zeigen von Enthusiasmus, Gutgelauntheit, Liebesglück in höchstem Maße verpönt sei; die leicht strapaziert wirkende Zerstreutheit, mit der die beiden da frisch geduscht und mit noch naß glänzendem Haar zu ihnen träten, die bedeute nichts, heute sei man so.

Nike spielte im Kies zu ihren Füßen. Sie hatte eine gelbe Plastikschippe und grub dort Löcher, schichtete die Steinchen um und schob sie hin und her. Gefiel ihr das Geräusch, dieses Prasseln und Knirschen? Dann machte sie sich daran, die angehäuften Kiesel ins Rosenbeet an der Terrassenmauer zu werfen, was ihr erst recht gefiel, als Marjorie wieder in der Tür erschien, es bemerkte und mit wenigen großen Schritten bei ihr war. Ohne Warnung packte sie die Enkelin am Handgelenk – offenbar recht hart –, riß sie in die Höhe und sagte leise: »Das habe ich dir schon zehnmal verboten, beim nächsten Mal lernst du mich kennen.«

Paula sah das und lief sofort herbei, zog Nike an sich und richtete einen empörten Blick auf ihre Mutter. Die Kleine war noch stumm, aber als sie sich bei Paula in Sicherheit wußte, öffnete sie ihren Mund zu lautem Protest. Aber der blieb aus, sie wurde abgelenkt.

Ein großer Hund, dünn bis zur Körperlosigkeit, graubeige meliert und mit spitz wie eine Tüte zulaufender Schnauze, schoß auf die Terrasse, von einer straff gespannten Leine kaum zurückgehalten; hinterher stolperte ein Mann mit in den Nacken gelegtem Kopf. Sieglinde Stiegle wußte sofort, wer das war, Marjorie hatte alles ganz richtig beschrieben: die kleine gedrungende Statur und die Säbelnase, die gleichsam die Luft vor ihr zerteilte. Marjorie wandte sich augenblicklich von Paula und Nike ab. Ihre Verärgerung konnte sie nur mühsam verbergen.

»Ich hatte Ihnen doch ausdrücklich verboten, den Hund mitzubringen!« Das immerhin brachte sie hervor, was Schlesinger aber nicht beeindruckte.

»Manchmal muß man ungehorsam sein! Ich konnte Illouz unmöglich allein zu Hause lassen – Sie müssen wissen, das ist kein Hund, sondern ein Mensch. Wenn Sie ihre Augen sehen, bekommen Sie Herzschmerzen.«

Er konnte so viel reden, weil Illouz von Damien aufgehalten worden war, der sich gerade vor ihr auf die Knie niederließ, ihren schmalen Kopf in seine Hände nahm und sie mit festem Griff liebkoste. Der Hund stieß quiekende Laute aus, Zeichen der Ratlosigkeit gegenüber einer Woge von Lust, die ihn überschwemmte. Er war in Damiens Bann geraten, zitterte am ganzen Leib und versuchte, sich den Händen zu entwinden, um selbst zur Liebkosung überzugehen. Schon öffnete sich das Maul und ließ eine schlangenhafte rosa Zunge hervorschießen, um sein Gesicht abzulecken.

»Illouz ist eine Erotikerin«, Schlesinger klang hochzufrieden. Damiens Beschäftigung mit dem Tier machte es möglich, daß er alle Versammelten begrüßen konnte, ohne Hände zu schütteln, denn in der freien Hand hatte er einen Plastikbeutel, blutverschmiert. »Das Abendessen für Illouz, Kalbsleber – kaufen Sie auch bei Raquin? Der ist der Beste.«

Marjorie war das bekannt, weshalb sie diese Metzgerei mied. »Das ist überhaupt keine Metzgerei, in Deutschland hieße so was Fleischboutique. Solchen Unsinn muß man hier nicht mitmachen.«

»Aber Illouz rührt nichts anderes an. Sie ist so vornehm, daß sie lieber verhungern würde.«

Und schon hatte er sich Max zugewandt. Es stimmte schon, der Mann hatte eine soziale Begabung, kam ohne weiteres mit jedem ins Gespräch und sagte lieber eine Plattheit als zu schweigen. Tatsächlich gelang es ihm, daß die Beklommenheit verflog.

»Was macht das Klavier?«

Bei einem anderen hätte diese Frage nur verlegen gewirkt, aber er legte eine solche Neugier hinein, daß Max glaubte, Herrn Schlesinger jetzt den Stand seiner Arbeit vortragen zu dürfen. Zutraulich fing er an, von seinen Übungen zu berichten – die linke Hand, speziell Ring- und kleiner Finger, wollten nicht, wie sie sollten, er habe nämlich einen Fahrradunfall gehabt …

»Dummes Zeug.« Schlesinger kehrte ärztliche Autorität hervor. »Gib mal her, junger Mann!« Und er begann, mit kurzen Fingern die Hand abzutasten, den Blick zum Himmel gerichtet, um sich ganz auf sein Tasten zu konzentrieren. »Ich spüre erst mal gar nichts.« Das klang vorwurfsvoll – ob denn geröntgt worden sei? Nein? Also bitte.

Paula folgte der Palpation stirnrunzelnd. Nike war jetzt an sie geschmiegt und sah zu Schlesinger hinauf, als sei sie froh, sich bei ihrer Mutter in Sicherheit zu befinden.

»Vielleicht sind es ja nur die Augenbrauen, die sie so finster wirken lassen?« Sieglinde Stiegle raunte Allmendinger ins Ohr; wie sie da nebeneinander standen, sahen sie aus wie ein Paar.

An der Bruchsteinmauer, welche die Terrasse nach einer Seite hin begrenzte, rankte sich eine Bougainvillea in die Höhe, die in einem Riesenbusch hellvioletter Blüten endete. Mit untergehender Sonne vertiefte sich die exotische Farbe und begann zu phosphoreszieren. Die Blüten hatten etwas von Seidenpapier, der Busch sah aus wie eine Bühnendekoration. Ohne daß seine Fülle darunter gelitten hätte, hatte sich vor der Mauer ein großer Haufen abgefallener Blüten angesammelt, der dort unten, einem Spiegelbild gleich, die Farbexplosion wiederholte. Mitten in diesen Blütenhaufen war die schwarze Katze gebettet, nun nicht mehr Zikadenmörderin, sondern Inbegriff verwöhnter Ruhe. Die Anwesenheit von Illouz hatte sie offenbar noch nicht wahrgenommen, der große und doch noch so junge Hund war am anderen Ende der Terrasse ganz und gar in Damiens Gewalt.

»Mein Gott, was für ein Bild«, rief Schlesinger und wies auf die Katze.

»Wenn wir das photographieren würden, könnten wir bei Papyros eine Serie von Katzenpostkarten starten, das würde unserer Bilanz gewiß aufhelfen.«

Allmendinger hatte eher beiseite gesprochen, aber Schlesinger hatte ihn gehört. »Das ist doch ein hochinteressantes Phänomen: Die Katze hat es sich dort einfach nur bequem gemacht, aber als Photo wäre es unerträglicher Kitsch! Und dabei kann es Kitsch in der Natur doch gar nicht geben?«

Ruprecht trat hinzu. »Nein, die Natur an sich ist nie kitschig, aber eine falsche Zusammenstellung von Pflanzen kann durchaus geschmacklos sein. Es hat eine Bougainvillea, um gleich bei diesem Beispiel zu bleiben, hier in dem bäuerlichen Umfeld nichts zu suchen. Eine Südseepflanze, eine laute Farbe, ein kreischender Effekt vor diesem Bauernhaus. So was paßt neben einen Swimmingpool in Kalifornien.« War es schon wieder soweit, daß er die Distanz zur Umgebung seiner Frau beweisen mußte?

Sie wandte sich an Schlesinger. »Stellen Sie sich vor, gestern wollte er uns das Wort Kitsch verbieten, jetzt kommt er selber damit an.«

Ruprecht blickte schweigend zu ihr hinüber; sie spürte, sein Blick enthielt eine Warnung.

Schlesinger füllte die kurze Stille mit einem Bekenntnis, er sprang stets ein, wenn es irgendwo stockte. »Ich komme nicht ohne Kitsch aus. Ich liebe den Kitsch in der Musik und im Dekor, erst recht im Film – ein Film ganz ohne Kitsch ist fast ungenießbar, und deshalb gehört in beinahe alle Filme mindestens eine Prise Kitsch. Das wissen die Produzenten; ohne Kitsch interessiert der ehrgeizigste Kunstfilm niemanden.« Selbst wenn ein Genie wie Charlie Chaplin mit kleinem Kind an der Hand dem Sonnenuntergang entgegenwatschele, was sei denn das anderes als Kitsch? Er sah sich triumphierend um.

Ruprecht nickte, als gebe er ihm recht. Er habe es sich und den anderen nur ein wenig schwieriger machen wollen. Es sei nicht so einfach mit dem Kitsch. Zunächst denke jeder dabei an das Unechte, Billige, ja, gewiß – aber es gebe auch den teuren, luxuriösen Kitsch. Auf der einen Seite das Kleinbürgerliche, Primitive, aber dann der mondäne Kitsch, wie im ›Rosenkavalier‹ – das Verlogene, Verhübschende –, und dann sogar der Kitsch mitten im Grauenhaften, in gewissen KZ-Schilderungen etwa, in denen der

»Hungerengel« durch das Lager wandele. Es gebe realistischen und surrealistischen Kitsch, reaktionären und avantgardistischen, religiösen und atheistischen – aber wenn das so sei, dann bezeichne das Wort im Grunde eine Sprachlosigkeit gegenüber diesem Phänomen, die man sich endlich eingestehen müsse. Goethe habe das Wort noch nicht gekannt – weil es noch keinen Kitsch gegeben habe?

Sieglinde Stiegle wagte nicht, sich einzuschalten, sagte aber leise zu Allmendinger: »Wenn Goethe es gekannt hätte, dann hätte er es vermutlich auf manche Romantiker angewendet.«

Allmendinger nickte verdrossen. Da waren sie wieder, die einsamen Vorträge des Chefs bei den Programmkonferenzen, sinnlos, sich dazu zu äußern, bei jedem Wort hätte man einhaken müssen.

Marjorie wandte sich Schlesinger zu, der während der Rede genickt und mit der Nase die Luft zerteilt hatte. Das Thema liege seit gestern in der Luft, weil sie gewagt habe, ein Bild aus der Sammlung ihres Großvaters als Kitsch zu bezeichnen. Ruprecht habe in dem Ding plötzlich etwas Außerordentliches entdeckt, was weder ihm noch allen anderen in der Familie bisher aufgefallen sei.

»Das sind Erleuchtungen, Eingebungen.« Schlesinger wurde hymnisch. »Alte Sehgewohnheiten ablegen, neue Augen bekommen, das ist etwas Kostbares! Das muß man ernst nehmen, das ist ein Geschenk!«

»Aber wenn Sie gesehen hätten, vor welchem Bild es stattgefunden hat: einem photorealistischen Schinken.«

»Sagen Sie nichts gegen solche Sachen. Viktorianische Malerei wird gerade hochaktuell!«

Ruprecht wandte sich ab. Bei der Vorstellung, ›Taube und Wildente‹ könnte »hochaktuell« sein, überwältigte ihn der Widerwille.

Da trat Anna dos Santos, mit frischer weißer Schürze, in den Türrahmen und nickte Marjorie zu. Die klopfte mit dem Fingernagel an ihr Glas und bat ins Haus. Auch das entsprach noch einem Gebot von Cornelius De Kesel; es durfte bei ihm nicht im Freien gegessen werden, zu allen Zeiten hätten die Menschen sich zum Essen in Höhlen und unter Dächer zurückgezogen. Aber obwohl es schade war, den Sommerabend mit letztem Sonnenlicht, schon leuchtend rot, zu verlassen, gab es noch einen anderen Grund hineinzugehen: Die Mücken wurden immer aufdringlicher, und Sieglinde Stiegle, die sich reichlich mit einer stark nach Geranien riechenden Lotion eingerieben hatte, war dennoch schon einmal in die Wade gestochen worden. Am Ende wurden die Mücken der Chaumière von Geranienduft gar angezogen? Lammfromm ging Illouz neben Damien einher, auf ihren Beinen wie auf Stelzen stolzierend; sie war eigentlich nur zum Rennen geschaffen und mußte sich zur Langsamkeit zwingen. Mit ihm, in seinem Griff, würde die Anwesenheit des Hundes erträglich sein, dachte Marjorie beinahe enttäuscht. Was konnte dieser Mann denn noch alles, jetzt war er schon zum Dompteur geworden. Warum ärgerte sie das?

17

Am Tisch gab Marjorie die Suppe aus, auch solche hausfraulichen Gesten hatte Cornelius De Kesel geschätzt. Es war eine Tomatensuppe aus eigenen Tomaten, wie Anna versicherte, obwohl die Tomatenstauden in dem chaotischen Gemüsegarten ziemlich gestrüppartig und geplündert aussahen. Illouz saß jetzt, die überlangen Glieder ineinandergefaltet, als wären sie neben ihr liegende Krükken, bei ihrem neuen Herrn, der den Arm hinabhängen ließ, um sie zu berühren. Sie belohnte seine Aufmerksamkeit, indem sie seine Hand beschnüffelte und leckte.

Irgendwer brachte das Gespräch auf Indien – war es Max, der von indischer Tomatensuppe sprach? Oder meinte er Ketchup?

Marjorie fuhr dazwischen. Der Indienfachmann sei Damien, er habe schließlich dort gelebt.

Damien sagte ungerührt und ohne sie anzusehen: »Ich habe überall gelebt. Aber vor allem in Afghanistan mit der Armee.«

»O bitte, erzähl, was dein Fahrer, der Sikh, immer gesagt hat. Ich kann es nicht oft genug hören!«

Es war, als fahre eine andere Persönlichkeit in Damien. Er, der nie lächelte, nahm jetzt den Ausdruck naiver Schläue an, wackelte nach Art der Inder mit dem Kopf nach rechts und links und sagte mit hoher Stimme: *»I enjoy my wife every day«*, mit indisch-englischem Akzent.

In das Gelächter hinein – auch Ruprecht und Paula konnten dem geisterhaften Schauspiel einer Persönlichkeitsvertauschung nicht widerstehen – rief Marjorie ungeduldig: »Doch nicht das, das andere. Das mit dem Indian English! Das ist viel besser!«

Und als wäre der Engländer ein Automat, in den man eine Münze einwirft und der nach kleiner Pause anspringt, wackelte er wiederum von Schulter zu Schulter mit dem Kopf. *»My wife is dirty and I am dirty too.«*

Diesmal dauerte es einen Moment, bis Sieglinde Stiegle und Schlesinger begriffen hatten; in ihrer Unheimlichkeit übertraf seine Verwandlung noch die Komik der falschen Aussprache.

Kaum hatte sich das Gelächter gelegt, flogen lauter Bemerkungen über Indien hin und her über den Tisch, das Land ließ offenbar niemanden unbeteiligt.

»Grauenvolles Land! Der Schmutz, die Armut!«

»Wunderbares Land, die Farben, die Anmut!«

»Als ich in Indien war ...«

»Als wir in Indien waren ...«

»Indien – nie mehr!«

»Indien muß noch mal drankommen, das ist für mich noch nicht erledigt!«

Unnötig, diese Ausrufe einzelnen Sprechern zuzuordnen, sie bildeten eine über dem Tisch schwebende Klangwolke.

»Toll, toll.« Schlesinger gab jeder Bemerkung recht und faßte, als der Lärm sich legte, die Eindrücke zusammen: »Indien in der Nußschale: Schönheit, die kippt. Abendsonne. Ein Teich mit einem Tempel, der Shikhara mit bunten Wimpeln geschmückt. Frauen in purpurnen und safrangelben Saris, Wasserkrüge auf dem Kopf. Schwarze Büffel mit Riesenhörnern am Ufer. Glockenklang. Und auf der quecksilbernen Wasseroberfläche treiben Hunderte Plastiktüten.« Er erzählte bildbeschwörend, stieß seine Pointen bellend hervor und belohnte sich dann selbst mit kekkerndem Gelächter.

Bei Marjorie galt so etwas als Unterhaltungskunst, nur auf das Gelächter hätte sie gern verzichtet. Sie fand Lachen unnötig, auch wenn sie zugab, daß gemeinsames Lachen miteinander verband. Aber warum lachten so viele Leute gern? Wer konnte denn, was man so sah und erlebte, komisch finden? Alles geschah nach bekannten und vorhersehbaren Gesetzen, das waren doch lauter Zwangsläufigkeiten. Wo war da bloß das Überraschende?

Zum Glück war ihr engster Kreis offenbar gleicher Auffassung oder jedenfalls von ähnlichem Temperament. Ruprecht ließ auf seiner Miene allenfalls ein wissendes Lächeln erscheinen, als betrauere er die Unwissenheit der anderen. Paula blieb meist finster, war aber eher empört als betrübt. Nike lachte triumphierend, wenn jemandem ein kleines Mißgeschick geschah, das konnte in heftiges Weinen übergehen. Auch auf Damien war Verlaß; der Sarkasmus auf seinem faltenreichen Gesicht ließ zwar die Deutung eines Lächelns zu, aber eines ungemütlichen. Schlesinger hingegen lachte und kicherte in einem fort. Er war Unterhalter und Publikum in einer Person, und das steckte an. Auch wer es nicht wollte, mußte in seiner Gegenwart mitlachen, und wenn es noch so albern war.

Marjorie spürte die Blockaden, die sich zwischen ihnen allen gebildet hatten: unübersteigbar. Ruprecht und Paula etwa – dieser Mann bekam keine natürlich-entspannte Haltung zu seiner Stieftochter hin, vermied es, sie anzusehen, selbst wenn er ihr eine Schüssel reichte, und tat zerstreut, wenn sie ihn etwas fragte. Das war nicht immer so gewesen. Als Paula noch ein Schulmädchen war, hatte offenbar ein Vertrauensverhältnis zwischen ihnen bestanden, das sie, die Mutter, ausschloß. Das hatte sie etwas unangemessen gefunden, dieses Eingehen von Ruprecht auf die pubertierenden Geheimnistuereien eines halben Kindes, hatte sich darüber auch geärgert, etwa wenn die beiden auf Reisen allein losgezogen waren und sie warten ließen; da war ihr die gegenwärtige Gehemmtheit doch noch lieber. Das Leben war eben nicht übertrieben amüsant, niemand lebte auf Dauer in den Verhältnissen, die er sich erträumt hatte, damit fand man sich ab. Und wenn das gelang, dann konnte es ganz nett werden.

João brachte eine große Platte mit gebratenen Hühnerbeinen – diese Hühnerbeine wurden bei ihnen tiefgefroren gekauft, sackweise wie für Restaurants. Solch ein Sack hielt einen Sommer in der Chaumière, es gab ja immer wieder auch etwas anderes. »Den französischen Kult um das Essen mitzumachen« hatte schon Cornelius De Kesel sich verbeten – im Grunde sei das Idolatrie und moralisch fragwürdig, mithin unkultiviert.

Marjorie war zufrieden, als sie um sich sah. Selbst den

über seinen Teller gebeugten Max, der das Gummiband aus dem Haar genommen hatte und hinter den herabfallenden Locken fast ganz verborgen war, betrachtete sie gnädig; die Riesenbedrohung für eine Familie – wen heiratet das Mädchen? – war in seinem Fall wohl abgewendet – der stört nicht, dachte Marjorie, und jemand Passenden für Paula hätte es ohnehin nicht gegeben. Wie hätte der denn aussehen sollen?

Was sie hingegen verstimmte, war jetzt doch wieder der Hund, der bis dahin keinen Laut von sich gegeben hatte. Durch Damiens erotisch-hypnotische Massagen ruhiggestellt, hatte er tatsächlich eine Weile mit geschlossenen Augen dagelegen, seine überlangen Glieder um sich herumgebreitet, den tütenspitzen Kopf in ein Kissen geschmiegt, das Schlesinger vom Diwan genommen hatte – ohne zu fragen, dachte Marjorie ärgerlich. Nun war er erwacht und suchte Schlesinger, der ihn entzückt empfing. Der Hundekopf lag jetzt auf dem Tisch, die Nase sog das Aroma der gebratenen Hühnerhaut ein; nein, er bettelte nicht, aber seine Augen richteten sich auf Schlesinger wie auf eine himmlische Macht, und nur um anzudeuten, daß er der Aufgabe, ein Hühnerbein zu zermalmen, gewachsen wäre, sperrte er den schmalen, langen Rachen auf und zeigte die in den Unterkiefer gebettete rosa Zunge. Sein Atem verbreitete deutlichen Hundsgeruch.

Marjorie runzelte die Stirn. Schlesinger, mit Liebeshingerissenheit den Blick seines Hundes erwidernd, ließ ihn nach einem halbverzehrten Hühnerbein schnappen; man vernahm satte Verzehrgeräusche, ein Schlucken, ein Knochenkrachenlassen, in das hinein wieder das lustvolle Quieken gemischt war, von himmelndem Blick begleitet. Es entstand eine Gesprächspause. Jeder sah auf den kauenden Hund, dem der Speichel von den Lefzen tropfte.

»Hühnerknochen sind gar nicht gut für Hunde, sie könnten splittern, das wissen Sie doch.« Marjorie kleidete ihren Tadel in eine Warnung.

»Illouz ist so intelligent und so menschlich – sie will einfach dasselbe essen wie ich. Da habe ich ihr Leber mitgebracht, aber nein, es muß etwas von meinem Teller sein.«

Leben war in den Hund gefahren, die Atzung hatte ihn munter gemacht. Es war heiß im Zimmer, die Terrassentüren waren wegen der Kerzenflammen geschlossen; sowie die Sonne gesunken war, wehte es abends gelegentlich kräftig von den Hängen des Mont Sainte-Victoire herab. Max stand auf, Schweiß rann von seinen Schläfen, und öffnete eine der Türen nach draußen. Ein Windstoß fegte ins Zimmer, die Kerzenflammen wurden klein. Illouz hatte den Knochen vom Teller auf den Boden geholt, war aber schon nicht mehr hungrig, erkannte vielmehr, daß die Tür offenstand, und sprang mit einem einzigen Satz in die Nacht.

»Um Gottes willen!« Der immer spöttische Schlesinger war auf einmal todernst. »Helfen Sie mir, den Hund zu fangen! Er ist in Lebensgefahr! Er wird auf die Straße laufen.« Das Ganze in einem Befehlston, der den Anwesenden in die Glieder fuhr.

18

Die ganze Gesellschaft war aufgesprungen, das hatte Schlesinger geschafft, der vorher den Narren gegeben hatte. Durch das Lachen mit ihm und über ihn hatte er sich die Runde unterworfen. Unter der Führung von Damien liefen alle hinaus in die Neumondnacht, in der allerdings die Sterne funkelten, in einer im Norden ungewohnten Pracht. Es war dafür hier draußen eben dunkel genug, nur nach Westen hin, dort, wo die Stadt war, schwebte ein milchiger Schimmer über dem Horizont. Wie Glühwürmchen blinkten die weißen Lämpchen der Telephone bald schon in ziemlicher Ferne, dazu die Rufe: »Illouz! Illouz!«, die sich, leiser werdend, in der Nacht verloren.

Nur zwei waren zurückgeblieben und standen im Schatten des Hauses beieinander.

»Marjorie wird fuchsteufelswild sein, daß der Schampir das Abendessen auseinandergesprengt hat, wo sie ihm doch eigens verboten hat, den Hund mitzubringen. Sie glaubt, das Gesicht zu verlieren, wenn ihre Befehle nicht befolgt werden.« Der Mann klang tief und weich; an der Verstimmung Marjories, die er vorhersah, nahm er offenbar keinen weiteren Anteil.

Eine Frauenstimme antwortete ihm, ein wenig rauh, wie von einem Buben im Stimmbruch. »Weißt du noch, wie wütend sie war, als wir sie in Algerien im Hotel haben warten lassen? Sie hätte beinahe die Reise abgebrochen.«

Der Mann lachte leise.

»Es war ihre eigene Schuld, sie wollte ja nicht mitkommen. Um nichts in der Welt würde ich auf diesen Tag verzichten wollen. Die Fahrt durch die Wüste zu dem verborgenen Tal –«

»Eigentlich kein Tal, eine Schlucht. Von oben lange nicht zu erkennen, erst als man unmittelbar an ihrem Rand stand.«

»Wir sind dann irgendwie da runtergekommen. Oben Sand und Stein, unten ein gluckernder kleiner Fluß, umgeben von einem Palmenhain. Auch Orangen, Lorbeer …«

»Das Wasserrauschen wurde durch das Echo zwischen den Felswänden verstärkt. Ein dichter Pflanzenfilz, schwarzledriges Laub, das die Sonne abhält, paradiesisches Halblicht, ein Pflanzentunnel.«

»Du hast damals gesagt, das sei wie ein unterirdischer Garten aus Tausendundeiner Nacht. Später hast du mir daraus vorgelesen, und ich weiß noch, was du mir damals gesagt hast: Es gibt keine Phantasie, es gibt keine Erfindungen. Alles, was ausgedacht aussieht, hat irgendwo in der Welt sein reales Vorbild.«

»Ich wäre gern ein paar Tage mit dir dort unten geblieben. Es gab ein paar alte Häuser, die an der roten Felswand klebten –«

»Ja, sich verbergen, das ist deine Lieblingsvorstellung, in einem Tal in der Wüste. So soll dein Leben sein: ein geheimer Garten inmitten der von jedem überschaubaren Sandebene … ein unterirdisches Versteck.«

»So war es, aber so wird es nicht weitergehen. Dieser Garten ist bald nicht mehr da, er ist eigentlich schon längst verloren.«

»Du bist doch nicht etwa eifersüchtig?«

»Aber nein, Max ist eine Notwendigkeit. Marjorie ist argwöhnisch, das weißt du doch.«

»Aber du weißt doch auch, daß man Menschen nicht so einfach hin und her schieben kann … obwohl du das sicher gern tun würdest. Max ist kein schlechter Kerl, nicht sehr schlau, nicht sehr begabt, aber er hat Geduld mit mir und wird mich nie verlassen. Ich weiß, daß wir beide niemals zusammenleben werden, das wird nie möglich sein. Du kannst dich nicht scheiden lassen, was würde dann aus dem Verlag?«

»Hör auf, es ist nicht wegen dem Verlag!«

»Für mich ist das ganz klar. Wir dürfen uns nichts vormachen. Du würdest dich nicht von der Mutter trennen, um die Tochter zu heiraten. Du bist zwar hemmungslos, im Traum jedenfalls, aber zugleich bist du konventionell. Es gibt Sachen, die machst du nicht, weil das deine Auffassung von dir selbst stören würde. Ich kenne dich auswendig, Liebster, und dennoch –«

»Wie hältst du es aus?«

»Daß er schlecht Klavier spielt? Daß er unsicher mit Messer und Gabel umgeht? Daß er nicht ahnt, wie langweilig er ist? Vergiß nicht, ich bin eine Mutter. Mutter sein heißt, sich in grenzenlose Langeweile einzuüben. Wie hältst du es denn aus?«

»Wenn ich dich sehe, halte ich es beinahe gar nicht aus.«

»Beinahe!«

»Und dabei macht Marjorie es mir leicht. Wie lang besucht sie Damien nun schon in seinem Pförtnerhäuschen? Fünf Jahre? ›*L'après-midi d'un faune*‹, ein Schrumpelfaun, der ist ihr herzlich gegönnt. Sie würde mir sofort eine Geliebte konzedieren.«

»Irgendeine Geliebte sicher. Aber du hast dich in das falsche verborgene Tal verirrt.«

Im Finstern spricht man leicht, es ist dann wie ein resonanzloses Denken. Von fern hörte man jetzt wieder die anderen, sie hatten Illouz offenbar gefunden. Die Stimmen kamen näher, dann tauchten die Hundejäger aus der Nacht auf. Der in allen Künsten erfahrene Damien hatte Illouz fest am Halsband gepackt und führte ihn zu Schlesinger, der kurzatmig die eigentliche Jagd den anderen hatte überlassen müssen und nur hinterhergekeucht war. Die Gesellschaft war durch das Herumstolpern im Finstern zerkratzt und zerstochen. Die Dornen der Macchia, spitzige Ästchen, ausgetrocknete Halme hatten die nackten Füße in den Sandalen aufgeritzt, auch die Mücken hatten Opfer gefunden.

Marjorie leuchtete mit ihrer Telephonlampe in Ruprechts Gesicht. »Ihr Faulpelze! Wir haben uns im Dunkeln verrückt gemacht. Der Schampir wird erst wieder eingeladen, wenn der Hund tot ist. Was für eine Idiotie, mit diesem Bauch einen Hund zu halten, der täglich drei Stunden rennen will – aus Eitelkeit! Um damit in der Stadt Petits

Fours einkaufen zu gehen! Max war gut«, sie wandte sich ihrer Tochter zu, »er ist praktisch. Er und Damien haben sich den Hund zugetrieben. Ich habe mir weh getan, bin mit dem Zeh an einen Stein gestoßen, ich könnte schreien vor Schmerz.«

Alles ging zurück ins Haus, ins warme gelbe Licht. Anna erschien mit dem Apfelkuchen, der berühmten tarte Tatin, die sie gut hinbekam, als eigentlich einziges; sie machte ihr weihnachtliches Überraschungsgesicht, dessen Wirkung bei Allmendinger, Sieglinde Stiegle und Schlesinger noch nicht verbraucht war. Ruprecht, Paula und Marjorie sahen stoisch vor sich hin, und Damien hätte nicht gezuckt, wenn ihm der Schierlingsbecher serviert worden wäre.

Es stellte sich heraus, daß die jähe Unterbrechung des Essens die Gäste belebte. In der Nacht waren die Größe des Grundstücks und das Auf und Ab des Geländes noch eindringlicher erfahren worden als am Tag.

»Das ist ja endlos!«

»Das ist ja eine ganze Landschaft!«

»Zum Verirren!«

So klangen die Kommentare, und Schlesinger fand die Konklusion: »Das ist hier im Grunde der halbe Mont Sainte-Victoire.«

19

Die Gesellschaft war auseinandergegangen, das Geschirr hinausgetragen, die Aschenbecher geleert – eine wiederhergestellte Ordnung, welche durch eine leichte Ungemütlichkeit an die vorangegangene Unordnung erinnerte. Marjorie und Ruprecht fanden sich allein im Salon wieder, was ungewöhnlich war, weil Marjorie sonst als erste zu Bett ging. Die Sehnsucht nach Schönheitsschlaf und die Erwartung von Langeweile ließen sie einen geselligen Abend nach Möglichkeit abkürzen.

»Du mußt mir noch mal erklären, was es Besonderes mit dem Wildstilleben auf sich hat. Du hast so engagiert gesprochen, daß ich gar nicht auf deine Argumente geachtet habe. Klar war nur, daß dir dieses Bild nach zwölf Jahren Nichtbeachtung plötzlich unerhört am Herzen liegt.«

Sie sprach freundlich, gar ein wenig einschmeichelnd. An einem anderen Tag wäre Ruprecht aufmerksam geworden; auffällig war das schon, aber wenn es etwas gegeben hätte, was verdächtig klang, dann nahm er es nicht wahr. Warum vergaß er seinen Hang zur Tarnung? Was ließ ihn glauben, sie sei tatsächlich neugierig geworden? Das Dozieren, unter dem Allmendinger derart litt, daß er seinen Ärger nach jeder Verlagskonferenz vor Sieglinde Stiegle oder selbst einer Praktikantin ausschütten mußte, vermied er zu Hause, weil Marjorie ihn einfach unterbrach und zur komischen Figur werden ließ, was er mehr fürchtete als alles andere.

An diesem Abend vergaß er jede Vorsicht. Das Stilleben war es, das ihn zum Sprechen reizte, da mußte er nur angestoßen werden. Schon lange war es ihm nicht mehr widerfahren, durch eine eigene neue Einsicht überrascht zu werden. Diese Überraschung wirkte verjüngend. Ja, es gab wirklich noch Neues, noch nicht längst Bedachtes und Durchgekautes, die Sinne waren noch nicht eingefroren im ewigen Eis der Enttäuschung, sondern frisch wie vor dreißig Jahren, als er gerade Papyros gegründet hatte. Auf dem Diwan bequem ausgestreckt, begann er zu sprechen, als hielte er eine Vorlesung.

Er habe ja bereits darauf hingewiesen, daß die große Schule der französischen Akademie, die das Wissen der vorangegangenen Jahrhunderte gespeichert, geordnet und lehrbar gemacht habe, zu einer Verwandlung der Farbe habe gelangen wollen, ganz wörtlich: Das Ziel sei gewesen, die Malerei in eine Reihe mit der Alchimie, der Goldmacherei, der Magie treten zu lassen, und zwar durch Umwandlung von Wertlosem in Kostbares, von Totem in Lebendes, von Leinwandfetzen und Ölpaste in alle denkbaren Substanzen. »Farbe sollte aufhören, nach ihren Pigmenten analysierbar zu sein, sie sollte vielmehr zu einem Stoff eigener Art werden. Die fettschimmernden Klümpchen aus der Tube, auf die Palette gedrückt, sollten durch eine besonders komplizierte Behandlung zu einer entrückten, neuartigen Materie werden, aber das war keine Zauberei, sondern geschah durch das allmähliche Auftragen feinster, durchscheinender Schichten, Lage um Lage, und diese Schleier – wieder eine Verwandlung – wurden zu etwas Festem, schufen den Eindruck belebter Undurchdringlichkeit.«

Er bat sie, ihn zu dem Bild im kleinen Salon zu begleiten.

»Du siehst, wie dieses kaum nur angedeutete Hellblau, Rosa, Hellgelb gleichsam aus dem Innern der Vogelkörper herausleuchtet. Und zugleich scheint eigentlich überhaupt keine Farbe auf dem Bild zu sein, nichts als die undefinierten Töne von Dreck unterm Fingernagel –«

»Wie appetitanregend.« Marjories Sarkasmus klang nicht aggressiv. Sie fühlte sich, um sich treu zu bleiben, dazu verpflichtet, doch das war jetzt nur ein Reflex, der ihr wachsendes Interesse kaum verbarg. Erinnerte sie sich daran, wie sie mit ihrem Vater Cornelius De Kesel durch die Galerien Europas gegangen war?

Ruprecht ließ sich nicht beirren. Keine der einzelnen Farben auf dieser Leinwand seien zu sistieren; alle seien in subtilster Abstimmung derart ineinander verschmolzen und miteinander verfugt, daß sie außerhalb dieser Ordnung gar nicht existierten, als Einzeltöne nicht herauszulösen seien. »Man kann das Bild als Beschwörung reiner Körperlichkeit verstehen, in Abwesenheit von Farben, man kann aber ebenso eine feine Farbigkeit darin entdecken, zart wie auf in der Sonne schillernden Insektenflügeln – ein Zusammenklang, vergleichbar einer kaum hörbaren gläsernen Musik. Du kennst doch die Glasorgeln mit den verschieden gefüllten Gläsern, die beim Anstreichen spannungsvolle Akkorde hervorbringen, bis die Gläser fast zerspringen?«

Den roten Zinnoberpunkt auf dem Taubenschnabel erwähnte er nicht. Der war nicht versteckt, jeder konnte ihn sehen, aber niemand sah ihn, man hatte ja auch die roten Pünktchen im grauen Tweed von Cornelius De Kesel nicht bemerkt, die das Grau belebten, ohne aufzufallen. Der Zinnoberpunkt war für Ruprecht eine Offenbarung und einst gewiß auch für den Maler selbst, dem eine Eingebung die Hand geführt haben mußte. Dieses »heilig öffentlich Geheimnis« – so dachte er unwillkürlich – stellte eine enge Verbindung zwischen ihm und dem Gemälde her, wenn nicht sogar einen Besitztitel. Das sprach er erst recht nicht aus. Er konnte sich nur zu gut vorstellen, was Marjorie sagen würde, wenn er ihr mit einem solchen Gedanken käme; selbst jetzt, in diesem einzigartigen Moment, in dem er plötzlich vermutete, sie habe ihn verstanden.

Sie lauschte. Ihre Miene zeigte Zustimmung, so daß er sich zum Weitersprechen ermuntert fühlte. Da fiel sie ihm ins Wort.

»Du bestärkst mich, Ruprecht. Ich höre dir gern zu. Was du sagst, beweist mir, daß ich richtig liege. Um von etwas Schnödem zu sprechen: Damien hat mir gesagt, daß das Dach repariert werden muß, eine größere Sache, obwohl das eigentliche Loch noch klein ist, aber ein ganzer Balken ist angefault, und in einer Mauer sitzt schon Schwamm. Die Reparatur überprüft der Denkmalschutz – kurzum, solche Überraschungen kommen immer zum dümmsten Zeitpunkt. Gegenwärtig habe ich keinen roten Heller flüssig –«

»Dann warte doch noch bis zum nächsten Jahr.« Ruprecht war über den jähen Wechsel des Gesprächsthemas verstimmt. Er beteiligte sich nur ungern an Marjories ökonomischen Überlegungen, diesem unablässigen Abwägen und Hin-und-her-Wenden, was jeder größeren Ausgabe voranging; längst wußte er, daß sie ihm niemals vollständigen Einblick gewährte und ihre Entscheidungen von Fakten bestimmen ließ, von denen er höchstens durch Zufall erfuhr.

»Nein, nein, das hat mir Damien erklärt – aufschieben geht nicht, sonst wird das Ganze durch den Herbstregen zu einem Riesenschaden. Aber ich habe die Lösung. Du hast mir die Augen für dieses Stilleben geöffnet, das ich nie gemocht habe – auf den ersten Blick ein viktorianischer Schinken, offenbar aber doch ein bißchen besser. Ich vermute jetzt, daß das Ding qualitätvoll genug sein könnte, um einen gewissen Preis zu erzielen.«

»Natürlich ist es qualitätvoll. Das ist ein sehr mattes Wort für das, was ich dir klarmachen wollte.«

»Wie auch immer, ich bin entschlossen, es zu verkaufen. Ich werde es einem deutschen Auktionshaus geben, das stark ist im neunzehnten Jahrhundert, für ein englisches langt es wahrscheinlich nicht.« Sie nannte wie im Selbstgespräch zwei, drei Namen. »Wenn das hier wegkommt, werde ich gar nicht merken, daß etwas fehlt. Im Gegenteil, ein Stück, das mich irritiert hat und gar nicht ins Haus paßt, verschwindet, ein Fremdkörper, ein Relikt der Association Internationale du Caoutchouc au Congo, was heutzutage sogar eher peinlich ist, und dafür regnet es nicht mehr herein. Ich weiß auch schon, was ich an diese Stelle hänge: den Dufy auf dem Korridor oben, den alle deutschen Gäste ›duftig‹ nennen, vermutlich wegen des Namens, der schien mir immer etwas unterschätzt …«

Sie redete weiter, während Ruprecht schwieg. Sie redete in sein Schweigen hinein, weil sie spürte, daß sie ihn sprachlos machte. In seinem Plädoyer für das Stilleben hatte er sich verausgabt. Er hatte, wie er jetzt erkannte, in die falsche Richtung gekämpft und stand jetzt ohne Waffen da.

»Ich wünschte, das würdest du nicht tun.« Er übte sich in äußerster Selbstbeherrschung. »Vorsicht, Marjorie!« hatte ihm auf der Zunge gelegen, das schluckte er hinunter. Stattdessen drehte er sich um und verließ das Zimmer, indem er sich zwang, die Tür so behutsam zu schließen, daß nicht das geringste Geräusch entstand.

»Oijoijoi, sind wir etwa beleidigt?« Marjorie versuchte sich im Spott, aber sie spürte, daß sie dabei war, das Reich des Unvorhersehbaren zu betreten.

20

Es war später Vormittag, Marjorie spielte mit ihrem Tablet. Nach einem Ausflug ins Pförtnerhaus, einem sich daran anschließenden Bad und einem leichten Frühstück aus Dörrobst und Joghurt war es an der Zeit, sich ein wenig um die Geschehnisse in der Welt zu kümmern und im Besonderen um das, was sie selbst anging, nämlich die sinnvolle Umschichtung der Anlagen. Der Eindruck vom Vortag verfestigte sich, daß es höchst unvorteilhaft wäre, Gelder flüssig zu machen, wenn auch anders an Bares zu kommen wäre. Der Verkauf eines ihr vom Vater vererbten Bildes, so wenig ihr daran lag, hatte zwar nie zu ihren Optionen gehört, erst recht nicht, um die Stiftung zu entlasten. Früher wäre sie so weit gegangen, Herrn Dr. Tobler anzudrohen, das Loch im Dach immer größer werden zu lassen, bis der die Nerven verloren und die Reparatur in Auftrag gegeben hätte. Dann wäre es ein Vergnügen gewesen, seinen Versuchen zuzusehen, das Geld von ihr zurückzuerhalten.

Was ihre Gedanken in eine andere Richtung gelenkt hatte, war das ungewohnte, wortreiche Engagement Ruprechts für das Bild. Was sollte das bedeuten? Auf einmal gab es da eine Leidenschaft, die sonst durch nichts provoziert wurde – für ein Stück Leinwand in einem Ebenholzrahmen. Und dann der Verstoß gegen die wichtigste Regel ihres ungeschriebenen Paktes: Jeder kümmere sich ausschließlich um seine eigenen Angelegenheiten. Nach dem Verlauf des gestrigen Gesprächs, in dem er beinahe die Haltung verloren hätte – wenn sein stummer Aufbruch am Ende nicht bereits als Verlust der Selbstbeherrschung anzusehen war –, fühlte sich Marjorie nachgerade gezwungen, den Verkauf zu betreiben, als könne sie ihm dadurch auf die Spur kommen. Vielleicht war nach so langer Zurückhaltung, die ihrem Charakter eigentlich zuwiderlief, nun doch der Tag eines Machtkampfes da. Dieser verschlossene Mann, was würde er tun, wenn vor seiner Nase das Bild vom Nagel genommen werden würde? Möglich immerhin, daß er seine Gelassenheit bis dahin zurückgewonnen hätte, dann könnte sie immer noch neu entscheiden.

Ihr stand der Sinn nach einem Experiment; auch Staaten geraten nach langen Friedensperioden in Versuchung, ihr Gewicht auf die Probe zu stellen. Sie blickte aus dem Fenster. Auf der Terrasse saß Ruprecht, und zwar ohne Buch, dafür mit Zigarette, im Aschenbecher lagen schon Kippen. Gut sah er aus, mit seinem vollen weißen Haar. Nie war ihr das so gleichgültig gewesen wie heute. Der Anblick weckte in ihr keine versöhnlichen Gedanken.

»Du einsamer Denker, in deine exquisite Isolation zurückgezogen – überlegst du, wie du dich verhalten sollst? Oder sitzt du dir selber Modell? Schade, daß du dein Profil nicht sehen kannst.«

Aber es war, als wären ihre Gedanken zu ihm nach draußen geflogen und hätten ihm auf seinem Stuhl einen präzisen Stoß versetzt. Er stand auf und ging über den Kies zur Terrassentür. Dann war eine Weile nichts zu hören, dann Schritte auf der Treppe, dann ein Klopfen an ihrer Tür. Verhielte sie sich still, dann entfernte er sich wieder, darauf konnte sie sich verlassen. Aber ihr war nach einem Gespräch zumute, gerade weil das letzte offengelassen hatte, wie er sich verhalten würde.

Ruprecht kam schnell zur Sache, kaum daß er saß; das Medaillonsesselchen war etwas zu niedrig für ihn, seine ausgestreckten langen Beine ragten quer über den Teppich. »Wegen gestern Abend ...«

»Ja bitte?«

»Ich würde das Bild gern übernehmen.«

»Was heißt das: übernehmen? Ich habe dir erklärt, ich muß dieses Bild verkaufen, ich brauche das Geld.«

»Das habe ich verstanden – ich möchte es kaufen.«

Marjorie war verblüfft, nichts dergleichen hätte sie erwartet. Es war eine Bizarrerie. Was sollte das heißen? Dann brach ein Redestrom aus ihr hervor. Wenn er sich vorstelle, daß er Familienrabatt erhalte, dann täusche er sich. Die Eindringlichkeit, mit der sie ihre Verlegenheit, ach was, Not schilderte, wäre einer ernsthaften Katastrophe angemessen gewesen. Sie tat, als müsse sie ihn überzeugen, obwohl sie spürte, daß er ihren Worten so lange nicht glauben würde, bis sie ihnen ein rücksichtsloses Handeln folgen ließe. Nein, nein, es sei nicht die Stunde für Sentimentalitäten. Das Dach könne nicht warten, der Dachdecker fordere Barzahlung, jedenfalls teilweise. »Ich muß Ende September, jedenfalls bevor es zu regnen anfängt, sechzigtausend hinlegen.«

»Wie bitte? Du glaubst, du bekommst sechzigtausend für das Bild? Du bekommst nicht ein Drittel.« Ruprecht bewahrte seine Ruhe, obwohl die Höhe der Summe ihn überraschte. Darauf war wiederum er nicht vorbereitet gewesen.

»Du kennst dich offenbar doch noch nicht so gut aus bei deinem Favoriten.« Sie reichte ihm ihr Tablet und forderte ihn auf, die Zahlen in der Artnet-Datenbank an sich vorüberziehen zu lassen. Am Anfang kamen die bescheidenen Beträge, dreitausend, fünftausend, siebentausendfünfhundert – »mach weiter, du wirst schon sehen!« Und wirklich: Fünfundzwanzigtausend, dreißigtausend, achtunddreißigtausend, zweiundvierzigtausend … »Und das ist noch nicht das Ende!«

Er legte das Tablet zur Seite. Das sei alles gut und schön. Seine Stimme klang mild, als belehre er die hoffnungslose Ignoranz. Allmählich zolle man diesem Maler die verdiente Achtung, aber solche Preise seien keine fixen Größen. Was man im Einzelfall erziele, das hänge von tausend Unvorhersehbarkeiten ab. Obwohl unendlich viel schöner als ein Goldbarren, stehe der Preis für ein solches Bild nicht fest. Sechzigtausend, das sei, wie er eben gesehen habe, bisher tatsächlich einmal erzielt worden – aber wofür, von wem, in welcher Situation?

Sie winkte ab. Sie wisse schon, was sie tue, habe ein Photo von dem Bild nach Köln und ein anderes nach München geschickt, und dort gebe es Interesse und sehr anständige Schätzungen.

Das stimmte so nicht. Es lag noch keine Antwort der Auktionshäuser vor. Jetzt, im Hochsommer, war die so bald auch nicht zu erwarten. Sie glaubte aber, Ruprecht keinen Raum lassen zu dürfen, sie wollte sehen, wann er aufgab.

Im übrigen verdanke sie, wenn es zum Verkauf komme, allein ihm das Geschäft, fügte sie betont anerkennend hinzu; er habe ihr die Augen geöffnet für die Qualität des Bildes, sie wäre sonst gar nicht auf das Verkaufen gekommen.

Ruprecht wurde kühl. Sechzigtausend sei zu viel. Das sei ungeachtet der Zahlen, die sie irgendwo gefunden habe, nicht der Marktpreis.

Das werde man ja sehen. Der Versuch werde gemacht, sie habe gar keine Wahl.

»Du hättest schon die Wahl.«

»So weit waren wir gestern schon einmal. Ich weiß besser, was ich zu tun habe, und ich rede dir ja auch nicht in deine unverkäuflichen Programme rein.«

Sie schwiegen, und Marjorie griff wieder nach ihrem Tablet. Hinaus warf sie ihren Mann nicht, aber sie wollte doch zeigen, daß sie beschäftigt sei.

»Könntest du dir Ratenzahlung vorstellen?« Bei diesen Worten, beiläufig und mehr wie zu sich selbst geäußert, begann sein Herz zu klopfen. Was machte er da? Er ging auf den Phantasiepreis ein, obwohl der noch gar nicht ausgehandelt war. Darauf durfte er sich nicht einlassen, den bekäme sie woanders nie und nimmer – und dann ginge das Bild zurück, und er könnte es ihr immer noch abkaufen, erheblich günstiger vermutlich.

Und was wäre, wenn es tatsächlich jemanden gab, der

den winzigen Zinnoberpunkt entdeckte und bereit war, das Geld hinzulegen? Möglich schon, nicht ausgeschlossen. Er müßte etwas von seinem Spielertalent beweisen, beim Verkauf der Lizenzen seiner Bücher konnte er das ganz gut. Warum nur verließ ihn die Fähigkeit zu spielen? Der Gedanke, das Schicksalsbild einem Risiko auszusetzen, war unerträglich. Seine Verhandlungsfreiheit war aufs äußerste beschränkt, gegenüber einem erpresserischen Gegner hatte er nichts in der Hand.

»Ich brauche sechzigtausend«, sagte Marjorie in einem Ton, als habe sie den Betrag im stillen noch einmal durchgerechnet und sei zu einem endgültigen Ergebnis gelangt. Er müsse verstehen, daß sie keine Raten akzeptieren könne –

»Aber wenn du das Bild versteigern läßt, bekommst du doch auch nicht sofort Geld. Das kann sich über Monate hinziehen.«

Sofort wurde sie wieder streng. Das sei ihre Sache. Seine Sache sei es, das Geld beizubringen, und zwar die ganze Summe, damit sie darüber verfügen und die Reparatur bezahlen könne. Er habe sich bei ihr über einen Mangel an Großzügigkeit wahrlich nicht zu beklagen. Sommer für Sommer verbringe er in ihrem Haus –

»Du vergißt, daß ich mich an den Haushaltskosten beteilige!«

Gewiß, das sei auch nur recht und billig. »Gute Abrechnungen sind das Fundament langer Freundschaften.« Sie zitierte sonst keine Lebensweisheiten, aber diese kam ihr jetzt entgegen.

Ruprecht dachte an die Studie eines Ethnologen, der die

agonalen Stammesgesellschaften Afghanistans erforscht hatte, sein Werk war vor Jahren bei Papyros erschienen. Der Mann schilderte gewisse, sehr entlegen lebende Clans, bei denen die Ehre der Männer ausschließlich in den Händen der Frauen liege – jedes weibliche Fehlverhalten entehre ihren Angetrauten und zwinge ihn zu blutigen Rachetaten. Um das Töten jedoch sei es allen zu tun, und deshalb mißhandelten die Männer ihre Frauen so lange, bis die in ihrer Verzweiflung begannen, den widerwärtigen Ehemann zu betrügen – dann konnte das ersehnte Unheil endlich seinen Lauf nehmen und die Blutrache beginnen. War das hier jetzt nicht umgekehrt genauso? Trieb ihn Marjorie nicht mit Eifer dazu, sich ihr gegenüber ins Unrecht zu setzen? Und dabei hätte sie sich gar nicht solche Mühe geben müssen, denn in diesem Unrecht befand er sich längst, in viel größerem Ausmaß, als sie es sich vorstellen konnte. Gänzlich irreparabel, heillos auch nach seinen eigenen Maßstäben. Belügen tat er sich nicht, so fragwürdig sein moralischer Fundus sonst auch aussah.

Marjorie hob noch einmal an, als hätte sie seine Gedanken gelesen und wäre dadurch zum Nachlegen ermutigt worden. Er sei es doch immer, der sich darüber beklage, daß alles nur noch nach dem Preis beurteilt werde, den der Markt diktiere. Wenn er von dem Scholderer derart überzeugt sei, dann müsse er sich eigentlich freuen, daß die Preise für dessen Werke stiegen – da sei vielleicht ja noch viel mehr drin, wenn er sich nicht verschätzt habe, was sie ihm nicht unterstellen wolle. Gut, er bekomme das Bild nicht eben günstig, vielleicht gar etwas zu teuer, aber wenn er recht behalte, dann habe er ein gutes Geschäft gemacht, der Kunstmarkt sei ohnehin außer Rand und Band. Wer sich auskenne – war das ironisch gemeint? –, der könne eines Tages einen beträchtlichen Wertzuwachs realisieren. Sie sprach, als berate sie Ruprecht bei seinen Anlagen.

Wieder folgte Schweigen, wieder wandte sie sich dem Tablet zu und wischte darüber hin. Ruprecht rappelte sich aus dem wankenden Sesselchen auf und ging mit steifen Schritten zur Tür. Er hatte sich während des Gesprächs derart erregt, daß er nur noch vor der Wahl stand, mit erhobener Stimme ausfällig zu werden oder sofort zu verschwinden, und Marjorie bemerkte das wohl, tat aber nichts, um ihm eine Brücke zu bauen.

Als er das Zimmer verlassen hatte, atmete sie tief durch; sie spürte, daß sie Ruprecht schon lange, sehr lange an diesem Punkt hatte erleben wollen. Immer waren sie beide kurz davor zurückgeschreckt. Wenn es ernst wurde, hatte einer von ihnen ganz beiläufig von etwas anderem gesprochen, und der andere war darauf eingegangen. Das waren eingeübte Techniken, um eine Grenzüberschreitung zu vermeiden, der Klugheit erfahrener Militärs verwandt, die vom Krieg abraten, auch wenn man sich dafür gerüstet hält. Mit solcher Vorsicht erfuhr man allerdings niemals, wie stark der Feind wirklich war. Man berührte kaum dessen Haut, von Muskulatur und Knochen ganz zu schweigen. Ruprechts Geschmeidigkeit, sein leises Sprechen, sein Leisetreten – waren das Zeichen von Souveränität oder doch eine Schwäche, die sich als vornehme Selbstbeherrschung ausgab?

Nach Marjories Erfahrung waren die meisten Menschen nicht für voll zu nehmen. Was Schlesinger so gern im

Munde führte, war das Voltaire? Die Franzosen seien *»légers et durs«* – die Franzosen von ihr aus, aber die Deutschen waren das Gegenteil, schwerfällig und zugleich Gummimenschen, Styropormenschen, Wattemenschen. Auch Ruprecht? Es hatte in seinen Augen geblitzt, während sie stritten, sie meinte, gemerkt zu haben, daß sie einen neuralgischen Punkt berührt hatte – *»touché«*, wie das beim Fechten hieß. Die Ehe mit Toufik war eine Jungmädchenbegeisterung, gern auch Torheit gewesen, langweilig jedenfalls nicht, von Toufiks langer Leidenszeit abgesehen. So war es nicht gedacht gewesen, sie war keine Krankenpflegerin. Ihr Vater hatte das gewußt und sich ohne längere Hinfälligkeit davongemacht, das war ihm gar nicht hoch genug anzurechnen. Die Verbindung mit Ruprecht war eine Vernunftehe, was in der Anfangsphase Vergnügen im Bett nicht ausgeschlossen hatte. Es ging nicht ohne Ehemann; ohne Ruprecht im Rücken einem Damien gegenüberzustehen war eine schauderhafte Vorstellung.

War sie dabei, zu weit zu gehen? Sollte eine derart belanglose Sache wie dieses Bild ihre Ehe ernsthaft gefährden? Etwas, was keine Geliebte zustande gebracht hätte? Denn daß er sich mit irgendwem gelegentlich abgab, das setzte sie voraus, und der Gedanke ließ ihr Herz nicht schneller schlagen – na, was soll sein?, so dachte sie über diese Möglichkeit und war vor allem dankbar, daß die entsprechende Person nicht sichtbar wurde. Diskretion, das durfte sie von ihm und er von ihr erwarten, aber gespannt war sie doch, was nun geschehen würde. Denkbar, daß er zurücksteckte, so wichtig konnte ihm seine Laune doch nicht sein.

21

Im Salon lag Ruprecht lang ausgestreckt im Sessel und sah Max beim Üben zu. Der junge Mann, knabenhaft schmal, war der Tastatur entgegengebeugt, als mache er einen respektvollen Diener vor einem nicht ungefährlichen Wesen mit einem Gebiß aus gleichmäßig großen Elfenbeinzähnen. Er saß noch nicht lange am Flügel, gerade erst war er mit noch nassem Haar aus der Dusche und, eingehüllt in angenehmen Seifengeruch, von oben heruntergekommen. Ruprecht brachte diese nachmittägliche Waschung mit der Liebe in Verbindung, die dort oben wohl während der Siesta stattgefunden hatte, in ehegattenhafter Routine. Er versuchte, in sich hineinzuhorchen, was dieser Verdacht in ihm auslöste – einen schnelleren Herzschlag, eine kleine Unruhe, Neid, nicht mehr einen jugendlichen Körper zu haben, mit dem man solche Vorgänge ebenso zuverlässig wie leidenschaftlich vollzog. Das war anders geworden durch das Älter-, man durfte auch sagen: Altwerden. Eine erotische Aktion war inzwischen mit einer tiefen Erschütterung verbunden; man kam so schnell nicht mehr darüber hinweg, blieb in Gedanken in ihrem Bann und kehrte immer wieder dorthin zurück. Nachhaltigkeit wurde ein solches Verweilen heute genannt, ein Sich-Sträuben gegen die Verschwendung von Kraft, weil man derlei auch gar nicht mehr bedurfte, vielleicht auch nicht mehr fähig dazu war?

Max hatte, die Anwesenheit Ruprechts bemerkend, höflich angefragt, ob er auch ganz gewiß nicht störe, wenn er zu üben beginne. Ruprecht hatte ebenso höflich erklärt, gern zuhören zu wollen, und Max wollte deshalb nicht gleich mit der Detailarbeit beginnen, sondern seine Finger so lange laufen lassen, bis er an eine unüberwindbare Hürde stieße. Viele Jahre war der Flügel nicht so systematisch gespielt worden. Er schepperte ein wenig und kam Ruprecht, der nicht besonders musikalisch war, verstimmt vor, was für ihn aber reizvoll klang, die Andeutung einer Zehnteltton-Dissonanz kitzelte sein Ohr. Max gab sich Mühe, ›L'après-midi d'un faune‹ aus den bereits geübten Einzelteilen für ihn zusammenzufügen und gleichsam auf die Beine zu stellen. Technisch schien er nach der gründlichen Arbeit an den einzelnen Takten keine besonderen Schwierigkeiten zu haben, wenn es nicht gerade ein Zeichen seiner technischen Schwäche war, daß er das Stück auffällig langsam spielte, es geradezu zerdehnte, was eine Tiefe suggerierte, die in der Komposition nicht angelegt war.

Es wabert, dachte Ruprecht. Er ist ganz einfach sentimental, kraftlos, das hat keine Verve, keine Spannung. Diese Ballettmusik, so rief er sich ins Gedächtnis, war für den Tänzer Nijinsky geschrieben worden, ein erotisches Idol seiner Zeit, der skandalerregend dazu agiert hatte – so etwas konnte man sich jetzt bei Max nicht vorstellen. Statt dessen Jungmädchenträumereien, wie improvisiert, auseinanderfallend.

Max stockte. Er nahm noch einen Anlauf, scheiterte wieder und sah sich, verlegen lächelnd, zu Ruprecht um. »Ich bin noch nicht soweit. Es ist falsch, etwas vorzuspielen, was noch nicht ausgearbeitet ist.«

Er war in Schweiß geraten, von der Stirn tropfte es auf die Tasten, und auf seinem rosa Unterhemd hatten sich Flecken gebildet. Ruprecht dachte nicht daran, Kritik laut werden zu lassen. Als Meister in der Kunst, auch dem Mißlungenen noch Lobenswertes abzuringen, fand er freundliche Worte, denen seine wohltimbrierte Stimme Überzeugungskraft verlieh.

Ob er nach dieser Leistung nicht Lust habe, die Arbeit ein wenig zu unterbrechen und eine halbe Stunde spazierenzugehen?

Max willigte sofort ein, wollte aber vorher ein langärmliges Hemd überziehen, um sich vor der Sonne zu schützen; er hatte seine Lektion, vernünftiges Verhalten im Süden betreffend, gelernt.

Die Nachmittagssonne näherte sich schon dem Horizont, die Hitze hatte ihren Biß verloren und war in eine mollige Wärme übergegangen. Durch die Macchia, die gleich hinter dem unordentlichen Gemüsegarten begann, waren keine Wege gebahnt; man ging zwischen den halbhohen stachligen und kratzigen Sträuchern hindurch, suchte einen Platz für den nächsten Schritt, hielt inne, kam nur langsam voran – ein gutes Tempo für ein vertrauliches Gespräch, bei dem man sich besser nicht in die Augen sieht.

»Ich liebe diese Aussicht.« Ruprecht zeigte ins Tal, über das die Sonne, von einem schmalen Wolkenstreifen bedeckt, goldenes Licht ausgoß. Seine Behauptung war in diesem Augenblick nur erfunden, um etwas zu sagen.

Max blickte in die Richtung, in die Ruprecht wies, und versuchte zu entdecken, was da so reizvoll sein sollte, fand es aber nicht. Das lag an seiner Unempfänglichkeit für landschaftliche Schönheit. Er gehörte zu jener Sorte Melomanen, die für nichts außer der Musik Interesse aufbringen.

Und gerade diese Neigung sollte nun nicht von beruflichem Erfolg gekrönt werden? Davon war Ruprecht überzeugt. Er sah aus den Augenwinkeln zu dem jungen Mann hinüber, der ihm sein angenehmes Profil zeigte, und meinte, in dessen gebeugter Haltung mit den hängenden Schultern Resignation wahrzunehmen, einen tiefsitzenden Zweifel an sich selbst, der alle künstlerischen Bemühungen zunichte machen würde. Oder wünschte er sich im geheimen nur, daß es so sei? Max war trotz seines Aussehens kein Jüngling mehr, immerhin jenseits der Dreißig, für eine musikalische Laufbahn, die den Titel Karriere verdiente, viel zu alt, jedenfalls wenn man ihn mit seinen Konkurrenten verglich. Und doch, Ruprecht übte sich in väterlicher Nachsicht – »die jungen Männer heute werden so viel später erwachsen, wer weiß, wohin er sich noch entwickelt, wenn die Vergeblichkeit, musikalisch voranzukommen, zur unabweisbaren Einsicht geworden ist«. Vielleicht steckte ja ein hochbegabter Programmierer in ihm. Merkte er, daß sich ein Gran Herablassung in seine Güte mischte?

»Wie geht es mit Paula?«

Die Frage war ihm herausgerutscht. Er hatte sie viel später, viel beiläufiger stellen wollen. Das Gespräch hatte nach seiner Absicht weite Kreise ziehen und dann wie von selbst dort landen sollen. Zwischen ihnen bestand gar keine Basis für eine solche Frage. Ruprecht hatte Max bisher mit herzlicher Gleichgültigkeit behandelt, und umgekehrt sah Max in ihm eine Respektsperson, die er niemals mit persönlichen Angelegenheiten behelligt hätte, was Ruprecht als der Ältere nicht ohne Genugtuung bemerkt hatte. Bei aller Souveränität im Auftreten empfand er die eigene Stellung im Haus De Kesel als delikat; es war ein Trost, daß Max das offenbar überhaupt nicht bemerkte. Und so stellte er Ruprechts Recht, ihm eine derart intime Auskunft abzuverlangen, gar nicht in Frage. Die Schleusen öffneten sich, als hätte er nur darauf gewartet, sprechen zu dürfen. Er habe sich so darauf gefreut, in diesem Sommer in die Chaumière kommen zu dürfen und hier zu üben. Es sei für ihn gar nicht so leicht, einen Ferienort zu finden, an dem er weiterarbeiten könne, und hier seien die Bedingungen an sich ideal …

»Cornelius De Kesel wollte hier ein Künstlerparadies etablieren.« Ruprecht schob seine Bemerkung ein, weil Max innehielt.

»Ja, ja«, sagte Max, aber so matt, daß man ergänzen durfte: Das alles sei wunderbar, helfe aber nichts. Paula bekomme in Deutschland von seinem Üben nicht viel mit, weil das im Konservatorium geschehe, was vielleicht auch besser sei, und erlebe hier zum ersten Mal so richtig seine Arbeit, und das mache sie gereizt. Sie vermittle ihm das Gefühl, nicht an ihn zu glauben, wozu sie natürlich alles Recht besitze – ihm falle es ja selber schwer, als Pianist für sich eine Zukunft zu sehen. Aber er wolle nicht aufgeben, er wolle durchhalten.

Das klang, als spreche er mit den Worten eines anderen, vielleicht mit denen der Klavierpädagogin, die ihn seit Jahren unterrichtete und mütterlichen Anteil an ihm nahm. Er hatte keine Bedenken, ganz offen Unvorteilhaftes über sich zu bekennen, auch einem Fremden, der Paulas Stiefvater für ihn immer noch war.

Gestern habe sie im Zorn zu ihm gesagt, er wolle sich »durch diese sinnlose Überei« ihren Eltern doch nur als Schwiegersohn empfehlen, aber so sei es nicht, er denke nicht so. Er sei einfach dankbar, daß er hier arbeiten dürfe, und wolle das Beste daraus machen. Sie behaupte, er arbeite in Wahrheit gar nicht, sondern spiele den anderen die Arbeit nur vor, habe seine Ziele längst aufgegeben, wolle hier aber auf die interessante Rolle des jungen Künstlers nicht verzichten. Er suchte Ruprechts Blick. Ob er das etwa auch glaube?

»Ihr habt solche Auseinandersetzungen?« Ruprecht zog es vor, mit unbewegter, dabei nicht unfreundlicher Miene nachzufragen, anstatt Max zu beruhigen.

Schreckliche Auseinandersetzungen, ja. Paula fahre regelmäßig aus der Haut, er könne ihr nichts recht machen.

»Davon höre ich gar nichts. Das müßte doch eigentlich geräuschvoll vor sich gehen.«

»Keineswegs – sie schreit nie, sie zischt. Sie kann vollkommen tonlos schreien, mit verzerrtem Gesicht, aber die Stimme bleibt beherrscht … Sie ist unglücklich, vielleicht sogar unabhängig von mir, glaube ich manchmal. Übelnehmen kann ich ihr nichts, sie hat ja recht, wenn sie mich ansporrt. Das ist auch gar nicht so leicht«, fügte er mit kindlicher Aufrichtigkeit hinzu. »Ich bin schlimm, ich weiß es, Frau Professor Besenbinder weiß es auch …«

Er erwähnte seine mütterliche Pädagogin, Ruprecht war eingeweiht. Sie hatte einen gewissen Ruf als Gieseking-Enkel-Schülerin und gab selbst Konzerte. Max würde aber nicht in den Rang eines Urenkels des Meisters aufrücken, das war der Professorin Besenbinder bei aller Förderung sicher aufgegangen. In Ruprecht regte sich Sympathie.

Max müsse sich ein psychologisches Paradox klarmachen, das bei ihnen als Paar zu beobachten sei. Paula sei süchtig nach Harmonie und gerade deswegen so unfriedlich. Ihre Ansprüche an Harmonie seien hoch, sie ertrage nicht deren kleinste Beeinträchtigung und werde verletzend, wenn ihre Erwartungen nicht erfüllt würden – de facto also beinahe immer. Max wiederum brauche keine Harmonie, um zu lieben. Er sei bereit, die härtesten Konflikte zu ertragen, das habe er, Ruprecht, soeben begriffen. Und deshalb sei er friedlich, er erhebe nicht den Anspruch, glücklich sein zu müssen. Um so mehr wolle er zum Glück der Geliebten beitragen – nicht wahr, so sei es doch?

Max lauschte mit halbgeöffnetem Mund. Seine Augen schwammen, er sah aus, als werde er auf diese Worte hin in Tränen ausbrechen. Daß der ferne, unnahbare Mann, von dem er geglaubt hatte, er hätte ihn niemals eines Blickes gewürdigt, ihn derart durchschaute, das rührte ihn zutiefst. Er war bereit, allem zuzustimmen, ohne auf seine eigene Erfahrung weiterhin etwas zu geben. Richtig, Paula war harmoniebedürftig. Was war seine Liebe wert, wenn er dies bisher noch nicht bemerkt hatte?

Sie gingen langsam weiter, die kratzigen Sträucher auf unebenem Boden machten es notwendig, daß sie die Blicke gesenkt hielten. Ruprecht lobte, daß Max geschlossene Turnschuhe trage. Es kämen hier Taranteln vor, schwarzbehaarte kleine Vogelspinnen, deren Biß nicht tödlich, aber sehr schmerzhaft sei. In dieses Nebeneinander, beim achtsamen Vorantasten, fiel seine zweite Frage, wie aus rein wissenschaftlichem Interesse gestellt, aus seinem Mund jedoch höchst ungewöhnlich: »Sexuell läuft es aber ganz gut?«

Das war ihm wieder herausgerutscht, aus unbeherrschbarer Neugier, die sich mit dem Bisherigen nicht zufriedengab und ihn jede Vorsicht vergessen ließ. Jetzt bloß nicht zu Max hinübersehen, bloß nicht seine Miene auf diese plumpe Indiskretion hin zur Kenntnis nehmen müssen, das war sein einziger Gedanke. Wie gern hätte er seine Frage zurückgeholt oder durch irgendeinen witzigen Einfall marginalisiert. In welche Lage hatte er sich gebracht! Selbstbeherrschung, wo warst du? Von Takt und Geschmack ganz zu schweigen. Ihm fiel eine der letzten Verlagskonferenzen ein, bei der er Allmendinger und Sieglinde Stiegle hochfahrend dargelegt hatte, wie verächtlich der Gebrauch des Wortes »sexuell« sei, ein Wort, das Goethe und Hölderlin, die beiden Erotiker, entweder noch gar nicht gekannt oder, wenn doch geläufig, niemals in Verbindung mit Menschen in den Mund genommen hätten. Nach seinem eigenen Maßstab war er jetzt selbst vulgär gewesen, weil sein Wissensdurst ihn überwältigt hatte. Welche Konstellation: Er in seinem vorgerückten Alter forschte diesen Kind-Mann aus. Ach, es ging ja gar nicht um Max, und um den hätte er sich auch keine Sorgen machen müssen.

Verlegen war der schon, fühlte sich durch die Frage zugleich aber ernst genommen. Hätte Ruprecht ihn angesehen, dann wäre ihm der rosige Hauch auf den Wangen aufgefallen, der weniger von Scham zeugte als von Eifer. In der jungen Generation mochte es weniger Hemmungen geben, sich über das eigene Liebesleben zu verbreiten, jedenfalls weckte Ruprechts Vorstoß keinen Verdacht in ihm. Es mochte überhaupt das Bedürfnis, sich auszusprechen, gewachsen sein.

Ruprecht, der sich eben noch wegen seiner Entgleisung verwünscht hatte, durfte aufatmen und sich sogar gratulieren. Die Quelle sprudelte reich, nachdem sie auf gewagte Weise angestochen worden war. Vielleicht fiel Max sein Geständnis leichter, weil er nicht mit dem leiblichen Vater Paulas sprach, sondern zu einem Mann, der deutlich Abstand zu ihr hielt und sich sonst nicht weiter mit ihr beschäftigte?

Nein, leider laufe es gar nicht besonders gut. Seine Stimme war kummervoll getönt. Es beginne mit der Schwierigkeit, daß Paula unbedingt bei Nike schlafen wolle – zu ihm also erst herüberkomme, wenn die Kleine eingeschlafen sei. Dann begännen meist schon die Auseinandersetzungen, immer solle er sich für irgendetwas entschuldigen, was er ja gern, allzugern tue, was sie aber überhaupt nicht beruhige, weil sie ihm unterstelle, daß ihm so etwas zu leicht falle. Dann wechsele ihre Stimmung abrupt. Ohne zärtliche Annäherung solle es sofort zum Eigentlichen übergehen. Auch dazu sei er bereit, sei verliebt wie in den ersten Tagen und warte nur auf ein Zeichen, aber dann verhalte sich Paula, als wäre er gar nicht da.

»Das heißt?« Ruprecht sprach leise und eindringlich wie ein Therapeut, der ein Geständnis hervorzutreiben wünscht.

»Ich meine, als wäre ich als Mensch nicht da, als wäre ich nur ein Mittel zum Zweck …«

Ruprecht staunte, daß es ihm gelang, nicht weiterzubohren, obwohl es ihn nach dem letzten, dem allerletzten Detail verlangte. Ihm war, als ob ihm selbst die schamlosesten Beschreibungen nicht genügten, als wäre er am liebsten Augenzeuge der viel zu diskret angedeuteten Vorgänge gewesen. Er sah das Vertrauen, das Max ihm entgegenbrachte. Das half ihm, einen Ausweg aus der Peinlichkeit zu suchen, daß hier ein alter Mann einen arglosen Jüngeren aushorchte. Es bot sich die Rolle des vielerfahrenen Gentleman an, dem nichts expliziert werden mußte, damit er sich ein Bild machte.

Reif und erfahren klang, was er Max jetzt sagte. Eine Liebesgeschichte habe viele Kapitel, es dauere mitunter lange, bis man sich kennengelernt habe. Er rate dazu, Paula Zeit zu lassen, zu sich selbst zu finden. Sie müsse zu ihm Vertrauen fassen, und das werde auch gelingen, wenn sie sehe, daß er mit der Arbeit vorankomme. Sie werde begreifen, daß es ihm ernst sei – »ernst«, das sprach er mit Nachdruck aus, blieb stehen und sah Max in die Augen, als wolle er ihm das einprägen.

»Ja, ich habe mir das schon selber gesagt: Sie muß das spüren, wie ernst es mir mit allem ist.«

Und während Ruprecht nickte, fühlte er, wie eine unerhörte Freude in ihm aufstieg, so stark, daß es ihm schwerfiel, den Ausdruck der Unbeteiligtheit auf seiner Miene zu bewahren.

22

Der halbblinde venezianische Spiegel, in dem sich Ruprecht lange betrachtete, machte aus seinem Gesicht eine jenseitige Erscheinung. Er war sofort nach dem Abendessen auf sein Zimmer gegangen, um seiner Erregung Herr zu werden. Bei Tisch war ihm Marjorie begegnet, als hätte das Gespräch über das Jagdstilleben nicht stattgefunden – er hatte eine Weile geglaubt, sie hätte sich eines Besseren besonnen. Aber als sie früh zu ihrem berühmten Schönheitsschlaf aufbrach, hatte sie ihm auf dem Weg aus dem Eßzimmer über die Schulter zugeworfen: »Schau dir noch mal gründlich deinen Scholderer an, bevor er aus dem Haus kommt.« Er bebte vor Zorn. Wie sich nach diesen Worten beruhigen? Er riß sich von der Betrachtung seines Gespenstergesichtes los und beschloß, noch etwas zu trinken.

Unten im Salon standen auf einem Bartisch mehrere Schnapsflaschen, in keiner war mehr sehr viel drin. Er war in der Stimmung, sie alle hintereinander zu leeren. Ein großes Glas Cognac nahm er mit in das kleine Zimmer, das im Dämmer lag.

Vor ihm hing das Objekt des Ärgers, das schon bald nicht mehr dort hängen würde, wenn er sich nicht durchsetzte. Durchsetzen? Das war zwischen Marjorie und ihm nicht vorgesehen, in ihrer Ehe gab es kein Durchsetzen. Ihre Bereiche waren streng geschieden – wenn einer etwas nicht mitmachen wollte, machte es der andere eben allein, das funktionierte zuverlässig. Und das Bild gehörte nun einmal in Marjories Bereich, da gab es nichts zu rechten. Sie konnte damit machen, was sie wollte, und er durfte dankbar sein, wenn sie es nicht in Streifen schnitt. Ein Trost war immerhin: Wo immer es landete, die geistige Tat, die es hervorgebracht hatte, bliebe unbeeinträchtigt. Wenn es gut käme, kaufte es eine öffentliche Sammlung, dann könnte er es besuchen, sooft er wollte. Wahrscheinlicher aber waren irgendwelche Leute, die es sich über den Kamin hängten, dann wäre es für ihn verschwunden.

Im ungewissen Licht hingen die beiden toten Vögel, beinahe schwarz, wie Gewichte. Die Schwere der Körper trat jetzt hervor. War es nicht überhaupt die Schwere, die an dieser Malerei fesselte? Dasselbe galt für die Bildhauerei; Ruprecht stellte sich vor, eine berühmte Statue würde in Plastik abgegossen, die Oberfläche täuschend steinähnlich behandelt und dann von einem Windstoß umgeworfen – mit einem leichten Aufschlag wie von einem Pingpongball, sie hüpfte womöglich noch ein bißchen. Und wäre damit sofort entlarvt, ihre vollkommene Form wertlos, das Geräusch ihres Auftreffens auf dem Boden hätte sie entzaubert. Es war das schiere Gewicht von Marmor oder Bronze, das einer Form die Kraft mitgab. In der Malerei war es schon schwieriger, diesen Eindruck von Schwere zu erzeugen, der die Zweidimensionalität, in welcher das Werk gefangen war, wirklich vergessen ließ. Wie oft fand sich da einfach nur aufgestrichene Ölfarbe, die gar keinen Körper vortäuschen konnte. Hier hingegen das Lastende der Vogelleiber, die größer waren als in der Natur, aber nichts Aufgeblähtes hatten; der Tod machte sie noch schwerer, das zerrte an ihren dünnen Beinen, als könnten sie abreißen.

Er hatte den Abend über nicht viel gegessen, nach drei großen Schlucken stieg ihm der Cognac in den Kopf. Wie er da in den Dämmer starrte, war ihm, als pulsierten die Vogelkörper. Der Maler hatte für sie eine Form des Todes erfunden, die ein gesteigertes Leben war.

Ein Geräusch in seinem Rücken ließ ihn zusammenfahren. Er erkannte sofort die Silhouette. In der Tür stand Paula. Er erhob sich.

»Was machst du hier?«

»Nike ist unruhig, sie schläft nicht. Ich will ihr Kamillentee kochen.«

Sie standen sich gegenüber. Sie schwiegen.

»Es hat einen Grund, daß sie nicht zur Ruhe kommt.« Paula zögerte, es fiel ihr schwer zu reden. »Ich weiß selbst noch nicht, was das für Max und mich bedeuten wird.« Es sei überraschend gekommen, ohne daß es in der Luft gelegen habe – ein ganz normaler Streit wie beinahe jeden Tag.

Ruprecht wußte inzwischen, wie er das zu verstehen hatte. Diese »ganz normalen Streitereien« der beiden waren furchtbar, auch wegen der Asymmetrie, denn Max wehrte sich kaum, er war ihrer Bitterkeit und Schärfe nicht gewachsen. Und wenn er sich schließlich doch rührte, dann immer, indem er sich Blößen gab und ins Unrecht setzte.

Dreiunddreißig war er, in allen Zeiten hatte man das für das Alter der Vollkommenheit gehalten. Adam war im Paradies als Dreiunddreißigjähriger erschaffen worden, Christus war mit dreiunddreißig gestorben und auferstanden. Im sich unablässig verändernden Zustand des Lebens zwischen Säuglingsalter und Greisentum gab es diesen einen Punkt der Vollendung, so hatte man das einst sehen wollen – diesen einen, sofort wieder verrauschenden Augenblick, in dem der Mensch ganz und gar mit seiner Idealform identisch war, wie vom Schöpfer erdacht. Wer das Glück hatte, in diesem Jahr zu sterben, würde seinen Nächsten in der zutreffendsten Erinnerung bleiben.

Wie war das gewesen, als Ruprecht dreiunddreißig war? Vergessen – unmöglich, auch nur ein einziges Ereignis dieser Zeit ins Gedächtnis zu holen. Und was bedeutete es für Max und seine endlosen Anläufe, in den Nachmittag eines Fauns hineinzugelangen, bei seinem gefälligen Äußeren so unfaunisch wie nur möglich, so demütig, daß er seine Unbegabtheit nicht als Verletzung seines Stolzes empfand, sondern sie so sanft und ergeben hinnahm wie manch ein Blinder das Leben im Dunkeln?

»Es war anders diesmal.« Paula überwand sich weiterzusprechen. »Ich war heftiger, rücksichtsloser, ich wollte – ich weiß nicht, was. Er fing an zu weinen, das machte mich verrückt vor Wut … Er fährt ab, er will morgen früh aus dem Haus sein, ohne Abschied. Nike war plötzlich im Zimmer, ich weiß nicht, was sie mitbekommen hat, ich fürchte, ziemlich viel.«

»Ja.« Ruprecht brachte nicht mehr über die Lippen. Was konnte diese Abreise bei ihm, in dem eben noch als endgültig empfundenen Zustand, dem Leben im Limbus, dem schicksallosen Weiterleben nach dem Ende des Lebens, auslösen?

»Es war ein Versuch.«

Er fragte nicht, wie Paula das meinte. Er spürte ihren Atem auf seinem Gesicht. Sich nur um ein winziges Mehr vorzubeugen, die Lippen zu öffnen, damit die ihren zu berühren, in einen Kuß hineinzugleiten, das waren keine Willensakte. Es war die Natur selbst, unnötig, sich darüber Gedanken zu machen.

Als sie sich voneinander lösten, erinnerte sich Paula an Nikes Tee – »ich muß zurück zu ihr, sonst sucht sie mich« –, und schon war sie verschwunden, barfuß, ohne Geräusch.

Später, zurück in seinem Zimmer, schlief Ruprecht überraschend rasch ein. Gab es nicht genug, was zum Grübeln anregte und hätte wachhalten können? Und doch schloß er die Augen in dem Gefühl, als ordnete sich die Lage, als zeichneten sich gar Lösungen ab. Unter der eben noch undurchsichtigen Oberfläche begann ein Grundmuster, sichtbar zu werden. Die Blockade war aufgehoben.

Er erwachte nach einem bedrängenden Traum, der ihn in ein Strampeln hatte geraten lassen, als hätte er den Grund und Boden unter seinen Füßen verloren. Es war diese heftige Bewegung, die ihn aus dem Schlaf herausgeholt hatte. Ihm war ein Bild gezeigt worden – irgendwer hatte ihm ein Bild vorgehalten, an welches er sich beim Erwachen noch genau erinnern konnte, ein kleines Stilleben sehr ausgefallener Art: Pferdeäpfel, schwarzglänzend wie Teer, an manchen Stellen aufgeplatzt, braunes Hanfgefaser trat hervor, und auf diesen Ballen saßen Schmetterlinge mit zusammengefalteten Flügeln in hellem Anthrazit, die sich aber öffneten und auf den Innenseiten starke Farben offenbarten, Safrangelb, Zimt, Chili. Wieso bewegten sich die Flügel, das war doch ein Gemälde? Sie taten es, obwohl von einem Goldrahmen umgeben, und Ruprecht hatte gebannt darauf gestarrt. Es war ein außergewöhnlich kostbares Bild, gleichgültig, welcher Epoche, welcher Schule, seine Einzigartigkeit war evident. Und zugleich bestand kein Zweifel: Diese Pferdeäpfel und Schmetterlinge waren nichts anderes als ›Taube und Wildente‹, und zwar mit einer Gewißheit, wie nur ein Traum sie schenkt. »Ich gehe in das Innere des Bildes«, das dachte er, während er sich ihm näherte. Dann aber wich es zurück, er wollte danach greifen, da war es schon außerhalb seiner Reichweite, und nun wurde er gewahr, daß er schwamm. Er trieb auf schnell fließendem Wasser dem Bild hinterher, versuchte, es zu greifen, er mußte es unbedingt festhalten, das war ein Befehl, aber ein nicht ausführbarer, wie sehr er sich auch anstrengte.

Als er aus seiner Verwirrung auftauchte, beherrschte ihn ein einziger Gedanke: Er würde Marjorie daran hindern, das Bild zu verkaufen, und wenn das nicht gelingen sollte, dann würde er selbst es kaufen, koste es, was es wolle und woher das Geld auch stammte. Wobei eine geheime Stimme ihm zuflüsterte: So unerfüllbar sei Marjories Forderung doch gar nicht für ihn; das Geld liege schließlich zur Hand.

23

Ruprechts Schlafzimmer war nach der Umstellung aller Möbel zugleich sein Arbeitszimmer geworden. Es war stets mit einem Wohlgefühl verbunden gewesen, hierher zurückzukehren und die Tür hinter sich zu schließen, und er hatte viel darin geschrieben. Diese Wände hatten die Entstehung seiner Gedanken umschlossen, und der Blick aus dem Fenster hatte sie wie eine stumme Melodie untermalt. Daß dies nun bald nicht mehr so sein mochte, war eine neue Vorstellung, aber keine erschreckende. Aus diesem Zimmer hinauszugehen, ohne sich umzudrehen, ohne Bedauern oder das Gefühl eines Verlustes, das würde möglich sein. Wenn er hier jetzt noch etwas arbeitete, war es bereits, als mache er sich in einem Hotelzimmer Notizen. Wofür? Für den Dante-Essay? Warum nicht für den Dante-Essay?

Er begann, wie es seine erprobte Übung war, ohne Konzept drauflos zu schreiben. »Cornelius De Kesel«, floß es ihm aus der Feder – wie kam das? Cornelius De Kesel war tot. Er hatte Dante verabscheut, dunkles Mittelalter war der für ihn gewesen; er liebte Seneca und zitierte ihn gern, und auf die von ihm selbst für sich entworfene Traueranzeige hatte er einige Sätze aus dessen ›Trostbrief an Martia‹ setzen lassen, kein schärferer Gegensatz zu Dante war denkbar. Auf diesen Trostbrief wollte Ruprecht sich jetzt beziehen, um in Stimmung zu kommen, an dem hatte ihn schon immer etwas gestört.

»Seneca schildert Martia, die nach dem Tod ihres Sohnes untröstlich ist, das herrliche Schicksal der Toten nach der Befreiung der Seele vom Körper. Der Körper sei für den Weisen nur ein Hindernis; sei in seiner Anfälligkeit für Schmerzen, Krankheiten und Alter und wegen seiner Neigung zu Gefräßigkeit und Wollust nur ein Ballast für den Geist. Nach dem Tod aber könne die Seele frei umherschweifen, ohne das an ihr hängende Gewicht aus Fett, Muskeln und Adern – ›in das ewige All, in freie und weite Räume sind sie gesandt, durch kein Wasser, keine Berge, keine Schluchten, keine Sümpfe gehindert, zwischen den Gestirnen dahinschweifend!‹ In meiner Ehrfurcht vor den antiken Autoren wollte ich immer glauben, sie seien unseren Einsichten überlegen, uns zumindest gleich, unüberholbar in jedem Fall. Und das hat mir vor meiner Dante-Lektüre den Blick dafür versperrt, wie grauenhaft dieser Trost des großen Stoikers doch eigentlich ist. Die Seele ein Gespenst, das sich wirr im All bewegt wie die Mikroorganismen in einem Wassertropfen? ›Zwischen den Gestirnen‹ – wie erhaben das klingt, aber was das bedeutet, wissen wir leider inzwischen besser: Die Gestirne sind Wüsten. So weit wir auch zu ihnen reisen, überall finden wir dasselbe Elend aus erloschenen Kratern, staubigen Weiten, bröckeligem Gestein. Keine Sahara auf Erden ist von ähnlicher Trostlosigkeit, denn dort gibt es überall noch Spuren von Leben, kleine Nagetiere in unterirdischen Bauten, seltene Insekten, Schlangen mit schillernden Häuten und giftigen Zähnen, Gazellen von großer Schönheit, Wunder an Geschwindigkeit, jedes dieser Wesen ein Kunstwerk der Natur.«

Dachte er an Illouz, den Gazellenjäger?

»Aber auf den erbärmlichen Gestirnen, auf denen sich Senecas Seelen tummeln sollen, nichts dergleichen, und das ist das Schicksal, welches er den besonders auserwählten Seelen zugedacht hat! Es ist im Grunde eine Höllenvision – die Unsterblichkeit der Seele, für ihn offenbar eine Selbstverständlichkeit, ist unter diesen von ihm beschriebenen Umständen von unüberbietbarer Grausamkeit. Was stellt er sich unter den Gestirnen vor? Malt er sich Traumparadiese, Zauberländer von überirdischer Schönheit aus? Seine Gestirne sind bloße Behauptungen, als müßte man nicht weiter auf sie eingehen, im Grunde noch etwas blasser als unsere Sterne, bloßer Wortklang, um sich am Universum zu berauschen. Ich denke an Schlesingers Postkartengrüße mit seinem vervielfältigten Schwärmen von der ›unendlichen Weite des Meeres‹. Jedes Meer wird aber durch seine Küsten definiert, es ist ein indisches oder persisches Meer, ein unendliches Meer ist ein Nichts. Das Pascalsche Schaudern vor dem ewigen Schweigen der unendlichen Räume hat mit Senecas Rhetorik Schluß gemacht, diese Jenseitsvision war einfach nicht genügend durchdacht. Was davon brauchbar war, hat Dante in den vierten Canto gerettet, in den Castello nobile, wo die vornehmen Heiden, die niemals Gott schauen werden, sich in edler Melancholie, in schmerz- und freudloser Würde aufhalten dürfen – ob er sich da wohl das Castel del Monte des staufischen Friedrich vorgestellt hat? Und Seelen ohne Körper, will ich das eigentlich? Kann ich mir meine Seele getrennt von meinem Körper überhaupt vorstellen? Ich habe ohnehin keine klare Vorstellung von ihr. Ich weiß nur, daß ich ein Mann bin. Wäre ich in einem künftigen Zustand nicht mehr Mann, wäre ich nicht mehr ich, sondern jemand anderes, dessen Schicksal mich nicht zu interessieren braucht.«

Diesmal verhalf das automatische Schreiben nicht zur Konzentration, sondern entgleiste. Persönliches drängte sich vor. Er empfinde sich zuerst und vor allem als Mann – das war eine bisher nie gedachte Behauptung. Zur Introspektion hatte er durchaus eine Neigung, aber sie hatte bisher stets in erhabenere Regionen als die platte Geschlechtlichkeit geführt. Vielleicht war daran etwas anderes schuld, etwas zunächst nicht richtig Wahrgenommenes, jetzt aber staunend Vermerktes: Die Zwangsvorstellungen, die ihn seit sieben Jahren verfolgten und jedem einzelnen Moment unterlegt gewesen waren, dieser von ihm halb abgewandte, sehr jugendliche Körper mit seiner Geste der Gefügigkeit, das alles war verschwunden. Was war geschehen? Was war jetzt so anders, daß es dieses bedrängende innere Bild auslöschen konnte? War das der Kuß in dem dämmrigen kleinen Zimmer mit dem Wildstilleben gewesen, zum ersten Mal seit sieben Jahren, die ganze Zeit als Möglichkeit anwesend und zugleich strikt verboten? Wenn man ein solches Verbot von sich abwarf oder es sich vielmehr mit der Gewalt des Faktischen auflöste, dann schwangen Türen auf und luden ein, sie zu durchschreiten. Ihm war, als wäre ihm eine Binde von den Augen genommen worden.

Welch unerwartete Wendung des Schicksals, daß er Cornelius De Kesels Haus mit dem einzigen Bild verlassen sollte, das aus der Sammlung von Job De Kesel, dem Verwaltungsratsvorsitzenden der Association Internationale du Caoutchouc au Congo, übriggeblieben war. Und so viel anderes sollte er hinter sich lassen, unter anderem auch das Vorhaben, einen Dante-Essay zu schreiben. Das Denken war ein Übel, auch das Starren auf die alten Texte, um sie zu deuten, zu vergleichen, zu unterscheiden. Wichtig war nur das Sehen – wortloses Sehen von Körpern, menschlichen und tierischen, von Licht und Schatten, das Verweilen in solcher Betrachtung. Ungewohnte Einsichten für einen Verleger, der soeben noch eine große Leontjew-Ausgabe geplant hatte und dafür eine nicht unerhebliche Förderung in Anspruch nehmen wollte.

Er stand auf, raffte seine Papiere zusammen und schwankte nur kurz, als er sich fragte, ob er sie in eine Mappe legen oder in den Papierkorb werfen sollte. Der Papierkorb war zu klein für das Manuskript, er mußte es hineinstopfen, und das schuf ihm ein zerstörerisches Vergnügen.

24

Zu dieser Stunde machte Marjorie, die den ganzen Vormittag im Négligé verbracht hatte, sich für das Mittagessen fertig. Auch früher schon war das für Ruprecht der beste Zeitpunkt für die Besprechung besonderer Angelegenheiten gewesen; sie saß dann am Schminktisch, auf das Auftragen der Lidschatten konzentriert, während er sich in ihrem Rücken befand – es war angenehm, sich nicht in die Augen zu sehen, zumal man es gar nicht eigens vermeiden mußte.

Es klopfte, Ruprecht trat ein, begrüßte sie heiter und setzte sich wieder in den für ihn zu kleinen Sessel, in dem er es sich beinahe liegend bequem machte.

»Ich habe mir alles gut überlegt – ich finde, daß du recht hast«, sagte er in mildem, friedfertigem Ton, der sie dennoch aufhorchen ließ.

Natürlich hatte sie recht, sie hatte immer recht, aber was meinte er jetzt, recht in welcher Beziehung?

»Wenn wir« – wir! – »das Stilleben auf eine Versteigerung geben sollten, dann hätten wir tatsächlich ein Risiko, und zwar jeder von uns beiden.« Entweder gehe das Bild nicht weg, dann sei es für die nächsten Jahre für den Markt verbrannt und sie komme nicht an ihr Geld, und was geschehe dann mit dem Dach? Oder es erreiche den Mindestpreis oder irgendeinen darüber – dann sei es für ihn für immer verloren.

»Ja, so ist das.«

Sie sah in den Spiegel und öffnete und schloß probeweise die Lider, die durch die Wimperntusche etwas verklebt waren. Der schwarze Lack hob sich zwar sehr hart von ihrem Teint ab, ohne ihn aber waren ihre Wimpern farblos wie von Schweinsaugen. Was wollte er, was kündigte sich an? Sie spürte, daß ihr stiller Kampf um dieses überflüssige, ewig unbeachtete Bild sich verselbständigte. Es lag nicht mehr in ihrem Willensbereich, in ihn einzugreifen. Sie fühlte die innere Unmöglichkeit, Ruprecht auch nur einen Schritt entgegenzukommen, dagegen revoltierte alles in ihr, aber zugleich spürte sie, daß sie eine Entwicklung in Gang gesetzt hatte, die sie keineswegs wünschte. Wie ungewohnt war das Erlebnis, sich in Zwangsläufigkeiten verstrickt zu haben und mit aller Willenskraft doch nur zu erreichen, was man eigentlich nicht wollte.

Er habe heute Vormittag mit der Bank gesprochen. Morgen oder übermorgen werde er in der Stadt das Geld abholen können.

»Wozu?«

»Um dir das Bild abzukaufen!«

»Du weißt genau, ich brauche sechzigtausend, es gibt keinen Rabatt.« Sie tat, als sei Ruprechts Ankündigung eine Unverschämtheit. So war das alles nicht gedacht gewesen, aber wenn er darauf einging, dann wäre sie gegen ihn gewappnet. »Das alles ist ein maßloser Unsinn, eine Verstiegenheit.« Er brauche das Bild in Wahrheit doch gar nicht, er handele aus Trotz; unter Erwachsenen gehöre sich das nicht, das sei eine Blamage. Vor allem: Er könne sich das Bild gar nicht leisten! Sie bekomme im Hintergrund mit, wie knapp der Verlag zu kalkulieren habe, da seien Kunstkäufe nicht vorgesehen. Und außerdem die Narretei, sich nun gerade auf dieses Bild zu versteifen – »nur weil es mir nicht mehr gefällt«. Das ganze Haus hänge voller Kunst, sein Schönheitsempfinden werde schon nicht darben.

»Aber du willst das Stilleben doch verkaufen?«

Wieder beobachtete sie sich als Zeugin ihrer selbst, als sie in hochfahrendem, Unbeeindruckbarkeit vorführendem Ton erklärte: Allerdings, das wolle sie, das müsse sie, und das werde sie auch.

Auf Ruprecht machte dieser Ausfall offenbar den günstigsten Eindruck. Darüber wolle er gar nicht diskutieren, das nehme er ernst, wie alles, was sie in den nun zwölf Jahren ihrer Ehe gesagt habe. Und deshalb habe er sich auch Mühe gegeben, das Geld zu beschaffen. In dieser Höhe einen Barbetrag zu fordern sei zwar etwas ungewöhnlich, aber die Handwerker wollten es so, es komme die Reparatur dann gewiß billiger. Nein, nun bleibe es dabei: Sie erhalte, was sie benötige, und er nehme das Bild mit nach Deutschland –

»Du willst es hier herausnehmen?«

»Ja, gewiß, ich will es jetzt in meiner Nähe haben. Ich möchte es jeden Tag betrachten können.«

Ach, dies alles war zu schlimm! Es war nicht ihre Absicht gewesen, am liebsten hätte sie es ungeschehen gemacht –

weil es zu nah an der Wahrheit lag? Ihr fiel in ihrer Not noch etwas ein: »Gut. Dann möchte ich aber, daß wir einen Vertrag abschließen, der mir einen Anteil an der Wertsteigerung sichert, wenn sich das Bild so entwickeln sollte, wie du es vermutest.«

Das war der Strohhalm, nach welchem sie griff, um ihn im letzten Augenblick vom Kauf abzuhalten, durch eine kleinliche, schikanöse Bedingung, auf die er niemals würde eingehen können. Aber das Mißverständnis zwischen ihnen war so weit gediehen, daß er die Not hinter ihren Worten nicht mehr heraushören konnte, er nahm nur noch den bösen Willen wahr. Sie protestierte nicht, als er ihre Forderung von sich wies, wie man eine Dummheit abtut.

»Du weißt, du bekommst mehr, als du anderswo erzielen könntest, also lassen wir es besser so.«

Diesmal kam er gänzlich mühelos aus dem kleinen Sessel heraus, elastisch, mit jugendlichem Schwung. Als sie sich nach ihm umdrehte, hatte er das Zimmer schon verlassen.

ZWEITER TEIL

Winter

1

Gewohnheit. In Ruprechts Arbeitszimmer mit den hohen Bücherregalen, die oberen Fächer nur mit einer Leiter erreichbar, stand der Schreibtisch mit der Schmalseite ans Fenster gerückt. Wie er es liebte, kam das Licht von links, so daß die schreibende Hand das Papier nicht beschattete, und beim Nachdenken konnte er aus dem Fenster gucken. Eine unspektakuläre Aussicht: Rasenflächen, einzelne Bäume, jetzt ohne Laub, dann die Rückfront eines Apartmenthauses, wie sie abweisender nicht vorstellbar war, viele Fenster mit herabgelassenen Jalousien. Wer wie Ruprecht täglich auf diese Fassade blickte, konnte sich fragen, ob das Haus überhaupt bewohnt sei. Aber dann öffnete sich im obersten Stock ein Fenster, und ein alter Mann in immergleichem roten T-Shirt lehnte sich auf die Fensterbank, wie das einst Kleinstädter getan hatten, und rauchte eine Zigarette. Ruprecht nannte ihn den Witwer – sah das nicht aus, als leiste er mit diesem Rauchen aus dem Fenster hinaus einen Erinnerungsdienst an seine verstorbene Frau, die ihm das Rauchen in den Zimmern verboten hatte? Fühlte sich der Mann ein bißchen weniger einsam, wenn er seiner dahingegangenen Frau weiterhin gehorchte, obwohl es nun niemanden mehr gab, der sich am Rauch in der Wohnung störte? Ein Fortleben dieser Frau in Form der Gesetze, die sie einst erlassen hatte – vergleichbar mit dem Weiterbestehen der vielen von Cornelius De Kesel für die Chaumière erlassenen Gesetze?

Auch im Parterre des Hauses wurde der Tag im Stundenabstand rauchend gegliedert, um so auffälliger, als der Kontrast zur Leblosigkeit der Umgebung das effektvoll inszenierte. Ruprecht blickte von seinem Bildschirm auf, sah aus dem Fenster, und da war er wieder, der nackte Arm unter einem halb herabgelassenen Rolladen, der den Kopf, welcher zu dem Arm gehörte, verdeckte. Er legte sich auf die Fensterbank und ragte aus dem Dämmer heraus, zwischen den Fingern eine Zigarette, neben sich etwas zunächst kaum Erkennbares. Ruprecht wußte inzwischen aber, was es war: ein großer Ventilator, dessen Propeller durch die schnelle Umdrehung beinah unsichtbar wurde. Der Arm mit der Zigarettenhand wanderte ins Zimmer, kehrte zurück und lag dort wie durch einen Unfall abgetrennt, wanderte wieder hinein, wieder heraus, dann ruhend, dann rein und raus, bis die Zigarette konsumiert war; darauf erschien die andere Hand aus dem Dämmer, ergriff den Ständer des Ventilators, hob ihn herein, der Rolladen senkte sich hinab.

Wie es beim Nachdenken über eine Formulierung geschehen kann, verweilte Ruprecht, während er den Fortgang seines Satzes suchte, unverwandt bei dem Arm mit der Zigarette und gab sich einer meditativen Abschweifung hin. Dieses kleine, sorgfältige Tun dort unten lenkte ihn ab von seiner stilistischen Grübelei, und dann ging es mit dem Schreiben auch schon weiter. Heute war Posttag, das hatte er so eingeführt, um der nicht geschäftsnotwendigen Korrespondenz, der Antworten an Autoren, Freunde, Kollegen, beizukommen. Seine Mails und Postkarten verfaßte er mit einem gewissen Ehrgeiz; er fühlte sich dazu verpflichtet, nicht nur knapp und informativ zu schreiben, sondern einprägsame originelle Bemerkungen einzuflechten, auch wenn der Gegenstand des Briefwechsels das nicht dringend nahelegte. »Verlegerkorrespondenz«, das war für ihn ein ernst zu nehmender, fordernder Begriff; man wußte nie, ob ein paar Zeilen von ihm nicht schließlich doch in einem Briefband landeten, die Leute verwerteten inzwischen jede Nichtigkeit. Vor ihm stand eine Statuette aus Terracotta, eine tanzende Nymphe aus Tanagra, an sie gelehnt jene Postkarte Schlesingers mit »der unendlichen Weite des Meeres« als Mahnung. Schmelzend durfte der Ton seiner Mitteilungen schon sein, aber immer auch mit Skepsis durchmischt. Es hatte geschneit, gerade genug, um eine geschlossene weiße Decke zu erzeugen, dieses ausgebreitete »Leintuch des Todes«, wie er soeben geschrieben hatte, das ihm aber willkommen war, weil es so viele Häßlichkeiten unter sich begrub; den gelben Plastikdeckel einer Mülltonne etwa, eine Wohltat. Vom Weiß stieg optische Kälte auf, aber das Grau des Himmels war weich und milderte das Graphische des Schnees ins Malerische.

Unten ging der Rolladen hinauf, bis zur halben Höhe, der nackte Arm erschien, kräftig gebräunt, und stellte den Ventilator auf die Fensterbank, der Propeller sprang an und machte sich unsichtbar, der Arm verschwand und kehrte mit einer Zigarette zwischen Zeige- und Mittelfinger zurück, wanderte ins Haus und wieder heraus. Ruprechts Gedanken schweiften ab. Bevor es geschneit hatte, war er beim Spaziergang im Park vor einer Pfütze stehengeblieben, die zum Taubenbad geworden war. In der Kälte hatten die Tauben sich aufgeblasen, die Federn ringsum gesträubt; sie führten ihr eigenes Plumeau mit sich. So hockten sie sich in die Pfütze, drückten die gewölbten Taubenbrüste ins Wasser, dessen Schmutz ihnen nichts anhaben konnte, das perlte an ihnen ab, auf den Federn glitzerten die Tropfen. Es war den Vögeln der Genuß anzumerken, sie kosteten es aus, in diese schlammige Pfütze getaucht zu sein, was auch ihre Menschenscheu besiegte: Sie ließen ihn nahe herankommen und erlaubten ihm, sie bei ihrer Badefreude zu studieren. Ja, es gab einen Unterschied zwischen Sauberkeit und Reinheit. Das Bad der Tauben in der Pfütze war wie das Eintauchen im verunreinigten Ganges-Wasser, das die Menschen eben doch rein machte. Könnte er etwas in dieser Art nicht später dem jungen Lyriker schreiben, der einen schönen Anfangserfolg bei Papyros gehabt hatte? »Ihre Gedichte sind nicht sauber, sie sind sogar schmutzig in kaum erträglicher Weise, aber sie sind rein …« Nike hatte in der Nähe mit einer Schaukel gespielt, darauf sitzen wollte sie keinesfalls, aber sie hin und her schleudern, das gefiel ihr. Dann ließ sie davon ab, sie hatte bemerkt, daß Ruprecht die Tauben beobachtete, und klatschte in die Hände; aus dem Genießen aufgeschreckt, hoben sie sich mit vernehmbarem Flügelschlag in die Luft.

Es wurde trüber. Drei lange Briefe hatte er nun schon geschrieben. Unten wurde der Rolladen hochgezogen;

Ruprecht mußte sich eingestehen, daß er darauf schon gewartet hatte. Da lag der nackte, wie abgeschlagene Arm, daneben stand der Ventilator. Der Arm war das einzig Farbige draußen, alles andere ein Schwarzweißbild, auch die Fenster des Witwers blieben unbeleuchtet. Was machte der Mann so allein? Hatte er beim Rauchen etwa schon das Gegenüber entdeckt und fragte sich jetzt in bezug auf ihn dasselbe? Ein Irrtum, dachte Ruprecht, die Menschen interessieren sich nicht füreinander; es genügte, sich kennenzulernen, und augenblicklich war alle Neugier vergessen. Die Hand unten schnippte die Zigarettenkippe in den Aschenbecher und drückte sie aus, wie man ein Insekt zerquetscht. Die andere ergriff den Ventilator, das hatte etwas Feierliches, als hielte sie eine Monstranz. Dann ratschte der Rolladen herunter, seine Plastiklamellen klapperten, hier oben kaum hörbar.

Vier Monate nach der Rückkehr aus der Provence war das der tägliche Anblick. Eines Tages hatte Ruprecht diese Regelmäßigkeit bemerkt, das Öffnen und Schließen der Fenster in immergleichen Abständen. Er war inzwischen darauf eingestellt, sah, wenn sich unten nichts tat, auf die Uhr und murmelte: »Jetzt wird's aber Zeit«, und da war der Mann auch schon, immer in schwarzem T-Shirt, so viel war auszumachen, sogar im Winter, wenn Ruprecht die eigene Wohnung kühl und zugig fand. Daran war er selbst schuld, weil er die Heizung nicht voll aufdrehte, und währenddessen lief der da drüben leichtbekleidet umher, als herrsche bei ihm mollige Wärme. Er beschäftigte Ruprecht viel mehr als der Witwer, der oben der eigenen Verwahrlosung zusah und sie auch nach außen hin durch das Lagern auf dem Fensterbrett vorführte. Seht nur her, so sieht das Lebensende aus: das allmähliche Verlöschen der Flamme, das schweigsame Herumlungern, Tiefkühlkost-Heißmachen, Sportschau-Gucken, das geht auch mit Schamlosigkeit einher, da darf jeder zusehen; wie es auf andere wirkt, das kratzt mich längst nicht mehr.

Anders der Mann unten, dessen Kopf immer verborgen blieb, der dafür aber seinen kräftigen Arm ausstellte. Sein Leben hatte etwas von Heimlichkeit – sollte nicht herauskommen, daß er sich in der Wohnung aufhielt? Immerhin, Raucheratem bliebe auch in seiner Abwesenheit noch in der Luft hängen; vielleicht benutzte er dagegen einen Spray? Keine Spuren hinterlassen, das schien die Devise des Mannes zu sein, der sich schon solide in Ruprechts Gedächtnis eingeritzt hatte. Wenn dort Sinistres vorging, Verbrechen, Verschwörung, Verstecken, Vergewaltigung, und wenn es irgendwann doch aufflöge, dann könnte Ruprecht in den Zeugenstand treten.

Jawohl, ich habe den Angeklagten gesehen!

Wann?

Jeden Tag, mindestens achtmal.

Was tat er?

Er rauchte, rauchte neben einem Ventilator.

Setzen Sie sich, Herr Zeuge, Sie bleiben unvereidigt.

Jede Wohnung birgt ein Geheimnis, und sei es nur die unerklärliche Tapferkeit ihres Bewohners, sich morgens zu erheben, alle möglichen Pflichten zu erfüllen und sich nach zahllosen Verhinderungen und Durchkreuzungen abends wieder hinzulegen. Auch wenn im Haus gegenüber ein Fenster einmal unverhüllt blieb, reichte der Blick nicht tief ins Zimmer hinein, die Dämmerwolke drinnen war undurchdringlich, Gestalten, die nahe dem Fenster kurz erkennbar werden, wurden nach wenigen Schritten wie von einem Schwamm aufgesogen.

Daß Ruprecht den Rhythmus des gesichtslosen Rauchers derart genau kennengelernt hatte, hing mit seinem eigenen Lebensgeheimnis zusammen, das für ihn in einem Gleiten bestand. Ihm war, als geschehe alles in seinem Leben ohne sichtbare Brüche. Wieso saß der Verleger von Papyros Press seit November nun überwiegend am Schreibtisch seiner Wohnung, anstatt im Verlag jene Konferenzen zu leiten, die für seinen tüchtigen Mann der Zahlen eine Qual, für ihn selber aber auch kein rechtes Vergnügen waren – »dieses Predigen vor tauben Ohren«, »dieses Dem-Ochsen-ins-Horn-Petzen«, diesen von ihm bis zur Erschöpfung betriebenen Versuch, mit intellektuellem Charme und generöser Weitergabe seiner geistigen Überlegenheit irgendwann doch einmal Zustimmung hervorzurufen und nicht immer nur stumpfe Ablehnung, Bockigkeit und mürrisches Schweigen? Die Zusammenkünfte waren neuerdings unnötig geworden, weil Allmendinger – um ihn vor allem ging es bei diesem Ringen – am Konferenztisch gar nicht mehr Platz nahm, und zwar ohne aus dem Wirkungskreis des Verlags ausgeschieden zu sein. Ja, wie ging das denn? Ganz sanft, wie von selbst, nichts hatte geplant oder gar eingefädelt werden müssen. Der ohne Hoffnung gehegte, geheime, kaum eingestandene Wunsch, Allmendinger loszuwerden, der auf Gegenseitigkeit beruhte – zu regelrechten Tötungswünschen war es auf beiden Seiten allerdings nie gekommen, nein, nein, das sollte zauberisch, mühelos, gleitend eben eintreten –, war auf eine vertrackte, unvorhersehbare Weise in Erfüllung gegangen, welche die Mitwirkung eines Kobolds, einer gut-bösen Fee, eines unergründlichen Dämons mehr als nahelegte. So einfach geschieht so etwas nämlich nicht.

Was sich ergeben hatte, war nur für Ruprecht eine Überraschung gewesen, Allmendinger hatte schon länger der Entwicklung der Dinge vorgearbeitet, ohne konkrete Aussicht freilich. Man sah jetzt: Papyros hatte in den Jahren, trotz andauernder finanzieller Knappheit und eines überschaubaren Programms, beträchtlich an Prestige gewonnen. Er war zu einem »schönen Verlag« geworden, sogar zu einem der »letzten richtigen Verlage«, geleitet von »einer der wenigen verbliebenen Verlegerpersönlichkeiten alten Schlags«. Papyros war mehr als nur ein Verlag, er war zu einer Marke geworden, und was eine Marke ist, das ist auch eine Ware; irgendwann war es soweit, daß es entdeckt wurde. Niemand hätte das so wenig erwartet wie der pessimistische Allmendinger, der als erster davon erfuhr.

An einem frühen Herbstabend war er zu Ruprecht nach Hause gekommen, denn der fühlte sich nicht gut. Sie hatten eine zähe Debatte über das Programm hinter sich, Allmendinger war unnachgiebig gewesen, hatte dann aber mit, wie es schien, herablassender Souveränität die Diskussion geschlossen: Bitte sehr, der Verleger sei er, also möge er seinen Willen haben, wenn ihm das so wichtig sei. Er war aufgestanden, hielt auf dem Weg zur Tür aber noch einmal inne und wandte sich halb um: Apropos, da gebe es noch etwas.

Draußen war der Rolladen unbemerkt wieder hochgezogen worden. Ruprecht hatte das verpaßt, dafür lag jetzt der Arm zuverlässig neben dem Ventilator. Im Halblicht leuchtete das Glutpünktchen der Zigarette selbst auf die weite Distanz hin, der Raucher dagegen verharrte im Dunkeln.

Ruprecht hatte die Eröffnungen seines Mitarbeiters mit gemischten Gefühlen angehört. Zunächst machten sie ihn sprachlos. Es fiel ihm schwer, seine gelassene Miene zu bewahren, doch dieses Apropos, so unverschämt beiläufig plaziert, zerschlug mit einem Hieb den Knoten; in der Ausweglosigkeit zeigte sich der Weg ins Freie. Das war wie bei den berühmten chladnischen Figuren. Vor Jahren hatte Papyros einen bibliophilen Bildband über dieses Sichtbarmachen von Tönen herausgebracht, gegen den Einspruch Allmendingers mal wieder – das Buch werde unverkäuflich sein, womit er recht behielt. Doch es waren gerade solche Bücher, die Ruprecht zu seinen Erfolgen rechnete. Gefesselt hatte er die Aufnahmen von Mustern in einer dünnen Sandschicht betrachtet, die entstanden waren, weil man die mit Sand bestreute Metallplatte mit einem Geigenbogen angestrichen hatte – da bildeten sich symmetrische Figuren, die im Sand schliefen und auf dieses Anstreichen nur warteten. Strukturen im Ungeordneten offenbarten sich, waren darin bereits angelegt, bis ein von außen hinzutretender Reiz sie freilegte.

Genau so mochte es sich mit seinem Leben verhalten. Alles ordnete sich von selbst durch einen unerwarteten Anstoß von außen. Nichts war besprochen worden zwischen Marjorie und ihm, als er die Chaumière verlassen hatte, um sich wieder den Verlagsgeschäften zu widmen, während sie dort zurückgeblieben war, um die Reparaturarbeiten am

Dach zu überwachen, wie sie ohne großen Nachdruck erklärte, als verstehe sich das von selbst. Paula war mit ihm gereist, denn Nike mußte in die Schule – auch das bedurfte keiner besonderen Begründung. ›Taube und Wildente‹ war vom Nagel genommen worden, und João war noch damit beschäftigt, das Bild in Blasenfolie zu verpacken, da hing der Dufy aus dem oberen Korridor schon am selben Haken. Er mußte nicht versetzt werden, das hatte Marjorie vorzüglich erkannt. Das Bild, in freundlichen Farben, unbekümmert mit breitem Pinsel aufgetragen, ›Boote in Nizza‹, hing in dem kleinen Salon, als hätte es dort seit jeher gehangen, und paßte, so Marjorie, »viel besser in die Atmosphäre des Hauses« als ein Jagdstilleben – ein Filmausstatter hätte ihr möglicherweise zugestimmt. Ruprecht schwieg, aber nicht trotzig, im Gegenteil. In wenigen Tagen hatte sich der Konflikt um sein Stilleben aufgelöst, der Haufen Bargeld, den er Marjorie übergab, hatte in ihr jedes fahle oder bängliche Gefühl vertrieben; sie war jetzt davon überzeugt, daß alles richtig und angemessen gelaufen sei und daß Ruprecht diese Ansicht teile. Und so winkte sie vergnügt, bis das große Auto mit ihm, Paula und Nike staubaufwirbelnd um die Kurve bog.

Seitdem waren die Lebensumstände, wie sie sein sollten. Ruprecht sah sich allerdings vor der neuen Aufgabe, den Verlag wirtschaftlich so weit zu stabilisieren, daß Marjories Bürgschaft oder Nichtbürgschaft wegfallen könnte. Wie das gelingen würde, war ihm keineswegs klar. Die »schwarze Null«, dieses prekäre Ziel, geriet gerade wieder einmal in Gefahr – nicht allein durch die Zweckentfremdung der Leontjew-Subvention, so entscheidend war die nun auch wieder nicht, aber ökonomisch vertretbar war sie dennoch nicht gewesen. Wie es jetzt weiterging, ohne daß das entstandene Loch auffiel, war nicht abzusehen. »Wenn ich solche Sorgen an mich herangelassen hätte, wäre Papyros niemals gegründet und nie ein Erfolg geworden«, dachte er, um sich Mut zu machen, denn jetzt ließ er die Sorgen an sich heran – ohne im übrigen seinen Kauf nur einen Moment lang zu bereuen. Er hatte seiner Leidenschaft gehorcht bis zur Narretei, aber wartete nicht manchmal auf denjenigen eine Belohnung, der dem eigenen Stern bedenkenlos folgte?

Der Einschnitt, so tief er war, blieb nach außen hin verborgen. Nachdem Paula sich von Max getrennt hatte – was lag da näher, als erst einmal in der Wohnung der Eltern Zuflucht zu suchen? Das war keine endgültige Lösung, nur ein Provisorium, das so lange halten mochte, bis sich etwas anderes ergab, genug Platz war schließlich vorhanden. Sie war in Marjories Schlafzimmer gezogen; in deren Ankleidezimmer stand jetzt Nikes Bett, der es Freude machte, in den langen Schrankreihen mit Marjories Kleidern herumzukriechen, dort Höhlen zu bauen und sich darin zu verstecken. Bis man ihr darauf gekommen war, hatte es mehrfach aufgeregte Suchaktionen gegeben: Wo steckt das Kind? Nur dann klang Paulas Stimme panisch. Was sich wie von selbst entfaltet hatte, empfand Ruprecht jetzt schon als derart natürlich, daß es keines weiteren Gedankens bedurfte. Die chladnischen Figuren – feiner Sand war auf die Metallplatte seines Lebens gestreut worden, ein Geigenbogen hatte auf der Kante wie auf einer Saite gespielt, und alles rückte in eine sanfte, freundliche Ordnung.

Während Großes und Größtes in Ruprechts Leben geschah, zeigte sich im Äußeren davon nur, daß er nicht mehr regelmäßig im Verlag erschien. Mit Marjorie telephonierte er regelmäßig, mal rief er an, mal auch sie. Ihre Stimme am Telephon klang heiter. Die Reparatur erfordere größere Planung als vorgesehen, es werde wohl eine Weile ungemütlich im Haus sein, aber angefangen war offenbar noch nichts. Gesellschaft kam aus der Stadt zu Besuch, Schlesinger hatte ein Picknick bei einem antiken Gemäuer arrangiert, einem Aquäduktbogen, nur um Piranesi-Szenen nachzustellen – »wir sollten für seine Photos die Repoussoir-Figuren sein«. Es war nicht mehr so heiß, es hätte ganz nett werden können, wurde aber ein Desaster: Der Champagner lauwarm, die Pasteten schmolzen, eine Frau wurde von einem Skorpion gestochen, »und der gewissenlose Mann hat sich über das alles totgelacht«.

Andere Anlässe gab es nicht, um sich gemeinsam ein bißchen zu empören. Auch als es Herbst und Winter wurde, vermieden sie, von etwas Ernsthaftem zu reden. Ob sie gar vorhabe, irgendwann nach Deutschland zurückzukehren, wurde schon gar nicht erörtert. Sie wußte nicht, daß er während ihrer Gespräche stets quer über den Hof auf das Fenster mit dem herabgelassenen Rolladen blickte. Und wirklich: Zuverlässig stieg der sehr bald nach oben. Der nackte Arm erschien, lag auf der Fensterbank, zwischen Zeige- und Mittelfinger die Zigarette, der Ventilator machte sich sausend unsichtbar. Es war nichts geschehen. Dieses immer gleich bleibende, sich zuverlässig wiederholende Bild zeigte die Beständigkeit hinter dem Wechsel und schuf eine tiefe Beruhigung.

2

Kaum waren Ruprecht, Paula und Nike im August aus der Chaumière zurückgekehrt, ging man daran, für das neuerworbene Stilleben eine Umgebung zu schaffen. Die Koffer waren noch nicht ausgepackt, da trug Ruprecht das Bild schon in den großen Salon und schaute sich unruhig darin um, als beträte er ihn zum ersten Mal. Der Raum hatte nicht auf ›Taube und Wildente‹ gewartet, er war vollständig möbliert, und an den Wänden waren alle wichtigen Plätze besetzt. Sie waren pompejanisch rot gestrichen; in alten, ausgesuchten Rahmen hingen dort hauptsächlich Arbeiten auf Papier, Zeichnungen von Schlichter, Grosz, ein Stich von Callot mit grotesken Zwergen, zusammengesetzte Puppen von André Thomkins, Architekturkupfer von Petitot und ein großer pornographischer Holzschnitt aus Japan, ein in multipel gemusterten Gewandfluten ineinander verschränktes Paar. Nichts davon gehörte Marjorie, diese Blätter hatten sich nach und nach bei ihm angesammelt, waren mit Reisen, Liebesaffairen und Buchprojekten einhergegangen; so sollte es sein mit den Gegenständen, die ihn umgaben. Dieses Sammeln um des Sammelns willen, wie Cornelius De Kesel es betrieben hatte, kam ihm vor wie die Tätigkeit der Eichhörnchen, die oft vergessen, wo sie die Beute ihres Eifers vergraben haben. Das war bei seinem Schwiegervater zwar nicht so gewesen, aber eine gewisse Beliebigkeit im Rahmen eines vorgegebenen Geschmacks war seiner Sammlung nicht abzusprechen, gerade ihrem größeren Teil im Museum. Da war halt von allem, was in seiner Zeit Geltung besessen hatte, ein importantes Beispiel vorhanden, eine individuelle Auswahl beim besten Willen nicht herauszulesen.

Ruprecht stellte sein noch verpacktes Gemälde auf den Boden und lehnte es an die Wand. Er kniete davor hin, zog ein feines, scharfes Taschenmesser hervor und zerteilte die Klebestreifen mit sauberen Schnitten wie ein Chirurg. Die Blasenfolie löste sich. Es war Sonnenuntergangsstunde, das Plastik erglitzerte rötlich. Er rollte es behutsam ab, als gälte es, das Gemälde nicht zu erschrecken. Zuerst wurde der grau-beige Hintergrund sichtbar, der nahezu provozierend substanzhaft wirkte – gäbe es nichts Weiteres von dem Stilleben als diesen Ausschnitt, hätte man es bereits für etwas Außerordentliches halten müssen. Jetzt kamen die dünnen weiß-schwarzen Schnüre zum Vorschein, straff gespannt durch das Gewicht der daran aufgehängten Vögel, dann die braunroten Krallen der Taube. Es war, als stiegen die hängenden Vögel aus der zum Boden wegweichenden Folie empor: Sie lag da wie ein Schaum, aus dem das Bild aufgetaucht war. Die Tiere waren tot, und doch gingen Kraft und Leben von ihnen aus. Die Fülle der malerischen Valeurs fegte den Tod beiseite; da war Wichtigeres als Tod und Leben, es gab etwas davon Unabhängiges.

»Ich habe es gut gemacht.« Ruprecht konnte sein Glück kaum fassen.

Paula trat zu ihm. Nike tobte durch die weitläufigen Räume, schlidderte auf dem Parkett, von ferne hörte man ihr Jauchzen. »Sie braucht das nach dem langen Stillsitzen im Auto.« Eine höchst ungewöhnliche Bemerkung aus ihrem Mund; wann hätte sie Nike je entschuldigt? Sie legte die Hand in seinen Nacken und spielte mit seinem Haar. »Eigentlich ist mir das ein wenig unheimlich: ein Teil Chaumière hier in Deutschland?«

»Hättest du lieber einen klaren Schnitt?«

»Ich weiß nicht, ob du das gerne hättest ...«

»Das Bild hier ist der Schnitt.«

Er sah nicht zu ihr hinauf, seine Augen ruhten auf dem Stilleben. Vielleicht war er froh, sie nicht ansehen zu müssen? Wäre es nicht klüger, beim Beschweigen zu bleiben, nachdem man sich so lang darin geübt hatte?

»Tauben werden hierzulande verachtet, geradezu als Ungeziefer angesehen, aber man zeige mir mal, was schöner ist als eine Taube. Die Farben, die gewölbte Brust unter den geplusterten Federn – ich wette, der Mann hat erst eine nackte, gerupfte Taube studiert und sie dann mit den rosa und weißen Federn bekleidet. Das hat man durchaus so gemacht, die guten Maler jedenfalls. Der feste Muskelkörper muß unter dem luftigen Schmuck ahnbar, sogar tastbar bleiben.«

»Ich wüßte gern, was es wirklich ist – was dich derart in Aufregung versetzt, wenn du über dieses Bild redest.« Aus Paula sprach Ratlosigkeit, aber eine liebevolle. Sie zeigte, daß sie ihn ernst nehmen wollte, aber sich beim besten Willen nicht vorstellen konnte, wovon er sprach. Tastbar sollten die Körper sein – schön, wenn es ihm darauf ankam, dann war ja alles bestens. Ihre Augen waren groß und schwarz, Ruprecht kam es manchmal vor, als läge eine opake Linse über ihnen, die von außen den Eindruck unergründlicher Tiefe vermittelte, von innen aber nichts herausließ.

Die pompejanisch rote Wand hatte keinen guten Effekt auf seinen Fund. Was er in der Chaumière gesehen zu haben meinte, war hier verschwunden: die Monochromie, aus welcher zarteste Buntfarbtöne allmählich aufzusteigen schienen, das beständige Hervortreten und Wieder-weg-Sinken von angedeuteter Farbigkeit, das eine Bewegtheit entstehen ließ. Jetzt traten die Farben – das Rosa der Taubenbrust, das Hellgelb der Entenbrust, das Hellblau des Taubenkopfes, das Tanninbraun vom Kopf der Ente – kräftig hervor, von Monochromie konnte auch im entferntesten keine Rede mehr sein. Prachtvoll und üppig gemalt: Am Glanz dieser Kunst war nicht zu zweifeln, aber das Geheimnis des Außerordentlichen hatte sich versteckt. Dieses Element, das aus einem Meisterwerk ein Ausnahmewerk machte, unwägbar, unmeßbar, unbeschreiblich, das ging im Kampf mit dem umgebenden Rot unter, eben weil das Bild aus seiner verzauberten Ruhe fiel.

Wie Ruprecht vor dem Bild kniete, glich jetzt weniger einer Verehrungsgeste als dem Bemühtsein um ein Unfallopfer. Als erstes, und zwar sofort, mußte das Rot verschwinden, gleich morgen sollte der polnische Anstreicher kommen, der es erst vor einem Jahr aufgetragen hatte. Und dann die vielen Arbeiten auf Papier, schöne Blätter, einst geschätzt, auch als Erinnerungsstücke, aber keine Nachbarschaft für das Bild. Würden aber die Graphiken abgenommen und woandershin geschafft werden – Platz gab es genug, vor allem in dem langen Korridor, der zu den Schlafzimmern führte –, dann hing ›Taube und Wildente‹ auf einer viel zu großen Wand vereinsamt. Es mußte unbedingt noch etwas dazu, Ölbilder natürlich, nicht zu gewichtige und dennoch qualitätvolle; jetzt gebrauchte er in Gedanken ein Wort, das er vor kurzem noch als unangemessen abgetan hatte. Zwei dienende, das Stilleben vorbereitende, ihm einen würdigen Rahmen schaffende Trabanten mußten her. Es sah so aus, als werde der Kauf von ›Taube und Wildente‹ noch weitere Käufe geeigneter Werke nach sich ziehen, die aber erst einmal gefunden werden mußten, eine Investition von Zeit und Geld, unvorhergesehen, aber für einen Neuanfang nicht zu vermeiden. Sein Bild war ja nicht der Schlußstein einer Sammlung, es war vielmehr als erstes da und stelle nun Forderungen an seine Umgebung.

Er schilderte Paula die Notlage.

Sie plädierte dafür, das Bild an die schmale Wand neben der Flügeltür zu hängen. Die Proportion von Zimmerhöhe, Tür, Breite der Wand und Boiserie sei hier perfekt, das Bild – sie hob es aus der raschelnden Folienflut und hielt es an den von ihr vorgeschlagenen Ort – passe hinein wie in eine eigens gezimmerte Kassette.

So überzeugend das aussah, wehrte Ruprecht dennoch ab: Nein, nein, das komme nicht in Frage. Seitdem er das Bild entdeckt habe, sei er von einem einzigen Wunsch erfüllt gewesen – es endlich so zu hängen, daß das Licht von links komme und einer der malerischen Höhepunkte, der tiefschwarze Schatten nämlich, das dunkle Licht, mit dem Lichteinfall im Raum übereinstimme. Dafür müsse es an der großen Wand hängen. Wie gut es dem Bild tue, ja wie es aufatme, wenn seine inneren Verhältnisse und die der Außenwelt in Übereinstimmung gerieten! Eine Mißhandlung sei die Plazierung in der Chaumière gewesen, mit dem Tageslicht aus der falschen Richtung. Durch die widersinnige Hängung sei der Rahmen zu seinem Gefängnis geworden, es habe nicht darüber hinauswachsen und die ganze Nachbarschaft in sich hineinziehen können, wozu es aber fähig sei.

Paula lauschte diesen Überlegungen mit leichtem Kopfschütteln, als seien sie ihr zu ungewohnt, um sofort verstanden zu werden, doch sie wollte etwas tun, um Ruprecht aus seiner Unruhe zu befreien. Wochenlang war er weg von Deutschland gewesen, war mit viel Gepäck soeben zurückgekommen, auf seinem Schreibtisch und auf Marjories Sekretär stapelte sich die Post – und dennoch gab es für ihn nichts Wichtigeres, als dem neuen Bild einen angemessenen Ort zu verschaffen. Sie spürte seinen Eifer, sie erkannte, daß er während der langen Reise an nichts anderes gedacht hatte und die Fahrt im Burgund nur deshalb unterbrochen worden war, um Nike nicht zu sehr anzustrengen. Jetzt konnte sie ermessen, was es ihn gekostet hatte, als er ihrer Bitte nach einer Pause nachgekommen war. Das war bei dem rund vierzig Jahre älteren Mann geradezu etwas Kindliches, er war wie ein Schuljunge gewesen, der in der Nacht vor Weihnachten nicht einschlafen kann. Sie erlebte etwas Neuartiges: Sie begann, mit seinen Augen zu sehen.

Ihr kam ein Gedanke. Es gebe noch Bilder von ihrem

Vater im Keller, die ihr gehörten, für die sie aber nie Verwendung gehabt habe, das werde auch in Zukunft so sein. Sie sei in ihrer Kindheit von zu viel Kunst umgeben gewesen, immerfort sei es um Malerei gegangen, oft genug habe es Streiterei, ja Zank wegen Bildern gegeben. Wenn sie eines Tages eine eigene Wohnung habe, werde Leere darin herrschen, aber solange sie bei anderen wohne – »andere«, das waren Marjorie und er –, übe sie sich darin, durch deren Sachen hindurchzusehen. »Ich könnte nicht sagen, was in der Chaumière alles hängt, ich weiß es nicht. Und wenn plötzlich doch einmal eine Ahnung auftaucht, dann stelle ich meinen inneren Scheibenwischer an, und schwupp ist sie weg.« Was für ihn solche Bedeutung habe, das brauche sie alles nicht. Ob sie sich auf ihre Bedürfnislosigkeit etwas einbilden dürfe oder ob das einfach ein Zeichen von Dummheit sei?

Nein, nicht Dummheit. Ruprecht hegte keine Erwartungen, was ihre Bilder anging. Toufik hatte einen leicht schwülen Geschmack gehabt, mochte erotisierenden Surrealismus in Regenbogenfarben, und Marjorie hatte, was davon an den Wänden gehangen hatte, sofort nach seinem Tod abnehmen lassen. Das war Paulas Erbe und sollte verwahrt werden, bis sie eines Tages darüber entschied. »Die fressen kein Brot« – Marjorie gebrauchte manchmal Redensarten, die an die kleinbäuerliche Herkunft Job De Kesels erinnerten.

Er erhob sich von den Knien, nahm Paulas Gesicht in beide Hände und küßte sie. Es sei klug, nichts zu brauchen; er frage sich, ob er nicht mit Ketten an zu viel tote Materie gefesselt sei.

Paula drehte den Kopf weg, nachdem sie die Liebkosung zunächst erwidert hatte; das sollte sich nicht ausdehnen, sie hatte etwas vor. Gänzlich mußte sie Nike und die Koffer nicht sich selbst überlassen, als sie sich jetzt, ohne eine weitere Erklärung, entfernte. Denn inzwischen war Ruprechts langjährige Haushaltshilfe eingetroffen, Frau Petulic, die schon vor seiner Verbindung mit Marjorie für ihn gesorgt hatte, mittlerweile auch nicht mehr jung, eine strenge Schönheit mit dickem schwarzen Nackenknoten und einer schweren Hüftgelenksluxation, die sie in der Arbeit aber keineswegs behinderte; sie hatte gelernt, dieses Gebrechen virtuos zu kaschieren, indem sie ihren Gang in ein tänzerisches Auf und Nieder verwandelte, ein Emporschleudern des Körpers und ein Hinabsinken in pirouettierender Drehung. So, wie die dos Santos' auf Marjories Seite standen, so hielt Frau Petulic zu ihm. Marjories Beanstandungen pflegte sie schweigend entgegenzunehmen, aber nicht muffig wie die beiden Portugiesen; ihr Gegenüber war Herr Dalandt, gleichgültig, welche Frau er gerade mitbrachte.

»Ich habe ein Vertrauensverhältnis zu Frau Petulic«, hatte er ganz früh zu Marjorie gesagt, die mehr aus dem Bedürfnis, die Umgebung ihres zweiten Ehemannes in den Griff zu bekommen, als wegen ernsthafter Vorwürfe auf deren Entlassung hatte hinwirken wollen. Das war ihr vielleicht nicht einmal zu verdenken, denn die Haushälterin war während Ruprechts erster Ehe schon da gewesen; die Vorstellung, sich verglichen und eingeschätzt zu sehen, und das von einer Frau, die Ruprecht erheblich länger und genau kannte, ließ sich schwer überwinden, das hätte er eigentlich verstehen müssen. Frau Petulic war so hochgewachsen wie Marjorie, aber wenn sie sich mit einer Drehung hinaufschwang, war es, als wüchse sie über sich hinaus. Marjorie fand das unbestimmt bedrohlich, und als sie im Lauf der Zeit entdeckte, daß das Schweigen der Haushälterin ein Zeichen echter Verschwiegenheit war, wurde ihr deren Anwesenheit immer unbehaglicher. Sie konnte solche Zurückhaltung nur als Verschlagenheit deuten, aber Ruprecht gab zu bedenken, daß Frau Petulic niemals den leisesten Grund zur Klage gebe. Mit Tücke verbinde man doch irgendwelche Strategien zum eigenen Vorteil oder die Neigung zur Intrige, und von beidem sei sie völlig frei. Marjories Antwort klang sachlich. »Du liebst sie eben – und sie liebt dich auch.«

Tatsächlich verzichtete Frau Petulic, als sie eintraf, auf die Frage, wo denn Marjorie geblieben sei. Wie es war, war es selbstverständlich für sie. Sie brachte mehreres zugleich fertig: Tee zu kochen für die Neuankömmlinge, Nike zu beschäftigen und die Koffer auszupacken. So war Paula frei, um in den Keller zu gehen, wo auf großen Stellagen, sorgfältig verpackt, die Bilder ihres Vaters standen. Aufkleber unterrichteten über Maler, Sujet, Technik; das war alles sehr sorgfältig gemacht, so waren die Sachen aus Paris gekommen und hatten seitdem im Dunkeln gestanden. Die Namen der Maler, Ernst Fuchs, Hutter, Wunderlich, sagten ihr nichts, aber bei der Auswahl halfen die Formate. Diese Bilder waren alle zu groß, um Ruprechts Stilleben zu begleiten, das in den Maßen ja keinesfalls übertroffen werden durfte. Schließlich stieß sie auf drei kleinere Leinwände, nicht mehr als fünfzig Zentimeter breit, sechzig Zentimeter hoch, die konnten doch vielleicht passen?

Dies war die Glücksphase ihres Zusammenseins. Die vielen Jahre davor waren in Spannung und Bangigkeit zugebracht worden, mit immer neuen Anläufen Ruprechts, das, was unter Marjories Augen nicht realisiert werden konnte, wieder zu beenden, am liebsten völlig ungeschehen zu machen. Er hatte sich wohnlich eingerichtet in der Empfindung, schuldig geworden zu sein; es gab Zeiten, da wagte er Paula kaum anzusehen, was nicht leicht durchzuhalten war im familiären Alltag. Sie konnte sich in jenen Jahren nie daran gewöhnen, einen ihr in so vieler Hinsicht überlegenen Mann derart unsicher zu erleben, und meinte sehr genau zu spüren, wie brüchig seine Selbstbeherrschung war, diese höfliche Melancholie; seine Teilnahmslosigkeit kam ihr unecht vor. Mußte man nicht fürchten, daß dies alles irgendwann aufplatzte? Sie selbst war viel ruhiger. Meist glaubte sie sogar, es werde ihr immer genügen, einfach nur in seiner Gegenwart zu sein und auf ein verstohlenes Zeichen zu warten, das bewies, wie es eigentlich um sie beide stehe.

Und dann, völlig unerwartet, die Erlösung. Es gab nur noch Nike, vor der man sich zurückhalten mußte. Wie stark der Druck auch auf Paula gelastet hatte, spürte sie erst, nachdem er von einem Tag auf den anderen verschwunden war. Und beinahe ohne Lärm! Was sich zwischen ihm und Marjorie zugetragen hatte, das ahnte sie nur. Er hatte sie, ohne ein Gran Empörung zu zeigen, wissen lassen, daß es um das Bild ein gewisses Gezerre gegeben habe – nur um das Bild! Um nichts sonst. Als sie abreisten, stand Marjorie in ihrem weißen Morgengewand vor dem Haus, winkte ein paarmal mit ausgebreiteten Armen und hatte sich schon umgedreht, als der Wagen noch nicht um die Kurve gebogen war. Die angeblich unlösbare Verknüpfung fiel auseinander. Herzlichkeitsexzesse waren in der Familie ohnehin nicht üblich gewesen, aber der Abschied von Majorie und ihr hatte sich freundlich, arglos, ohne Zwischentöne abgespielt, und der angedeuteten Umarmung von ihm und ihrer Mutter war nicht abzulesen, daß es sich um eine längere Trennung handeln würde.

Und gerade darum handelte es sich, er rechnete fest damit. »Wir kennen uns, wir müssen nichts aussprechen.« Diese Worte waren im Hotel gefallen, nachdem Nike, erschöpft von der Reise, eingeschlafen war.

Sie hatte das stumm angehört. Sie lächelte. Ihre Miene sagte: Wenn es so ist, soll es mir recht sein.

Ruprecht war verblüfft, als sie, aus dem Keller zurückgekehrt, mit Bilderpaketen beladen vor ihm stand. Auf den Etiketten war zu lesen: Carlo Carrà, Toskanisches Haus; Morandi, Flaschenstilleben; unbekannter Meister, Kubistische Komposition. Beim Auspacken glaubte er zu träumen; er hätte sich nichts Besseres als Begleitung seines Stillebens denken können. Die Bilder waren alle nach der ästhetischen Revolution entstanden, in entschiedenem Bruch mit der Kunst der vorangegangenen Zeitalter, denn er war davon überzeugt, daß es hier nicht einfach um eine Abkehr vom neunzehnten Jahrhundert gehe, sondern um einen Schlußstrich unter tausend Jahre in Europa. Und doch und doch, es war eine Kunst, die der Feinabstimmung, der Behutsamkeit, der Zartheit der Farbabfolgen keinen Tritt gegeben hatte. Sämtlich waren es graue Bilder, ohne Farben, dafür von einer substantiellen Materie wie von verputzten

Wänden. Der Carrà zeigte ein würfelförmiges Bauernhaus mit einer Tür, aber ohne Fenster – große Architektur sei an ihrer Fensterlosigkeit zu erkennen, hatte einer seiner Autoren geschrieben –, dahinter eine Pinie, die in einen graublauen Himmel ragte; alles in einer leicht verrutschten Perspektive. Der Morandi war eines von seinen fünfhundert Flaschenstilleben, erdfarben, graubeige, graublau, ineinandergeschobene, mit breitem Pinsel gemalte Flaschen wie eine auf den Omnibus wartende Menschengruppe. Der anonyme Kubist hatte eine kleinsplittrige Komposition aus weiß-gräulich-schwarzen Bruchstücken geschaffen, in der Ecke, als einziges erkennbares Objekt, eine Malerpalette mit einem roten, einem gelben und einem blauen Klecks.

»Hast du das so ausgesucht?« Ruprecht staunte. Er stellte die Bilder mit einigem Abstand zu seinem Stilleben an die Wand. Sie fügten sich im Geist des Verzichts auf primäre Farbigkeit zusammen – »unbunt«, er zitierte ein Wort, das sein Kunstgeschichtsprofessor bevorzugt hatte, um die Malerei seit der Barockzeit zu beschreiben. Immer war es Ruprecht gewesen, als erschließe sich ihm das ganze Geheimnis der Tonmalerei beim Klang dieser Silben.

Paula war anzumerken, wie froh sie ihr Fund machte, die unerwartete Antwort auf die Frage nach einer Lösung für ›Taube und Wildente‹. »Es waren einfach die kleinsten Bilder, die ich von Papa habe; ich bin nur nach der Größe gegangen. Wenn du sie brauchen kannst, dann schenke ich sie dir.«

Es dauerte nicht mehr als ein paar Tage, der polnische Anstreicher hatte überraschend Zeit, da war der große Salon hellgrau gestrichen, was mehrmals geschehen mußte, weil das Rot darunter hervordrängte. Die Suche nach dem richtigen Grau nahm beinahe so viele Stunden in Anspruch wie der Anstrich. Ruprecht war in einen Perfektionsrausch geraten, wie es bei der Vorbereitung von neuen Büchern selten geschah – »ich vertraue Allmendinger, ich vertraue Sieglinde Stiegle«, das klang generös und motivierend, kam aber aus einer tiefen Unlust an der Detailarbeit. »Die Sachen schütteln sich in der Regel zurecht, das Drucken ist etwas Magisches. Durch bloßes Gedrucktwerden verändert sich das Manuskript, und manchmal gehen dabei sogar ein paar Fehler verloren, die man in den Fahnen übersehen hat« – das war eine seiner Weisheiten, die Allmendinger nur gequält anhörte. Eine andere: Ein mißlungener Umschlag werde in dem Augenblick besser, wo zehn mit ihm verunstaltete Bücher nebeneinander lägen – schon sei er legitim, eine objektive Tatsache, ein hinzunehmendes So-Sein. Wobei Umschläge bei Papyros nur auf sehr hohem Niveau scheiterten, da schaute er schon hin, aber bei weitem nicht so lange wie auf die richtige Wandfarbe für sein Bild. Warm mußte sie sein, denn der gemalten Mauer, vor welcher die Vögel hingen, war etwas Ocker beigemischt, vielleicht gar Siena oder Krapplack.

Der polnische Anstreicher hatte Geduld. Ein ganzer Eimer Farbe mißriet, aber es ging ums Ganze. Das von Ruprecht neu entdeckte Bild mußte erstmals so gezeigt werden, daß es auch diejenigen überzeugte, die sonst schulterzuckend daran vorübergegangen wären.

Nicht alles war schon perfekt. Der Morandi forderte einen anspruchsvolleren Rahmen, denn er war nur mit einer Leiste versehen, die vielleicht der Meister selbst noch grau gestrichen hatte. Der anonyme Kubist steckte in einem abgelaugten Louis-quinze-Rahmen, das ging, für den Carrà mußte aber ebenfalls noch etwas Besseres her. Durch reinen Zufall war eine Reihe zustande gekommen, die wie auf einer Leiter zum Höhepunkt führte: Auch die späteren Maler mit ihren viel gröberen Mitteln hatten daran gearbeitet, Farbe in schwere Materie zu verwandeln, ohne Buntfarben zu leuchtender Farbigkeit zu gelangen, aus dem warmen Steinton einer Wand Skulptur herauswachsen zu lassen.

Daß diese Bilder von Paula kamen, war ein Zeichen. Es hatte nichts gesucht und nichts gekauft werden müssen. Zwanglos hatte sich alles ergeben. Das Beste war, was einem vor die Füße rollte. Diese Bilder kamen aus ihren Händen zu ihm und ließen eine Ordnung entstehen, von der er nie geträumt hätte. Aus der unendlichen Fülle von Malerei Gemälde zu finden, die seinen Ansprüchen genügten, aber der einzigen Funktion dienen sollten, ›Taube und Wildente‹ zu umgeben, das wäre eine uferlose Aufgabe gewesen. Man hätte sich jeden Tag eine andere Bildergalerie vorstellen können, eine reizvolle Beschäftigung, aber nicht für ihn, der er nach schneller Vollendung strebte.

Die war auch mit neuem Anstrich und neuen Rahmen noch nicht erreicht, obwohl das Ergebnis sein Hoffen übertraf. Er hatte ein sicheres Vorstellungsvermögen, aber wie jetzt alles zusammenwuchs, wie die asketische Kunst der Moderne die gezügelte, kunstvoll verborgene Pracht der akademischen Malerei steigern half, ohne dabei selbst zu verlieren – im Gegenteil, sogar der anonyme Kubist war nun eine Kostbarkeit, die kleine Palette mit Rot, Gelb und

Blau schien, wenn man sie erst entdeckt hatte, auf die Pastellfarben des Stillebens bezogen, gleichsam über die Epochenmauer hinübergerettet –, das war in seinem von keiner Planung vorherzusehenden Zusammenklang auch dem Eidetiker Ruprecht nicht vorstellbar gewesen.

Nur eins war klar: Bei der gestrichenen Putzwand konnte es auf Dauer nicht bleiben. Diese Bilder mußten auf einer grauen Stoffbespannung hängen, auf Leinen oder vielleicht doch auf Samt, der im schräg einfallenden Licht wunderbar fleckig aussehen würde, je nachdem, wie die Härchen standen, als höhere Form einer Kalkmauer. Das könnte dann später in Angriff genommen werden, wenn – ja wenn sich geklärt hatte, was er nicht auszusprechen wagte.

3

Daß Ruprecht mit seinem Bild unmittelbar nach dem Kauf zurück nach Deutschland gereist war – es gab Gründe genug dafür, nichts, um mißtrauisch zu sein –, rechnete Marjorie ihm hoch an. Wenn sie nachdachte, war ihr immer noch nicht wohl bei dem Handel, und besonders mißfiel ihr das Element der eigenen Unfreiwilligkeit darin. Das alles hatte sie nicht so gewollt, er hatte sie vielmehr dazu gezwungen – eine Ungeheuerlichkeit, noch nie vorgekommen, aber ein bißchen eben auch ihre Schuld. Sie hätte sich nicht zwingen lassen dürfen, schließlich war sie es, die in der Chaumière die Richtung vorgab. Da befiel sie geradezu so etwas wie Reue, nicht das religiöse Gefühl, sondern der Ärger und die Selbstanklage eines Schachspielers, der einen falschen Zug getan hat. Es war jetzt vor allem wichtig, eine gewisse Zeit vergehen zu lassen. Sich nach dem Abhängen des Bildes im kleinen Salon nicht täglich zu begegnen, das war selbst bei ihrer beider Fähigkeit zum Wegdrängen unangenehmer offener Fragen eine Erleichterung. War der andere erst mal aus den Augen, kam irgendwann der Tag, an dem einem wieder einfiel, warum man einst zusammengekommen war; man hatte im Grunde doch nicht schlecht gewählt?

Solch eine nicht abgesprochene, von beiden Seiten nicht befristete Trennung hatte es schon einmal gegeben, nach Nikes Geburt. Es war auch damals um Geld gegangen, ein handfester Streit, so heftig eigentlich nicht vorgesehen, wobei Paula bei der Mutter geblieben war, immerhin erst knapp siebzehnjährig und nach der Entbindung sehr schwach. Und ein paar Monate später war man wieder beieinander gewesen, wie vom Wind zusammengetriebene welke Blätter, derart absichtslos hatte sich das abgespielt. Und so gehört sich das auch, dachte Marjorie bei dieser Erinnerung. »Wovon heute jeder spricht, vom Aufarbeiten, Analysieren, Sich-Auseinandersetzen, das ist alles lebensgefährlich. Man muß vom Ergebnis her denken: Will ich in dieser Ehe bleiben oder nicht? Und dann bleibt man oder bleibt man nicht und läßt das Vorgefallene beiseite und vergißt es« – wie sie auch wirklich die Gründe für die erste längere Trennung vergessen hatte.

Damals hatte es allerdings Damien noch nicht in ihrem Leben gegeben, als Verwalter durchaus, aber noch mit einer »schlampigen Schmuckbastlerin aus Rußland« liiert, in Marjories Beschreibung, eine temperamentvolle Frau, die in das Pförtnerhaus und auf die Matratze gezogen war und gelegentlich einen beinahe bis ins Haupthaus zu hörenden Krach geschlagen hatte: Das knallte und polterte – herumgeschleuderte Stühle, Töpfe, Teller? Das hatte Marjorie sich gefragt, wenn sie sich gerade in der Nähe des Hauses aufhielt, oder gehörte es zum Sex? Es war dieser Gedanke, der ihren Blick auf Damien veränderte. Da wuchs eine amüsierte Neugier, nistete sich bei ihr ein und ließ sie nicht los.

Erst einmal war es schön, allein zu sein. Sie hatte die gesamte Gesellschaft im Haus, das mußte sie sich jetzt eingestehen, in Wahrheit gründlich satt gehabt: die beiden beklommenen Intellektuellen und den schwachen Max mit seinem Geklimper und dem Hundeblick, dazu das kleine Teufelsgeschöpf, ihre Enkelin, für die keine Regeln gelten durften, ja sogar Paula, mit der es nie wirklich behaglich wurde, aber deren Recht, unangenehm zu sein, sie noch am ehesten akzeptierte, es war schließlich ihre Tochter. Und dann hatte Ruprecht ihr plötzlich vorführen müssen, daß sein Geist in ihr unzugänglichen Regionen wohnte, obwohl sie das längst wußte, sich dafür aber gar nicht weiter interessierte. Sein Geist war sein Geschäft, und zwar kein besonders florierendes. Er sollte froh sein, daß sie daran nichts auszusetzen hatte.

Trotzdem war manches anders, nachdem sich das Haus mit einem Schlag geleert hatte. Morgens, wenn alles schlief, im durchscheinenden Gewand über das Grundstück zu streifen, verwehren konnte ihr das jetzt erst recht niemand, aber es fehlte etwas, wenn es nicht hinter dem Rücken der allmählich erst erwachenden Hausgenossen geschah. Fehlte? Am Anfang nicht. Sie spürte, daß sie schon seit geraumer Zeit das Bedürfnis empfunden hatte, die Droge Damien nicht nur in vernünftigen Dosen, sondern für eine Weile – nur für eine Weile, um Himmels willen nicht zu lange! – ganz und gar ohne Hemmungen zu genießen. Das war längst fällig gewesen; zum ihr selbst ein bißchen peinlichen Streit um das Bild war es, so wollte ihr scheinen, nur gekommen, weil sie die ganze Zeit nicht dem Diktat ihrer geheimen Wünsche gefolgt war.

Wie vorher fuhr sie fort, ihn im Pförtnerhaus zu besuchen, eine Gewohnheit, mit der sich jene Erinnerungen verbanden, die ihr unter die Haut gegangen waren. Auf dem verwilderten Grasstück davor fand sie ihn oft nackt in der Sonne liegen, auf einem wild gemusterten Handtuch, höchstens mit einer winzigen Unterhose bekleidet, die angesichts seiner Lumpen, die er vorzugsweise trug, seltsam frivol wirkte – da war sie, seine sonst sorgfältig verborgene Eitelkeit. Der knochige Sträflingskörper mit der Stacheldrahtnarbe war so braun wie der eines Bauarbeiters, seine Augen mit den Fliegenbeinwimpern waren geschlossen, genießerisch, wie es Marjorie schien, mit einer Hingabe an die Sonne, wie er sie niemals für die Liebe aufbringen würde.

Tagein, tagaus, nachdem sie sich am Vormittag getrennt hatten, unternahm er neuerdings große Wanderungen mit minimaler Ausrüstung, einem Flacon Cognac und Zigarren; Wasser ließ er zu Hause, als wolle er seine Austrocknung, ja Ausdörrung vorantreiben. Wanderwege mißachtete er. Er verließ einfach sein Haus und suchte eine Stelle, wo es bergauf ging, hielt sich dann immer geradeaus, nur Felsbrocken konnten ihn zum Abweichen von der Direttissima zwingen. Mit weiß bestäubten Schuhen, hohläugig vor Anstrengung, kehrte er zurück, unter der schmutzigbraunen Hautfarbe blaß geworden. Ansprechbar war er in diesem Zustand nicht; er blickte sie mit stummem Vorwurf an, wenn sie das Schweigen brach.

Sie verstand diese wütenden Touren als den Versuch, sich

von der Belastung zu befreien, welche die größere Häufigkeit ihres Umgangs für ihn bedeutete. Es war nicht ausgeblieben, daß sie in der neuen Freiheit den Mut zu zärtlichen Gesten fand, ihm ins Haar griff etwa, das mitnichten ein Toupet war, wie Ruprechts Eifersucht, so sah sie das jetzt, es hatte insinuieren wollen. Auch andere Bemerkungen von ihm durchschaute sie jetzt: »Er hat etwas Ranziges, nicht wahr? Etwas vom verwesenden Jüngling?« Das sah er schon richtig, und es gelang ihr umso leichter, darüber zu lachen, als Ruprecht damit genau das aussprach, was sie so anzog, das sie aber anders beschrieben hätte. Ihre Zärtlichkeiten waren schwere Fehler, sie wußte es im vorhinein, aber sie hatte sich nicht mehr in der Gewalt, wenn sie nach dem Abendessen noch zusammensaßen, ins Dunkel blickten, wo das Tal sich mit Glühwürmchen füllte – echten, nicht den Lämpchen der Telephone. Jetzt herrschte doch Freiheit, wozu weiter Kontrollen über sich erdulden? Aus seinem Blick, den er ihr dann zuwandte, sprach Ablehnung, und wenn sie ihre Unvorsichtigkeit noch steigerte, indem sie die fatalste Frage zwischen verstimmten Paaren stellte: Was er denn habe?, dann konnte sie unwillkommene Antworten hören – »entweder Sex oder keinen Sex, aber bitte nicht so was dazwischen!« Und die Stimmung war dahin.

Ihre Unbeherrschtheit sollte eine tiefe Zäsur zur Folge haben, die, nach der Entfernung des Bildes aus dem großväterlichen Besitz, einen weiteren Traditionsbruch in der Chaumière nach sich zog. An einem Abend in schönster Dämmerung, aus der Ebene schwappte eine Wüstenwärme den Abhang hinauf, gesättigt mit den Ausdünstungen aller Kräuter der Macchia, saßen die Herrin des Hauses und ihr

Verwalter, angenehm zerschlagen nach einer nachmittäglichen Liebesstunde, auf der Terrasse – Marjorie bei Weißwein mit Eiswürfeln, Damien bei seinem Whisky. Sie plauderten zerstreut, der Faden riß immer wieder ab, aber das erzeugte keine Verlegenheit, sondern war, für Marjorie jedenfalls, Ausdruck eines schläfrigen Behagens. In unbelehrter Arglosigkeit streckte sie ihren Arm aus, um Damiens Hinterkopf zu kraulen. Statt das wie sonst mit einer sarkastischen Bemerkung zu beenden, ließ er es laufen, ohne sie anzusehen freilich, das Gesicht vielmehr starr zur Ebene hin gerichtet, als säße er einem Bildhauer für eine Profilmedaille.

Anna dos Santos pflegte ihre arthritischen Zehen in Pantoffeln zu bergen, wodurch sie, gleichmäßig schlurfend, die gewachsten alten Terracottaböden stets aufs neue mild erglänzen ließ. Ihr Näherkommen war unhörbar. Auf der Terrasse hätte der Kies geknirscht, das hätten die Pantoffeln nicht erstickt, aber sie verließ das Haus nicht, als sie sich an das besinnliche Paar von hinten heranpirschte. Im Türrahmen blieb sie stehen, in das Bild versunken, das sich ihr bot: die sommersprossige, etwas krallenartige Hand von Madame, die in den Haarsträhnen des Engländers spielte. Das lässige, abgerissene Gespräch belauschen, das konnte sie von ihrem Standpunkt aus nicht, es war zum Verständnis der Situation aber auch gar nicht nötig: Die satte Schläfrigkeit sprach für Menschen mit Lebenserfahrung für sich.

Lange hatte sie Cornelius De Kesel gedient und dabei manches beobachtet, und sie wußte von daher genau, welches Verhalten in solchen Momenten das klügste und auch für sie selbst angenehmste wäre – mit angehaltenem Atem auf den leisen, die Terracottafliesen sanft polierenden Pantoffeln zurückzugleiten, dann, wenn die rettende Tür zur Küche erreicht wäre, drinnen mit einem herabfallenden Topf Lärm zu machen oder kräftig einen Stuhl zu rücken und sich dann erneut anzunähern. Das alles hatte zu ihrem Repertoire gehört – etwa, wenn Cornelius De Kesel an einem heißen Tag nackt ein Sonnenbad genommen hatte, oder in der ersten Zeit der Ehe von Marjorie und Toufik, in der kaum eine Stunde vergangen war, in welcher das Paar nicht besser ohne Zeugen geblieben wäre.

Und warum griff sie jetzt auf ihre Erfahrungen nicht zurück? Vergessen waren sie nicht. Die innere Stimme sagte: Verschwinde, und zwar sofort! Aber sie war zu schwach. Das längst Geahnte, jetzt war's Ereignis. Es mit eigenen Augen zu sehen, das war ein Fest. Wenn »Monsieur«, sie meinte Cornelius De Kesel, noch gelebt hätte – eine Undenkbarkeit. Marjorie war immer herrisch und schroff gewesen, aber niemals im Dissenz zum Vater, sein Wille war ihr Wille. Darin allein hatte ihre Autorität gelegen. Die war nun weg. Ein einziger Gedanke verdrängte alle Vorsicht: »Sie muß wissen, daß ich weiß.«

Ein winziges Rascheln, ein Nichtgeräusch in ihrem Rücken, ließ Marjorie den Kopf wenden. Die Blicke der Frauen trafen sich. Und wieder mußte Anna erfahren, wie es ist, wenn man tun muß, was man nicht tun will. Sie hielt Marjories Blick stand, anstatt den ihren zu senken. Und sie lächelte sogar.

Eine andere Frau hätte vielleicht die Hand schnell vom Hinterkopf des Geliebten weggezogen, Marjorie aber ließ sie, wo sie war. Nicht, daß der Vorfall sie in Verlegenheit gebracht hätte, aber er genügte, um sie zornig zu machen. Die Vorstellung, daß hier irgendetwas »herausgekommen« sei, wie es hieß, spielte dabei eine untergeordnete Rolle. Marjorie hatte niemals die Absicht besessen, der Welt etwas vorzumachen. Sie war von der Überzeugung erfüllt, tun zu dürfen, was immer sie wollte. Eine Gefahr – schon das Wort war falsch gewählt –, daß Anna ihre Entdeckung Ruprecht hinterbrachte, bestand nicht, das war ausgeschlossen, Ruprecht führte kein Gespräch mit der Portugiesin. Aber die Vorstellung, daß die Köchin ihr hinfort als Wissende gegenübertreten werde, mit frecher Vertraulichkeit von Frau zu Frau, war unerträglich. Cornelius De Kesels Bestimmung, die dos Santos' seien unkündbar und hätten bis zu ihrer vollständigen Hinfälligkeit zum Inventar der Chaumière zu gehören, hatte durch die Umstände die Geltung verloren.

Anna wußte sofort, daß sie einen Fehler gemacht hatte. Viel zu spät schlug sie die Augen nieder. Das war ein Rückzug, der nichts mehr einbrachte und den sie sich infolgedessen hätte sparen können. Daß Bestrafung oder Rache – je nach dem Standpunkt des Betrachters – irgendwann folgen würde, stand für sie fest. Als könnte das noch etwas retten, verschwieg sie ihre Entdeckung João, ein beträchtliches Opfer für die Gottheit, die doch sehen mußte, daß Anna schon mit der Wiedergutmachung des Schadens befaßt war. Vielleicht war der herabsausende Knüppel noch aufzuhalten? Unter der Deckenlampe der Personalküche, in der sie ihm das Abendessen hinstellte – ihr selbst war der Hunger vergangen, der Magen wie zugeschnürt –, begann sie, von ihrem Mißbehagen zu erzählen.

Marjorie gefalle ihr weniger und weniger. Sie spüre, daß sich da etwas zusammenbraue.

»Was soll sich denn zusammenbrauen?« João sprach nie mit vollem Mund, wodurch in seiner Rede große Pausen entstanden, denn das Essen zu unterbrechen fiel ihm schwer. »Wir sind auf der sicheren Seite – das Testament – Monsieur hat uns hier festgeschweißt – ich hoffe, du zankst nicht mit der Frau – ich habe dir immer gesagt, weghören, nicht antworten – weggehen, schweigen – nicht reagieren –«

»So mache ich es ja auch.« Anna schwor, sich stets an diese goldenen Regeln gehalten zu haben, ihr sei weiß Gott nichts vorzuwerfen. Das Bewußtsein ihres immer musterhaften Betragens schob sich vor die Erinnerung an den sekundenlangen Blickwechsel mit Marjorie. Der hatte eigentlich gar nicht stattgefunden, da war nichts gewesen, nichts, was das Gefühl einer Gefahr rechtfertigte, das sie dennoch erfüllte.

Und ihre Sorge war begründet. Das Verhältnis war irreparabel. Daß das Ehepaar zu verschwinden, ja sich am besten in Luft aufzulösen hatte, stand für Marjorie fest. Der Beschluß war die Sache eines Augenblicks, dennoch nicht korrigierbar, denn er war aus dem Stolz geboren, der sich vor keiner Instanz verantworten muß.

Anna erfuhr die Qual der Ungewißheit. In den ersten Tagen nach ihrer Entdeckung geschah jedoch nichts, so daß sie schon hoffte, Marjories eigenstes Interesse sei, über den Vorfall hinwegzusehen. Sie atmete auf, blieb aber vorsichtig und mied Marjories Blick. Als die ihr gleichmütig mitteilte, sie fahre für ein paar Tage »zu Freunden« ans Meer –

Monsieur Devereux schien, wie sich herausstellte, in dieser Zeit gleichfalls etwas vorzuhaben –, festigte sich in Anna ein neuer Frieden, als ob dieser Ausflug eine Zeitmauer darstellte, hinter der das zuvor Geschehene verschwände.

Marjorie war indessen nicht müßig geblieben. Daß ein schlichter Hinauswurf des Paares nicht so einfach zu bewerkstelligen wäre, lag angesichts des von Cornelius De Kesel geschaffenen Gesetzesapparats auf der Hand. Jetzt war es ein Glück, daß die dos Santos' Angestellte der Stiftung waren. Wie leicht fiel es ihr diesmal, mit Dr. Tobler zu telephonieren.

Der Kontrakt mit den beiden müsse so schnell wie möglich gelöst werden, »bevor sie uns das Haus anzünden« – mehrfach habe Anna in den letzten Wochen den Herd nicht abgestellt, bis dichter Qualm über dem ganzen Garten gelegen habe. Und das, »als wir Gäste hatten«, fügte sie hinzu, als sei es mit einer Lüge nicht genug oder als helfe die zweite, die Wahrscheinlichkeit der ersten zu erhöhen. Dann sprach die einfühlsame, den Treuegesetzen eines Feudalismus anhängende Dienstherrin alten Schlages: Keinesfalls dürfe den armen Dementen Versagen vorgehalten werden, nicht die Ahnung eines Vorwurfs habe in der Kündigung mitzuklingen.

Das verstand Dr. Tobler. Er wies darauf hin, daß die Eheleute bereits Rente bezögen, zwar Anspruch auf eine nicht kleine Abfindung hätten, aber ohnehin durch eine von Cornelius De Kesel zusätzlich abgeschlossene Versicherung ausreichend versorgt seien – »und dann gibt es im portugiesischen Heimatdorf ein Haus, an dessen Erwerb sich Ihr Herr Vater beteiligt hatte«.

Die Ausgangslage für die Verhandlungen war also nicht schlecht. Dr. Tobler kam die Entlassung darüber hinaus gelegen. Neues Personal stünde nicht mehr in Diensten der Stiftung, wie aus allen Urkunden fraglos hervorging, sondern wäre von den Schwestern De Kesel zu bezahlen. Das hatte Marjorie sich nicht klargemacht, und Dr. Tobler hütete sich, es anzusprechen.

Alles wurde bewunderungswürdig glatt nach Marjories Wünschen abgewickelt. Kaum war sie mit Damien in Richtung Küste abgereist, erschien ein Rechtsanwalt in der Chaumière und setzte den verblüfften dos Santos' die Lage auseinander: entweder einen langen Prozeß mit ungewissem Ausgang zu führen oder ohne weiteres Zaudern die angebotene Summe zu ergreifen und in ein wohlabgefedertes Pensionärsdasein in der Heimat zu verschwinden. Anna wußte sofort, woher der Wind wehte. João, der meist mürrisch schwieg, aber vom Wissen der Vorgeschichte abgeschnitten war, meinte, aufbegehren zu sollen. Annas Nüchternheit siegte.

Am nächsten Tag packten sie ihre Koffer. Sperrige Besitztümer hatten sie in den Jahrzehnten nicht angesammelt, sondern beim Jahresurlaub stets nach Portugal überführt. João räumte den Schuppen mit dem Gartengerät auf. Zunächst stellte er Rechen und Besen ordentlich in eine Ecke, dann warf er einen vorwurfsvollen Blick auf die herumliegenden Scheren, Zangen, Hämmer und Schippen, und schließlich gab er einem Eimer, der ihm im Weg stand, einen Tritt. In diesem Tritt faßte er die dreißig Jahre zusammen, die er auf dem Grundstück zugebracht hatte. Anna war im geheimen froh, daß der Abschied ohne eine

Wiederbegegnung mit Marjorie einhergehen würde, und trieb ihren Mann an, sich zu beeilen. Den Hausschlüssel überreichten sie dem Rechtsanwalt, dann stiegen sie ins Taxi, das große Gepäck wurde auf dem Dach verschnürt. Sie schienen kleiner geworden in den letzten Tagen. Das Auto fuhr durch eine Staubwolke, der Blick zurück hätte sich nicht gelohnt; aber den schenkten sich die beiden ohnehin.

»Wir hätten längst gehen sollen – ich habe das Haus nie gemocht.«

Von João kam nur ein Brummen – mögen? Ein Haus mögen? Welches Haus mochte er? Das eigene im Dorf? Da warteten die Nachbarn – schlimme Vorstellung. Innen Anna, draußen die Leute. Wo blieben die endlosen Stunden, die er allein in Cornelius De Kesels Gemüsegarten zugebracht hatte, mit schneckenlangsamen Bewegungen? Beim Rauschen der vollaufenden Gießkanne? Beim Rasten im Schatten, wenn es war, als sei man allein auf der Welt?

4

Als Marjorie von ihren Badeferien zurückkam, fand sie das Haus leer vor. Sie spürte Erleichterung, denn der Gedanke an den Auszug der dos Santos' hatte die letzten Tage überschattet. Gleich mußte sie Ruprecht anrufen.

Was er seit langem gewünscht habe, sei nun endlich geschehen. Ja, es habe Geld gekostet, sei auch keineswegs billig gewesen, was aber alles auf die Stiftung gehe – wenn sie das nur vorher gewußt hätte.

»Stellst du neue Leute ein?«

Die Frage klang nicht neugierig, Marjorie war etwas enttäuscht. Sollte er ihre Freude teilen, dann verbarg er das sorgfältig. Nein, nein, jetzt erst mal keine neuen Leute. Zur Unterstützung der dos Santos' sei zweimal in der Woche eine Frau aus der Stadt gekommen, die werde doch für sie allein völlig ausreichen.

Ja, für sie allein. Denn Damien blieb im Pförtnerhaus und lehnte sogar ausdrücklich ab, etwa in Ruprechts Zimmer zu ziehen – »nachher soll ich noch seine Pyjamas tragen«. Männer hatten lauter hinderliche Vorstellungen, was alles gehe und was nicht gehe, selbst richtige Lumpenkerle offenbarten plötzlich irgendeinen Ehrenstandpunkt. Nicht daß Marjorie viel Erfahrung mit solchen Herrschaften gemacht hätte; sie stellte sich das vielmehr so vor, das paßte zu dem von ihr vermuteten Irrationalismus der Männer.

Im Eßzimmer würde hinfort nicht mehr gegessen werden. Es war zu mühsam, Teller und Platten hereinzutragen und wieder hinaus, zu solchen sinnlosen Ritualen war sie nicht geboren. Essen würde sie von nun an in der Küche unter der hellen Deckenlampe, auf Annas Platz sitzend, und aus dem Eisschrank nehmen, was eben noch da war. Damien hatte gleichfalls keine größeren Formbedürfnisse. Er öffnete eine Sardinendose, tat Pfeffer und etwas Essig darüber und aß die Fische, ohne sie auf einen Teller zu tun, von Marjorie dabei betrachtet. Den Aufwand reduzieren, das war eine verheißungsvolle Option.

Sie hatte an dem Jugendleben ihrer Altersgenossen nie richtig teilgenommen; hatte erst mit Cornelius De Kesel und seinen Gesetzen gelebt, als gäbe es nichts anderes, dann das Studium in Harvard schnell durchgezogen. Als sie bald danach die Ehefrau von Toufik geworden war, hatte die Jugend mit einem Ruck ein Ende gefunden, obwohl sie an seiner Seite keine bürgerliche Existenz führte, unzählige Reisen, unzählige Treffen mit Leuten, deren Namen sie längst vergessen hatte, von Restaurant zu Restaurant, im Grunde ohne eigenen Haushalt, die Wohnung in Paris meistens unbewohnt, nicht viel mehr als ein Lager für Toufiks Gemäldesammlung, und Marjorie hätte sich dort auch gar nicht wohl gefühlt. Dann, mit Ruprecht, gewann ihr Vater den an Toufik verlorenen Boden zurück, gerade auch als Abwesender herrschte er wie in vergangenen Zeiten. Es war sein Regiment, sie war dafür nicht verantwortlich. Das Einhalten seiner Regeln fiel ihr leicht.

Und nun etwas ganz anderes, etwas Neues. Schluß mit den Regeln! Mit Damien ein Hippieleben führen, eine Schlamperei bis hin zu leichter Unsauberkeit: ein Abwerfen von allem, was sie bisher für selbstverständlich gehalten hatte. »Das würde ich nie tun«, »das könnte ich nie tun«, »so etwas ertrage ich nicht« – solche Gewißheiten waren nur ein dünner Film über dem Menschen, leicht hinwegzuwischen.

Im übrigen ging die Wandlung ihrer Gewohnheiten rasch vor sich. Gewiß, die dos Santos' hatten keine schwere Arbeit gehabt, sie hatten sich – gemeinsam mit Cornelius De Kesel – einen Zeitplan aufgestellt, der sie selbst dann nicht unter Druck setzte, wenn Gäste im Haus waren. Aber ihre beständige Anwesenheit mit all den eingeübten Handgriffen bewirkte im Täglichen eben doch sehr viel, jetzt sah man das. Annas Küche war aufs Einfachste beschränkt gewesen, das hatte schon Cornelius De Kesel eingeführt, auch dieses Einfachste jedoch mußte regelmäßig eingekauft werden. Getragene Wäschestücke mußten eingesammelt und gewaschen, die Zimmer gelüftet und aufgeräumt, die Aschenbecher ausgeleert werden. Der Kies auf der Terrasse war täglich gerecht worden, Marjorie war frühmorgens bei diesem Geräusch erwacht: Es hatte angezeigt, daß sie nun bald zum Pförtnerhaus aufbrechen würde. Der Tisch war gedeckt, das schmutzige Geschirr hinausgetragen und gespült worden. Die Weinvorräte wurden, ohne daß es besprochen worden wäre, aufgefüllt. Die dos Santos', diese Parasiten – so nannte sie Marjorie –, waren weg. Ruprecht, der ihre Entfernung ersehnt hatte, konnte diesen Erfolg nicht miterleben, Damien hingegen, dem die beiden so gleichgültig geworden waren wie die im Bougainvillea-Bett schlafende Katze, nahm ihr Verschwinden kaum zur Kenntnis.

Es dauerte nur eine Woche, bis in den Wohnräumen überall etwas herumlag, benutzte Gläser stehenblieben, der Eisschrank geleert, die Aschenbecher voll waren und alte Weinflaschen auf dem Boden standen. In Marjories Schlafzimmer hingen Kleidungsstücke über allen Möbeln, auch dem winzigen Medaillonsessel, in dem Ruprecht so elegant zu liegen vermochte. Das Bett war nicht frisch bezogen, obwohl das nach einer sommerlich heißen Nacht angenehm gewesen wäre, im Bad flogen die Handtücher herum. Kein großes Unglück, man, Marjorie, hätte sich eben die hundert Handgriffe im Haushalt angewöhnen müssen, und sei es nur, um einen benutzten Gegenstand zurückzustellen, wohin er gehörte, eine Einkaufsliste zu machen, die Waschmaschine anzustellen. Jedermann lebte heute so, warum nicht sie? Sie war im Sog von Damien, sie schämte sich dafür, in seiner Gegenwart aufzuräumen. Manche Tische klebten inzwischen. Wie schnell das ging. Eben noch hatten die Räume eine gewisse Sterilität ausgestrahlt, wie sie es zeit ihres Lebens getan hatten. Als sie eines Morgens hinunterkam, mußte sie feststellen, es roch nicht mehr gut im Haus.

Damien war durch die neue Lage nicht ein Gran verändert. Sie fragte sich voller Unruhe, ob er durch ihre Verliebtheit nicht vielleicht gar abgestoßen werde? Möglich wäre bei diesem verschlossenen Mann alles. Nie würde er sein Herz einen Spalt öffnen, um sie hineinsehen zu lassen. Verhängnisvolle Empfindungen offenbarten sich bei ihm gewiß erst dann, wenn es zu spät wäre. Manchmal kam es zwischen ihnen jetzt zu Gereiztheiten, wobei Damien keiner war, der aus der Haut fuhr, das hätte eine Warnung sein müssen. Marjorie hatte sich – war sie allein, schämte sie sich dafür – in die Stimmung verliebter junger Mädchen hineingesteigert, die nach der Liebe über den anderen sprechen wollen, um zu beweisen, daß ihre Bewunderung nicht unkritisch ist.

»Niemals würdest du einem schlimmen Vorwurf widersprechen. Wenn ich dir sagen würde, du hättest Paula verführt, dann würdest du höchstens mit den Schultern zukken …« Sie hatte eine Weile überlegt, was für sie wirklich unverzeihlich, zugleich aber ganz und gar abwegig wäre, ein unverfängliches Beispiel also.

Damien sah vor sich hin. Er rührte sich nicht, auch das Achselzucken blieb aus. Hatte er überhaupt zugehört?

»Selbst wenn man dir das Allerschlimmste nachweisen würde, und du könntest es nicht abstreiten – du würdest dich nie entschuldigen oder versuchen, es zu erklären. Du würdest das einfach an dir abperlen lassen …«

Seine gelben Augen wandten sich ihr zu, unergründlich, vielleicht auch nur gelangweilt. »Ja sicher wäre das so, das ist nichts Besonderes. Das ist ein Stil. Das lernt man bei uns. Das macht man so.«

Marjorie staunte – das macht man so! Das sollte nichts mit Charakter oder Frechheit zu tun haben, sondern ganz einfach das Ergebnis eines gesellschaftlichen Trainings sein? Wie anders die Völker waren. Ruprecht etwa hatte ohne

Zweifel keinen guten Charakter, er war verschlagen, kalt, auf seinen Vorteil bedacht und so eitel, daß es schon komisch war, aber er hatte ein Gewissen, das meinte sie, festgestellt zu haben. Damien hingegen schob ein Gewissen verächtlich von sich, als dummes Zeug. »Was die Leute Gewissen nennen, ist die Verdoppelung ihrer Person. Der Mensch kommentiert sich selbst – das ist Schizophrenie, Geisteskrankheit. Oder Schwäche. Bedauern, was man getan hat: Das gehört sich noch nicht einmal, wenn es einem einen Nachteil eingebracht hat.«

War es das, was sie anzog? Die Abwesenheit jeder Form von Fesselung, der unbedingte Wille zur Unbeherrschbarkeit?

5

Von den Monaten mit Paula seit ihrer gemeinsamen Ankunft in Deutschland spiegelte sich nichts in Ruprechts Tagebuch. War das eine Vorsichtsmaßnahme, oder fand er nicht den richtigen Ton für solche Notizen? Er war sehr beschäftigt in den ersten Wochen, denn im Verlag war manches liegengeblieben, so daß er oft spät nach Hause kam, wenn Nike schon schlief. Oft vergaßen sie das Abendessen. Auf dem Heimweg schon war ihm klargeworden, daß er sich seit Stunden nach ihr sehnte. Er ging stets zu Fuß, um in Form zu bleiben, aber der Weg zog sich unerträglich lange hin, obwohl er doch nur zwanzig Minuten dauerte. Ruprecht ertappte sich dabei, gelegentlich schon fast in einen Dauerlauf zu fallen – nein, das ging dann doch zu weit, aber er konnte es nicht lassen, sie von unterwegs anzurufen, nur um zu sagen, an welcher Straßenkreuzung er sich bereits befinde. Zu Hause dann stumme Zärtlichkeit, stumme Bereitschaft; auch sie hatte gewartet und wurde in seinen Armen nur dann unversehens steif, wenn sie meinte, von nebenan, aus Marjories Ankleidezimmer, ein Geräusch gehört zu haben. Kein Geräusch. Nike schlief fest, und dennoch stand sie auf und drehte den Schlüssel in seiner Schlafzimmertür herum.

Paulas Erfahrenheit, schon beim ersten Mal vor ewig weit zurückliegenden sieben Jahren mit Staunen erlebt, hörte nicht auf, ihn zu verwundern. Es war ihr offenbar bewußt, daß ihr Liebhaber nicht mehr in den Jahren war, in denen Bereitschaft und Wunsch noch Hand in Hand zu gehen pflegen; ihre Zärtlichkeit ihm gegenüber war voller Rücksicht und Geduld. Wenn es sich ergab, daß er zu erschöpft war, um ihr gerecht zu werden, tat sie, als bemerke sie das kaum.

Nach wie vor ging sie in der Sorge um ihre Tochter auf und versuchte, sie über das in der Schule Gebotene hinaus zu fördern, im Französischen vor allem, aber sie sah auch voraus, daß sie sich irgendwann wieder mit etwas anderem würde beschäftigen müssen – mit einer Sprache am liebsten –, und Ruprecht riet ihr dazu, an ihre eigenen Wurzeln zu denken und ihr Arabisch zu vertiefen, von dem sie nur wenige Brocken vom Vater her behalten hatte.

»Es wäre mir sehr recht, wenn wir unsere einmal begonnene, aber dann steckengebliebene Reihe mit Sufi-Philosophie und -Dichtung fortsetzen könnten. Wäre es nicht wunderbar, wenn du in den Verlag hineinwachsen würdest? Ich wäre so froh, ihn dir eines Tages übergeben zu können …« Hier stockte er. Betonte dieser Vorschlag den Abstand zwischen ihren Generationen nicht allzu stark?

Sie sah ihn prüfend an, antwortete aber nicht, als verbinde sie mit der Sprache des Vaters anderes als die Arbeit in Ruprechts Papyros Press.

An einem Abend Ende September war sie mit Freundinnen, die sie von der Schulzeit her kannte, in einem Club verabredet und fragte ihn, ob er sie begleiten wolle. Er war überrascht und im Geheimen gerührt und froh, daß sie offenbar nicht vorhatte, ihn zu verstecken, wenngleich es ihn etwas beklommen machte, den jungen Frauen vorgeführt zu werden.

Als wen sie ihn denn vorstellen werde?

»Als Ruprecht Dalandt« – das bedürfe doch keiner weiteren Erklärungen. Keine ihrer Freundinnen interessiere sich dafür. Niemand denke daran, irgendwelche Fragen zu stellen. »Es sind Frauen, mit denen ich mich treffe – nicht Männer mit ihrer Neugier auf solche Geschichten.«

Es lag ein Ton der Zurechtweisung in ihrer Stimme, der in der letzten Zeit öfter aufgekommen war. Er beantwortete das meist mit Ironie, aber die war auch nicht immer willkommen. Marjorie pflegte die Schroffheiten ihrer Tochter meist zu übergehen; sie war ja selbst oft schroff. Er hatte sich in all den Jahren im Umgang mit Paula stets aufs äußerste zurückgehalten, auch wenn er keine Beobachtung zu fürchten hatte; diese Behutsamkeit war ihm in Fleisch und Blut übergegangen, wäre jetzt aber nicht mehr nötig gewesen. Er fand sich in seine neuartige Freiheit erst allmählich hinein.

Der Club sei übrigens keine der Lärmhöllen für junge Leute; die lehne sie ab. Paula klang streng, das war ein Bekenntnis. Wenn sie sich verabrede, wolle sie sich unterhalten können.

Er hätte ihr jede Art Jugendkult zugestanden; er dachte gar nicht daran, etwas zu kritisieren, was nun einmal das Recht der Gegenwart besaß. Eher neigte er ihr gegenüber zu einer leichten Schüchternheit und der Vermutung, sich im Unrecht zu befinden, wenn ihm an jugendlichen Sitten etwas mißfiel.

Geräuschlos ging es aber auch in dem von Paula favorisierten Club nicht zu. Es war ein unruhiger Ort, optisch vor allem, denn die Mädchen und Jungen hinter der langen Theke waren angewiesen, die vor ihnen hängenden Lampen in beständigem Schaukeln zu halten. Sie mixten einen Cocktail und gaben zugleich einer sich allmählich auspendelnden Lampe einen neuen Stoß. Ruprecht vermied, dorthin zu sehen. Ihm drohte schwindlig zu werden, als befände er sich auf einem schwankenden Boot.

Schöne Menschen waren hier in Fülle versammelt, jedoch kein einziger seines Alters; sein weißes, aber volles und schweres Haar leuchtete in dem violetten Licht wie gehämmertes Silber. Er bemerkte, daß Paula, die voranging, sich mit konzentriertem Ernst bewegte, als habe sie eine Mission zu erfüllen und denke nicht daran, sich ablenken zu lassen. Ihr Weg hatte sie zielbewußt in eine Nische geführt, als sei das ihr Stammplatz. Er schritt so gelassen wie möglich hinterher, seine Größe verlieh ihm schlaksig-jugendliche Bewegungen. Er hatte den Eindruck, kein Aufsehen zu erregen, vielmehr sah man neugierdelos durch ihn hindurch; jedenfalls meinte er, keine spöttischen Blicke zu bemerken. Durfte er das seiner alterslosen Eleganz zuschreiben, die man ihm in den Artikeln, die zu seinem sechzigsten Geburtstag erschienen waren, schmeichlerisch zugesprochen hatte?

In diesem Lokal, dessen Dimensionen die zuckenden Lichter unklar werden ließen, war niemand über fünfunddreißig, eine Homogenität, die er durch seine Anwesenheit störte. Der ausschließliche Umgang mit der eigenen Generation wäre ihm in eigenen Jugendjahren fremd gewesen. Er hatte immer zu Älteren oder gar Alten gestrebt und verdankte diesen Verbindungen den Erfolg seines Verlags, der seine Tentakeln und Antennen in Regionen ausstreckte, die vielen seiner Zeitgenossen unbekannt geblieben waren. War Paula nicht genauso aufgewachsen, gleichfalls nicht an den Altersgenossen, sondern an älteren Jahrgängen und den zahlreichen Persönlichkeiten orientiert, die der Verlag ins Haus brachte? Das schloß ein müheloses Aufgehen in der eigenen Altersgruppe offenbar keineswegs aus. Schon Max hatte ihn verblüfft. Einen jungen Mann dieser Art hätte er sich niemals an ihrer Seite vorstellen können; die Verbindung hatte dann ja auch nicht besonders gut geklappt und war vor allem für den Klavierjüngling zu einem schmerzhaften Erlebnis geworden, wie er sich, inzwischen in tiefen Polstern lehnend, in seiner Eigenschaft als würdigerer Begleiter Paulas nicht ungern erinnerte. In die Gebräuche in diesem Club nicht eingeweiht, bestellte er eine Flasche Champagner. Ein mädchenhafter junger Thai stellte den Sektkühler in tief gebeugter Haltung auf den in Kniehöhe befindlichen Tisch.

Paulas Freundinnen fanden sich ein, die eine mit längerem, hell schimmerndem Haar, das der anderen sehr hart schwarz gefärbt, beide schlank und langbeinig und, obwohl so gegensätzlich in ihrer Erscheinung, wie Schwestern auf ihn wirkend, als könnten sie ohne weiteres die Rollen tauschen. Als Ruprecht sich nicht ohne Mühe aus den Polstern aufzurappeln versuchte, um sie zu begrüßen, kamen sie ihm mit spöttischem Lächeln zuvor, indem sie sich sofort niederließen. Sie saßen, ohne sich anzulehnen, die zusammengehaltenen Knie berührten beinahe das Kinn. Champagner wehrten sie ab. Die Schönhaarige bat um ein stilles Wasser, die Rabenschwarze bestellte eine Cola Light. Es war vollkommen in Ordnung, daß sie sich vor allem Paula zuwandten, denn mit ihr waren sie verabredet.

Der Lärm war beträchtlich, Ruprecht bekam von der Unterhaltung wenig mit. Die Hellhaarige, die in dem flakkernden Licht gesund und ausgeschlafen aussah, versicherte den Freundinnen eindringlich, sie sei »vollkommen kaputt«, was beide überaus teilnahmsvoll aufnahmen, als wüßten sie, worum es ging. Paulas Stimme war tief für eine junge Frau, er liebte dieses Timbre, aber unter den akustischen Umständen des Clubs wurde sie unhörbar. Nur ihre Miene nahm er wahr, als sie höchst nachdrücklich, wie es schien, der Erschöpften Rat erteilte, das war offenbar eine Art Therapiesitzung. Er lernte eine neue Seite von ihr kennen, Paulas Worten wurde hier Autorität zugebilligt. Er ließ sich zurückfallen, damit sie sich über seine Beine hinweg ihren Freundinnen zuneigen konnte. Ihre Haare streiften seine Oberschenkel.

Die Frauen waren hinzugekommen, als das Gespräch schwierig zu werden drohte. Es war um Kleider gegangen: Er wollte ihr gern etwas schenken, aber fürchtete, ihren Geschmack nicht zu treffen, da sie das allermeiste, was es so gab, »völlig unmöglich« fand.

»Am schönsten hast du für mich in deiner Internatsuniform ausgesehen, diesem schwarz-weiß karierten Schottenrock mit der weißen Bluse und der grünen Strickjacke. Abgesehen davon, daß dir das gut stand, war zugleich klar, daß es eine Verkleidung war, daß du in Wirklichkeit eine ganz andere warst ...«

»Natürlich war ich eine ganz andere. Ich habe das Zeug gehaßt – und auch die Verlogenheit, daß meine Eltern mir so etwas aufzwingen konnten. Mami im Schottenrock, ausgeschlossen, aber mit einem wehrlosen Kind kann man natürlich Theater spielen, vor allem für die Weihnachtsphotos! Nike wird niemals so zugerichtet, hörst du?«

Ein ungewohnter Befehl. Er hatte bisher auf nichts, was Nike anging, Einfluß genommen. Nie ließ er einen Zweifel daran, daß dieses Kind ausschließlich von Paula verwaltet wurde, wie es im Haus die verbindliche Regel war. Glaubte sie etwa, er könnte plötzlich auf den Gedanken kommen, Nikes Erziehung zu überwachen? Er war überzeugt, keinerlei Anlaß zu solchen Befürchtungen gegeben zu haben.

Der Abend zog sich hin. Seinen Champagner trank er allein, etwas mehr als sonst, denn nun stand die Flasche in ihrem Eiskübel vor ihm, unbeachtet von den Frauen, und bot sich ihm an. Irgendetwas wollte er zu tun haben, also schenkte er sich immer weiter ein.

Die Freundinnen verabschiedeten sich, und wieder gelang ihm nicht, sich schnell genug zu erheben. Als er stand, hatten sie sich, ihm zuwinkend, schon davongemacht.

Paula wollte tanzen, nein, nicht mit ihm, auch nicht mit jemand anderem. Aus einer Nachbarnische sah seit einer Weile ein junger Mann zu ihr hinüber, in der Hoffnung, ihren Blick aufzufangen; das übersah sie. Ruprecht beobachtete sie auf der Tanzfläche und mußte sich dazu aus den Polstern aufrichten, denn sie verschwand gelegentlich zwischen den anderen Köpfen. Es war ihm nicht klar gewesen, wie vertraut sie mit dieser Tanzerei war, er hatte sie niemals vorher tanzen sehen. Auch in den Wochen in der Chaumière war sie nie in eine Discothek in der Stadt gefahren, auch mit Max nicht, der zwar musikalisch anders orientiert war, aber das hätte eine Nacht in einem Club vermutlich nicht ausgeschlossen. Oder doch? Hatte sie etwa auf ihn Rücksicht genommen?

Aber sie brauchte gar keinen Mann zum Tanzen. Wie in Versenkung hielt sie den Blick meist zu Boden gerichtet, in eine rhythmisierte Tätigkeit vertieft. Bisweilen sah das aus, als zöge sie an langem Seil einen Eimer aus einem Brunnen, dann wiederum schien sie Dehnungsübungen zu machen, als hätte sich ihre Nackenmuskulatur verkrampft, der Kopf flog hin und her, das schöne, schwere Haar schwappte nach. Manchmal war sie wie unter Strom gesetzt, die Bewegungen wurden eckig, als suchte sie etwas von sich abzuschütteln, etwas Juckendes, was zwischen Pullover und Haut geraten war. Bei alldem blieben die Augen geschlossen.

Eine Zeile für ein bisher ungeschriebenes Gedicht wanderte durch Ruprechts Gedanken: Werdet blind und frei! Er schob das wieder weg. Während er sie beobachtete, empfand er keine Verbindung mit ihr. Er ließ sich zurücksinken. An der Decke glommen farbige Wolken, deren Formen sich beständig veränderten, ineinanderschoben und auseinanderflossen, künstliche Polarlichter. Er hatte die Flasche ausgetrunken, was ihn in Gesellschaft nicht belastet hätte, ihn jetzt aber benommen machte. Und unkontrolliert dazu, die Gedanken entzogen sich der Regie. Auf einmal war es ganz leicht zu denken, was er sich sonst strikt verboten hätte: »Ich langweile mich.«

6

Was wurde eigentlich aus der Dachreparatur? »Wir könnten starten«, hatte Marjorie bald nach Ruprechts Abreise zu Damien gesagt. Ruprecht habe ihr das Geld dafür dagelassen.

Den Handel um das Bild verschwieg sie. Wie sie Damien einschätzte, würde er ohnehin nicht bemerken, daß im Haus etwas fehlte. Sie fühlte sich gehemmt, ihn in das Geschäft einzuweihen, am besten wurde darüber nicht gesprochen. Ihr war, als sollte sie sich die Option bewahren, das Ganze eines Tages rückgängig zu machen. Wenn Cornelius De Kesel nicht in der Weltseele aufgegangen war, sondern auf dem Grundstück noch irgendwie herumgeisterte, dann wäre er bestimmt nicht zufrieden mit ihr gewesen – »so etwas macht man nicht«. Von niemandem sonst hätte sie diesen Satz akzeptiert, auch von ihrem Vater hätte sie ihn ungern gehört. Daß er mit Stolz auf sie geblickt hatte, das bedeutete ihr viel.

Damien war es offenbar doch nicht so eilig mit der Reparatur. Er hatte dafür auch vernünftige Gründe: Hatte sie nicht gemeinsam mit Ruprecht und Paula abreisen wollen?

Wenn die Arbeiten begännen, werde das Haus für eine Weile unbewohnbar, Dreck und Krach, Staub und Putzbrocken überall. Da ihr Schlafzimmer auf demselben Korridor liege und wahrscheinlich Balken ausgetauscht werden müßten, sei es sogar möglich, daß man sich dort oben überhaupt nicht mehr aufhalten könne. Die Möbel müßten mit Planen abgedeckt, die Kleiderschränke ausgeräumt werden – und das alles ohne Hilfe der dos Santos'.

Da taten sich Abgründe auf. Man saß unterm Sternenzelt mit kaltem Weißwein, aus der Ebene wehten streichelnde Winde, und währenddessen durfte man sich vorstellen, das Haus im Rücken werde demnächst in eine Baustelle verwandelt. Das war zu viel für Marjories Fassungsvermögen. Nicht alles auf einmal, sagte sie sich, schön nacheinander. Man müßte dann wohl doch erst einmal nach neuem Personal Ausschau halten. Ukrainer würden das dem Vernehmen nach werden, die Auswanderungswelle aus Portugal war inzwischen verebbt. In ihrem Leben hatte sie noch niemals Personal eingestellt, das schien eine Wissenschaft für sich zu sein. Ruprechts Frau Petulic mit ihrer ausgeleierten Hüfte, die dos Santos' – alles Leute, die es immer schon gegeben hatte. Die Frage nach ihrer Zuverlässigkeit stellte sich nicht, man wußte genau, womit bei ihnen zu rechnen und was keinesfalls zu erwarten war, und fand sich damit ab. Jetzt Annoncen aufgeben, Bewerbungen bewerten, Vorstellungsgespräche führen, so etwas kam nicht in Frage. Jetzt war eine andere Art von Zeit, die wollte ausgekostet werden. Und soweit das Auskosten etwas mit Nahrungsaufnahme zu tun hatte, war rasch eine Lösung gefunden: Entweder machte Damien Spaghetti, und zwar in seinem

Pförtnerhaus, oder sie fuhren in die Stadt und aßen in einem Restaurant, meistens nicht besonders gut, was ihnen beiden aber gleichgültig war.

Während eines solchen Essens, das Damien mit Bier und Whisky begleitete – er gestand Marjorie, daß er Wein eigentlich nie gemocht habe –, kam die Rede auf die Vergangenheit, seine Wurzeln in England, in einem Städtchen an der Küste, Shoreham-by-Sea, wohin seine früh verwitwete Mutter mit den Kindern gezogen sei. Irgendwann werde er dorthin zurückkehren.

Ach, nicht hier im Pförtnerhaus bleiben? Sie zögerte. Übertragen könne sie es ihm leider nicht, es gehöre der Stiftung, aber niemand werde ihn von dort vertreiben …

»Wie zum Beispiel die dos Santos'« – das war von ihm ohne Vorwurf, in gänzlicher Teilnahmslosigkeit, gesprochen. In verändertem Ton, die Augen unter den schweren Lidern in habitueller Traurigkeit auf sie gerichtet, fügte er hinzu: »Dir ist schon klar, daß ich hier Jahrzehnte verloren habe. Schlechter bezahlt als die dos Santos', keine richtige Arbeit, in diesem Loch – weißt du, wie trostlos es hier im Winter ist?«

Marjorie tat erstaunt. Sie habe geglaubt, es sei genau das Leben, das er habe führen wollen. Seine Verweigerung, sich in die Hamsterräder des Nordens zu begeben, in die Sklaverei, in die Entwürdigung … Sie habe gedacht, daß er freiheitsliebend sei, kompromißlos –

»Du redest, wie du es verstehst. Das ist alles Blödsinn! Laß dir von Ruprecht erklären, warum. Er ist nicht dumm, er kennt sich aus.« Damien wurde streng. Nein, nein, jetzt mal ganz im Ernst. Er habe die besten Jahre seines Lebens für die Familie De Kesel und besonders für sie geopfert und stehe jetzt mit leeren Händen da. Und wofür? *»To enjoy my wife everyday.«*

War sein Indisch-Englisch eine Einladung zum Gelächter, das etwas bittere, letztlich aber versöhnliche Einbiegen in vertrautes Gelände? Sie probierte es mit einem Lächeln, aber er ging nicht darauf ein. Zorn stieg in ihr auf. War er nicht ziemlich unverschämt? »So, das waren also verlorene Jahre? Unsere Jahre, unsere … Liebe?«

Das Wort kam ihr nicht glatt über die Lippen. Es war vorher nie zwischen ihnen gefallen, und es war unvorsichtig, es jetzt auf einmal einzuführen, aber war sie nicht dennoch dazu berechtigt? Auch aus ihrer Sicht war es das falsche Wort, es war zu groß und schwer, aber ein anderes fiel ihr nicht ein; sie mochte keinesfalls auf Damiens Zynismus eingehen, es mußte doch zwischen ihnen ein einziges Mal auch von Liebe die Rede sein dürfen.

Sie finde es verletzend, so fuhr sie fort – nachdem Widerspruch ausgeblieben war, nahm sie Fahrt auf –, daß er dieses … dieses – wieder ein Wagnis – dieses »Glück« auf einmal gar nicht gelten lassen wolle. Ob er etwa – Vorsicht mit rhetorischen Fragen, sie werden manchmal beantwortet –, ob er etwa dieses – nein, »Glück« wagte sie kein zweites Mal –, dieses Gemeinsame einfach so auf der Verlustseite seines Lebens verbuchen wolle?

Jetzt bebte ihre Stimme. Sie hatte sich in Rage geredet, sie fühlte in sich die Kraft zu einer großen Tirade, sie war noch lange nicht am Ende. Ihre Stimme hob sich über den Pegel des nach französischer Sitte äußerst gedämpften allgemeinen Tischgesprächs, Blicke wandten sich ihr zu,

Köpfe drehten sich von ihr weg. Sie holte Atem und wollte zu einem neuen anklagenden Satz ansetzen, da öffnete Damien den Mund zu einem geflüsterten, aber scharfen Befehl.

»Stop it.«

Das war wie ein Knopfdruck. Ihr blieb die Luft weg. Die Lippen versuchten noch, ein Wort zu formen, aber der Ton fiel aus. Ihr Mahl war beinahe beendet. Schweigend brachen sie auf, schweigend fuhren sie nach Hause, schweigend trennten sie sich.

7

Nur langsam ordneten sich Marjories Gedanken, die mit Gefühlen derart unterlegt waren, daß sie zu keinem Schluß gelangte. Sie spürte, daß sie in eine neue Phase ihres Lebens eingetreten war. Dies war Neuland, keine Erfahrung vermochte ihre Schritte zu lenken. Daß sie in jedem Augenblick Herr der Situation sein müsse, war ihr gerade durch das Regiment ihres Vaters schon in der Kindheit mitgegeben worden. Es war ihm gelungen, sie davon zu überzeugen, mit ihm eines Willens zu sein. Wenn sie sich Cornelius De Kesels Anordnungen beugte, dann, weil sie davon durchdrungen war, in ihrem eigenen Interesse zu handeln, gewissen Potentatinnen in Indien und Pakistan vergleichbar, die ihre Macht im Auftrag der väterlichen Familie ausübten. Im Zusammensein mit Ruprecht war das nur dahin gehend modifiziert worden, als es eine klare Grenze zwischen ihnen gab, die in wechselseitigem Einverständnis keiner von ihnen überschreiten durfte.

Sie hatte ihre Liebschaft mit Damien als Ausdruck ihrer Freiheit begriffen. So sah sie aus, die Freiheit, so inkarnierte sie sich: ein Tanz durch den Sommerwind auf dem

Pfad zum Pförtnerhaus, nur um alsbald ins große Haus zurückzukehren, ein kühles Bad zu nehmen und im abgedunkelten Zimmer unter Moskitoschleiern die neuen Zahlen des Genfer Vermögensverwalters zu studieren.

An jenem Abend im Restaurant hatte sich jedoch erwiesen, daß das Ende dieser Freiheit nahte. Im nachhinein mußte sie sich eingestehen, etwas Derartiges geahnt zu haben. Sie hatte sich in den letzten Wochen betragen wie eine ausgehungerte Ratte, die in eine gut gefüllte Speisekammer eingedrungen ist und sich dort nach Kräften satt frißt, über die Sättigung hinaus, bis sie zu dick geworden ist, um noch entfliehen zu können; die Speisekammer ist zu ihrer Falle geworden. Zugenommen hatte sie freilich nicht in dieser Zeit der Berauschung, eher noch etwas an Gewicht verloren, und Damien sah ausgemergelter aus denn je. Das Glück stellte man sich anders vor. Nein, von Glück sollte besser nicht die Rede sein, es auszusprechen war ein Fehler gewesen, sie hatte in ihrem Leben dafür bisher auch keine Verwendung gehabt. Warum also jetzt? Und was war mit dem Gegenteil?

Nein, unglücklich war Damien wohl nicht, aber vielleicht etwas Schlimmeres. Gefährlich, das fiel ihr jetzt ein. Als er, nur mit Mühe hörbar, *»stop it«* geflüstert hatte, war ihr gewesen, als hätte er ihr einen Schlag versetzt. Augenblicklich wußte sie, daß es nichts gab, woran sie bei ihm appellieren konnte, nichts, was ihn vom Äußersten zurückhalten würde. Und sie hatte ihm gehorcht. Wenn nur die dos Santos' noch dagewesen wären. Vor deren Abreise hatte sie sich nie darum gekümmert, ob das Haus nachts abgeschlossen war, dafür war ohne Aufforderung gesorgt worden. Wie viele Fenster und Türen gab es zu bedenken! Um keinen Durchschlupf zu vergessen, öffnete sie inzwischen die meisten Türen gar nicht mehr. In den Zimmern stand die warme Luft ohne Bewegung, und dann war vielleicht doch eine Tür vergessen worden, womöglich die in der Küche?

Die Vorstellung, Damien könnte das Gespräch fortsetzen wollen und plötzlich bei ihr im Schlafzimmer stehen, erfüllte sie mit Schrecken. Sie hatte sich schon hingelegt, stand aber gleich wieder auf, schlich sich hinunter, darauf bedacht, in ihrem eigenen leeren Haus kein Geräusch zu machen. Die Küchentür war abgeschlossen. Wenn Damien ins Haus wollte, würde er sie eintreten, ein ganz neuer Gedanke. Nie zuvor war sie auf etwas Ähnliches gekommen. Sie schlief erst in den frühen Morgenstunden ein.

Als sie zerschlagen erwachte, war es schon Nachmittag, die Stunde des Schweifens im weißen Gewand hatte sie verschlafen. Sie blieb im Haus, das war kein Vorsatz, sie konnte sich nach der unruhigen Nacht kaum rühren. Keine Nachricht von Damien, kein Lebenszeichen. Dieses Schweigen zu überwinden – unmöglich. Furcht und Sehnsucht mischten sich in ihrer Brust. Das Studium der Nachrichten aus Genf schuf weniger Ablenkung als sonst, Friede schon gar nicht, denn es war zu einer Delle ihrer Anlagen gekommen, wie die Berater zu sagen pflegen, bedeutungslos, ein kleines Absinken der Kurve, die schon bald wieder nach oben klettern konnte – ja, sie kannte diese beruhigenden Prognosen, die sogar meistens zutrafen, wovon sie heute aber nichts wissen wollte. Es entsprach ihrem Bild, daß jetzt alles schlecht lief und nicht zu beeinflussen war.

Am späten Nachmittag raffte sie sich auf, um in die Stadt zu fahren. Der Eisschrank war leer, in der Vorratskammer lagen nur noch Dosen mit Corned Beef: Das hatte Cornelius De Kesel zum Frühstück geschätzt, es lag wohl noch für ihn dort herum, denn nach seinem Tod war nichts davon mehr auf den Tisch gekommen. Der Wagen rumpelte über den Feldweg, bei jeder Kurve fürchtete sie, auf Damien zu stoßen, aber kein Mensch war zu sehen wie meist auf dieser Strecke. Da, das Pförtnerhaus. Die Tür geschlossen, das Fenster oben geöffnet – ob er dort jetzt malte? Weitere Cézannesquen im Auftrag der Galerie des Beaux Arts für asiatische Touristen? Oder hatte er die Produktion aufgegeben, weil sie zu wenig einbrachte? War er nicht dabei, Bilanz zu machen?

Sie wußte nicht, wie wieder anknüpfen. Einerseits hoffte sie, nie wieder mit ihm zusammenzutreffen, dann wieder fielen ihr ein paar scharfe Bemerkungen ein, die sie ihm unbedingt noch einreiben wollte, irgendeinen schmerzempfindlichen Punkt mußte es in seiner vorgeführten Gleichgültigkeit doch geben. Dann wieder wollte sie aus eigener Kraft dazu imstande sein, ihm kalt und indifferent zu begegnen. Zugleich fragte sie sich, wie lange sie ihre Verschanzung im Haus noch durchhielte.

»Im Dunkeln will ich ihm keinesfalls begegnen«, dachte sie, als sie nach ihrer Rückkehr die Haustür aufschloß und sich umblickte.

Sie rief Schlesinger an, der seit dem Sommer verbannt war. Das fiel ihr leicht, bei ihm mußte man sich kein Wort der Erklärung für ein langes Schweigen ausdenken. War das nicht eigentlich eine lobenswerte Eigenschaft dieses Mannes?

Sie sei da draußen allein?

Wie gut es tat, daß er nicht nach Damien fragte; ja, es gab Leute, und das waren bis auf die dos Santos' alle ihre Bekannten, die nichts von Damien ahnten, geschweige denn wußten, und das nahm ihm etwas von seiner Realität. Während sie mit Schlesinger sprach, war es, als hätte es den Engländer nie gegeben.

Wenig später war Schlesinger vorgefahren und brachte Aluminiumschalen aus einem siamesischen Restaurant mit. Marjorie hatte es über sich gebracht, ein bißchen aufzuräumen, die Tischplatte klebte nicht mehr, in einer von Picasso mit zwei großen Augen bemalten Vase standen die letzten Rosen von der Terrasse, schon ein wenig müde, aber schwer und duftend, das tat auch dem lang ungelüftet gebliebenen Raum gut. Ihr Gast war überzeugt, daß von ihm erwartet werde, schon beim Eintreten eine komische Bemerkung zu machen, Marjorie hatte nie über so etwas gelacht, sondern immer nur eine vielsagende Miene aufgesetzt, aber an diesem Abend war sie bereit, ihn mit Gelächter zu belohnen, als bringe jedes Lachen sie dem Rückgewinn ihrer Sicherheit etwas näher. Überhaupt, wer hatte Schlesinger dreist und taktlos genannt? Ruprechts Urteil wurde überschätzt. Und doch war ihr, während sie am Tisch saßen und aßen, was sie aus den Aluminiumschalen auf Silberplatten gepackt hatte, als könnte ihr Mann jeden Moment eintreten. Und das war keine unangenehme Empfindung, obwohl er bei Schlesingers Redefluß gewiß die Augenbrauen hochgezogen hätte; die alten und vertrauten Aversionen hätten sie jetzt getröstet.

Schlesinger hatte sogar den Hund mitbringen dürfen, ihm aber in Erinnerung an den Sommerabend tatsächlich die damals nur angekündigte Schlaftablette gegeben. »Mach ich jetzt immer so – Illouz ist meine Liebe, aber Liebe kann so anstrengend sein.« Wie eine Schnecke eingerollt, die tütenspitze Schnauze in die Lenden geschmiegt, ruhte der Hund auf dem Diwan und hob nur gelegentlich die Augenlider; seine Müdigkeit ließ vom Zauber seines Blicks kaum etwas ahnen.

Plötzlich dachte sie: Und wenn Damien einfach verschwunden wäre – abgehauen nach ihrer übermenschlichen Leistung, sein Häuschen nicht mehr zu betreten? Die Klinke dort war inzwischen arretiert, man konnte an ihr rütteln, ohne daß sie abfiel. Die Sachen werden dann perfekt, wenn sie nicht mehr gebraucht werden, ein Geheimnis war das.

Schlesinger fragte, ob sie ihn nicht mal in die Oper begleiten wolle – die Spielzeit habe schon vor einem Monat begonnen. »Gucken wir doch, was läuft: am 31.10. ›Così fan tutte‹, am 3.11. ›Così fan tutte‹, am 6.11. ›Così fan tutte‹ – das ist ja nicht zum Aushalten!« Er steigerte sich in eine lächerliche Entrüstung hinein. »›Così fan tutte‹ – bäh! Ich habe sechzig ›Così fan tutte‹ in meinem Leben gesehen, ich kann nicht mehr! Wenn ich die Wahl hätte zwischen ›Così fan tutte‹ und neutönender Katzenmusik, dann die Katzenmusik!«

Was an der Oper verstimmte ihn so? Das Künstliche, das Symmetrische, das Pessimistische oder einfach, daß die Kultur zu einer Endlosschleife geworden war? Marjorie sah zum Fenster. Lief da draußen jemand vorbei? Waren das Schritte? Oder nur der Wind, der ums Haus pfiff und den Sommer endgültig wegfegte?

Ein anderer Mann als Schlesinger hätte die Einladung zu einem Abend mit ihr allein möglicherweise als sanften Hinweis begriffen, das Ganze noch etwas auszudehnen. Nicht so er. Illouz war derart müde, daß sie zum Auto getragen werden mußte. Er rühmte, wie leicht sein großer Hund sei, den er wie ein Riesenbaby behutsam ins Auto schob, die langen Beine schlackerten wie lose Stecken. Sie winkte dem Abfahrenden, dann drehte sie sich weg – er hatte die Kurve noch nicht erreicht –, zog den Schal fester und ging ins Haus.

Den Schlüssel im Türschloß drehte sie zweimal um. Sie wandte sich zur Treppe. Im Zwielicht der Halle stand ein Mann, der kleine Kopf, der lange, überschlanke Körper in Pullover und weiten Hosen unverkennbar. Sie wollte zurückweichen, aber sie war ihm schon zu nahe, in ihrer Nachdenklichkeit geradezu in ihn hineingelaufen. Er packte sie an den Oberarmen, klappte das lippenlose Riesenmaul auf, die Augen reflektierten von irgendwoher ein Pünktchen Licht. Als sie an seine Brust sank, dachte sie: Nein, nein, nein – ich will nicht mehr. Und dann: Dummes Zeug, es geht nicht anders. Es muß sein, es bedeutet auch gar nicht viel.

»Na, war's schön, mal auszuschlafen?«, sagte er später in ihrem Schlafzimmer.

Vergeblich, auf ein Gespräch mit ihm zu hoffen. Es war auch nicht mehr notwendig. Alles, was sie in den letzten Stunden gedacht und hin und her gewälzt und beschlossen hatte, war aus dem Fenster geflogen. Dennoch: Wie oft bei Restaurationen kehrte das Verhältnis nicht zu dem zurück, was man Unschuld hätte nennen dürfen. Gewisse Gedanken, einmal gedacht, hinterließen Narben, die gleichsam tastbar blieben, sobald eine stille Stunde Nachdenken zuließ. Aber Damien tat alles, um das spaltende Ereignis vergessen zu machen, vielmehr: Er tat nichts, nichts Störendes jedenfalls. Vor allem vermied er, an das Gespräch im Restaurant zu erinnern, so daß Marjorie schon zu glauben begann, das alles habe sich erledigt.

8

Ruprecht hatte sich mit Sieglinde Stiegle eine etwas komplizierte Art zu flirten angewöhnt. Er hielt sich offenbar für verpflichtet, ihr in der Öffentlichkeit zu huldigen, vielleicht auch um Allmendinger vorzuführen, wie ein Mann sich gegenüber einer Frau zu betragen habe, wohl wissend, daß der einer Generation angehörte, in welcher Galanterie verachtet, wenn nicht gar inkriminiert wurde. Er ging an ihrem Schreibtisch vorbei, als sie gerade auf dem Laptop etwas suchte, mit sanftem Fingertippen Daten eingab, Bilder aufrief, vergrößerte, verkleinerte, Seiten vorbeigleiten ließ. Sie hatte ovale Hände, die Fingernägel polierte sie, diesen kleinen Luxus gönnte sie sich, obwohl der Perlenschimmer schon beim ersten Händewaschen dahin war und mit einem Wildlederpolster aufgefrischt werden mußte.

»Wenn ich auf diese Hände schaue«, er blieb stehen und sah versonnen auf sie hinab, »dann denke ich daran, daß diese kunstvollen Organe mit ihren unendlichen Fähigkeiten bald zu nichts anderem mehr gut sein werden, als über Tablets zu wischen, um Drohnen abzuschießen, Kaffee zu kochen, Häuser zu bauen, Photos zu fälschen – ja, vielleicht sind bald die Hände auch dazu nicht mehr notwendig, und es genügt ein Chip im Gehirn ...« Das ließ unausgesprochen, wozu Hände, gar so schöne wie die ihren, sonst noch alles fähig waren, und legte es durch das melancholische Lächeln, mit dem er seine Worte begleitete, zugleich auch wieder nahe.

Allmendinger, der ihr an seinem Schreibtisch gegenübersaß, machte eine gequälte Grimasse. Als Ruprecht aus dem Zimmer gegangen war, murmelte er vernehmlich: »Unsere tägliche Kulturkritik gib uns heute.«

»Er hat doch recht«, antwortete Sieglinde Stiegle. Sie bedaure gleichfalls, daß so vieles nicht mehr mit der Hand gemacht werde. Gern nahm sie Ruprecht ein wenig in Schutz, vor allem wenn sie spürte, daß sie Allmendinger damit reizte.

Aber heute glitt das an ihm ab, er bekam sogar ein Lächeln hin. »Du bist in Wirklichkeit doch gar nicht sentimental – nein, hör mal, im Ernst.« Er hatte etwas auf dem Herzen. Er habe ihr ja längst erzählt, daß er immer bedauert habe, Papyros nicht gekauft zu haben. »Bevor Dalandt Marjorie De Kesel geheiratet hat, waren wir finanziell am Ende – von Dalandts schwarzer Null, die er heute vor sich her trägt, ist damals schon seit Jahren nicht mehr die Rede gewesen. Die Null war rot oder sogar tiefrot.« Die Bank hätte zu diesem Zeitpunkt am liebsten nur noch mit ihm gesprochen – »sie trauten Dalandt nicht, und sie hatten völlig recht damit. Natürlich hatten sie niemals etwas von Papyros gelesen und kannten deshalb nicht den weinerlichen Chorus in den Feuilletons, von wegen ›wunderbarer

Verlag‹. Unkenntnis kann erkenntnisfördernd sein.« Es habe damals den Vorschlag gegeben, daß er den Verlag wieder auf gesunde Grundlagen stelle, man sei bereit gewesen, die Kredite zu verlängern, aber nur mit ihm als Verleger, »Stichwort Management-Buy-out«. Und man sei schon sehr weit damit gewesen, aber –

»Ich weiß, du hast dich nicht getraut!«

Ihr Spott verfing nicht. »Richtig, ich hab mich nicht getraut, und dann kam Marjorie De Kesels Bürgschaft, und das Fenster war wieder zu.«

»Aber wenn ich es richtig sehe, wirtschaftet Dalandt jetzt doch vorsichtiger?«

»Seitdem hört er mehr auf mich. Er hat mitbekommen, daß die Bank dabei war, auf mich zu setzen –«

»Daß du ein Verräter warst!«

»Verräter von Dalandt, nicht Verräter des Verlags.« Nichts konnte Allmendingers Zufriedenheit heute erschüttern. Er hatte wieder Post bekommen, er hatte wieder telephoniert, es hatten Treffen stattgefunden. »Das Fenster geht wieder auf, aber viel weiter als damals. Das Warten hat sich gelohnt.«

Deutlicher wurde er vorerst nicht. Er fand es zu früh, sie einzuweihen. Die große Grünstein-Gruppe spielte mit dem Gedanken, ihn zum Verlagsleiter eines Tochterverlags zu machen, der dann Papyros übernehmen sollte. In einen Loyalitätskonflikt stürzte ihn das nicht. Ruprecht hatte damals, als der Bestand des Verlags gefährdet war, sehr verletzend über ihn gesprochen, am Telephon in diesem Zimmer, als er sich allein wähnte, was er aber nicht war.

»Allmendinger ist eine Zecke, völlig gefühllos und verbissen und ein Meister darin, sich totzustellen. Immer im Wartestand, bereit, so lange bewegungslos zu verharren, bis sein Opfer in der Nähe ist. Dann läßt er sich herabfallen, um zuzubeißen.«

Als er das Gespräch beendet hatte, konnte Allmendinger nicht darauf verzichten, sich bemerkbar zu machen. »Ich wollte nicht stören …«

Er empfand die Ungerührtheit, mit der Ruprecht ihm ohne ein einziges Wort der Erklärung ins Gesicht sah, als dreist. Der rechnete offenbar damit, daß erst Entschuldigungen und Erklärungen einen Fauxpas ins Gedächtnis heben. Wenn dergleichen ausbleibt, mag der andere sich womöglich später fragen: Sind die bösen Worte wirklich gefallen?

In diesem Fall hatte er damit keinen Erfolg. Allmendinger merkte sich jedes Wort und ging sogar so weit, ganze Sätze zu zitieren. »Er weiß, daß ich warten kann, er weiß, daß ich erst agiere, wenn der Kairos da ist …« Die peinlichen Passagen ließ er weg, besonders den Zeckenvergleich, als fürchte er, seine Zuhörerin könnte Ruprecht im stillen recht geben.

Eine Woche später waren Allmendingers Geheimgespräche schon viel weiter gediehen und nun auch keine Geheimgespräche mehr, weil es irgendwann unvermeidbar wurde, den Verleger mit einzubeziehen. Allmendinger hatte erwartet, Ruprecht werde empört sein, wenn er verstand, daß man ihm den Verlag abschwatzen wolle, statt dessen zeigte der sich von den Propositionen so wenig überrascht, als würde ihm eine undurchführbare Vertriebsidee vorgeschlagen, die er nur mit halber Kraft abwehren mußte. Ohnehin war Allmendinger nicht die Partei, mit welcher der Handel zu vereinbaren wäre, da durfte die Konzernspitze sich schon selbst bemühen.

Welche Möglichkeiten sich für Ruprecht auftaten, wenn dieses Geschäft realisiert würde, das ahnte Allmendinger nicht einmal. Gegenwärtig probten Marjorie und er das Leben ohne einander. Wäre der Verlag jedoch verkauft, dann wäre sie da: die solide Basis für ein endgültiges Auseinandergehen. Es gäbe eine beträchtliche Summe als Kaufpreis und einen schönen, nicht zu knapp bemessenen Geschäftsführervertrag. Papyros wäre dann Bestandteil eines Konzerns, und er müßte nicht mehr darum besorgt sein, ob er als Verlagsleiter schon sein Monatsgehalt verdient habe. Und was nebenher noch abfiel: Die Zweckentfremdung der Subvention für die Leontjew-Ausgabe durch den Kauf seines Stillebens, die er bald schon irgendwie hätte erklären müssen – diese kleine Peinlichkeit würde, damit durfte er doch wohl rechnen, von der großen Woge der sich abzeichnenden Transaktion einfach weggewaschen.

Mit den Zeiten der Improvisation und des kultivierten literarischen Liebhabertums, die bisher den Stil von Papyros ausgemacht hatten, wäre es damit allerdings vorbei. Ruprecht erwies sich als erstaunlich geschickter Verhandler, der den Wert seines Hauses – im Grunde vor allem ein Prestige-Wert, der sich trotz kleiner Auflagen und eines mehr als lässig gehandhabten Vertriebs eben doch sehr eindrucksvoll gebildet hatte – sowie den seiner Person derart hochzutreiben vermochte, daß der Verhandlungserfolg eine Weile gefährdet war, aber da bewies er Nervenstärke. Allmendinger hatte noch einmal Anlaß, ihn zu verfluchen, weil es ihm gelang, seine Impassibilität so glaubwürdig erscheinen zu lassen, daß es aussah, als wäre ihm das Ergebnis des Handels wirklich einerlei.

»Das kann es aber gar nicht sein«, so Allmendinger zu Sieglinde Stiegle, »denn ich habe das ziemlich sichere Gefühl, daß seine Ehe wackelt. Seine Frau ist immer noch in der Provence, er ist allein hier, das gab es bisher noch nie. Wobei mir die beiden allerdings nie besonders harmonisch miteinander vorgekommen sind.«

»Ich fand sie zusammen eher angenehm.« Sieglinde Stiegle rühmte den trockenen Ton, die ästhetische Nüchternheit des Paares, den hohen Grad von Selbständigkeit; keiner scheine den anderen vereinnahmen zu wollen. Woher er übrigens sein Wissen beziehe?

»Er hat es mir selbst gesagt, daß sie nicht da ist, ganz nebenbei. Und seit einer Weile kommt er mir verdüstert vor.«

»Ja, das stimmt. Manchmal wirkt er geistesabwesend, wie in Gedanken versunken. Aber wenn er offen darüber spricht, dann klingt das doch eher nicht nach Krise.«

»Wenn aber doch, dann muß er verkaufen. Dann muß er mir auf Knien danken, daß ich das angeleiert habe, denn dann hätte er mehr Glück als Verstand. Dann fiele das Ende von Marjories Bürgschaft unmittelbar mit dem Verkauf zusammen.«

Es gab noch etwas, was an Allmendingers Wunschkonstruktion der Zukunft nicht aufging: Ohne Ruprechts Verbleib im Haus wollte die Grünstein-Gruppe nicht an Papyros festhalten.

»Ich finde, sie überschätzen seine Bedeutung, glauben

wie an eine Wundermedizin daran, daß allein seine Gegenwart den Konzern von seinem Ramsch- und Trivialruf befreit. Was natürlich Unsinn ist.« Er habe daher deutlich gemacht, daß es vor allem darauf ankomme, Dalandt einzuhegen. Der Mann müsse in die Zange genommen werden, und zwar so: Einerseits werde er selbst als Vertreter der Mehrheitseigentümer Kontrolle ausüben, aber er kenne ja Dalandt, es bedürfe auch der Kontrolle innerhalb des Verlags. »Das hat man verstanden.« Er sei ermächtigt, sich nach Vertrauenspersonen umzusehen.

Sieglinde Stiegle horchte auf. Wer denn eingestellt werden solle? Und denke er auch an Entlassungen?

»Ich habe auf jeden Fall die Freiheit dazu. Und muß niemanden auf die Straße setzen. Der Konzern ist bereit, die Leute, die ich loswerden will, in München zu übernehmen.«

»Ich will eigentlich nicht nach München.«

»Das müßtest du auch gar nicht, wenn wir uns einigen.«

»Ich müßte bereit sein, der andere Backen der Zange zu werden, mit der Dalandt gepackt werden soll!«

»Und noch mehr. Bedenke, wie alt er ist: sechsundsechzig. Laß ihn noch bis siebzig arbeiten und als großer Manitou bis zum Lebensende hier herumgeistern – spätestens in vier Jahren braucht er einen Nachfolger. Ich habe mir gedacht, das könntest du dann werden, das heißt, wenn wir uns einigen. Wenn es zwischen uns zu einer engen Zusammenarbeit käme. Das könnte man in einen neuen Vertrag aufnehmen. Im Kirchenrecht heißt so etwas: Koadjutor mit dem Recht auf Nachfolge.«

»Ich weiß nicht recht, die Idee mit der Zange mißfällt mir. Einen Mann wie ihn zu entmündigen, das müssen andere machen.«

Allmendinger klang bitter. »Ich wußte es ja: Der Charme des Vieux Beau, der hat dich eingewickelt. Du hattest doch eine so gute Übersetzung dafür. Halte dich lieber ans Deutsche. Er hat dir nichts, aber auch gar nichts zu bieten. Du solltest auch an deine Zukunft denken.«

9

Ein Herbst kam, der von den Hitzeexzessen des Sommers zehrte. Das Gestrüpp der Macchia war ausgedörrt, Fenchel und Lavendel knisterten unter den Schritten, und die Steine des Berges strahlten in die kühler werdenden Abende Wärme ab. Die tiefer stehende Sonne nahm einen goldenen Ton an und verschönte, was sie beschien.

Marjories Leben mit Damien verlief in ruhigeren, wieder regelmäßigen Bahnen. Auf den ersten Blick enthielt diese Routine kein Element, das gefährlich werden konnte. Weiterhin schliefen sie, von Ausnahmen abgesehen, nicht im selben Bett, so daß es genügend Stunden gab, um aufzuatmen und den anderen dann auch wieder zu vermissen – das war zumindest Marjories Sicht auf die Dinge; was er dachte und empfand, ist unbekannt. Sie hielt es weiterhin für richtig, Schlesinger gelegentlich einzuladen oder mit ihm auszugehen, obwohl sie wieder seltener über seine Scherze lachte. Aber sie wußte, daß er täglich nach dem Geburtstagskalender seine Bekanntschaften anrief, um mit den einen über die anderen zu schwatzen; da fand sie es klug, ihn nach allen Richtungen von ihrem einsamen Aufenthalt in der Chaumière erzählen zu lassen.

Diese kleine Schlauheit hätte sie stutzig machen müssen. So, wie sie jetzt lebte, war es doch das einzige, was sie wollte! Weniger denn je dachte sie, daran etwas zu ändern. Sie war von Damiens Berührungen ganz und gar abhängig – und dann wollte sie nach außen hin immer noch so tun, als ob es keinen Damien gäbe? War das überhaupt noch denkbar? Sie jedenfalls, das mußte sie sich eingestehen, war nicht in der Lage, etwas Ähnliches herbeizuführen.

Sie trieben dem Augenblick entgegen, der eine Entscheidung unumgänglich machte, die zugleich aber mehr und mehr unmöglich schien. Ausgeschlossen, Ruprecht zu verlassen – das hätte bedeutet, ihren Status aufzugeben; gerade dessen äußere Aspekte waren so wichtig. Sie war die Erbin, die mit einem namhaften Intellektuellen lebte, einem Ehemann, der gesellschaftlich und literarisch respektiert war. Das gehörte zu ihr weit mehr als Illouz zum Schampir. Es war eine Stilfrage, und dieses kühle Nebeneinander von Ruprecht und ihr entsprach ihren geheimsten Wünschen. Dazu Ruprechts Zuverlässigkeit – er würde niemals etwas Indiskutables tun, nie würde er sie blamieren. Nur Äußerlichkeiten? Das sagte sich so leicht, nichts so wichtig wie Äußerlichkeiten. Was war denn die Kunst anderes als eine Äußerlichkeit – das teuerste Gemälde höchstens zwei Millimeter dünn, die reine Oberfläche, aber alles steckte darin wie beim Menschen schließlich auch: Man verliebte sich in Haut, küßte Haut, berührte Haut, und die eigene erwartete ungeduldig die Berührung mit fremder Haut.

Ihre Gedanken schweiften ab. Sie hatte bei den Vorzügen Ruprechts begonnen und war jetzt, oder im Geheimen schon längst, wieder bei Damien gelandet. Nachts, unter den Moskitoschleiern, gelangte sie in immer neuen Anläufen, ihr zerrissenes Innere in Worte zu kleiden, zu der Erkenntnis, daß es wünschenswert sein mochte, die Verbindung mit Damien zu beenden, aber daß nicht sie es sein konnte, die das unternahm. Und zwar einfach darum, weil sie dazu unfähig war.

Am besten wäre es, wenn Damien stürbe. Er sah nicht gut aus, der braune Teint wirkte schmutziger denn je, die billigen rabenschwarzen Zigarren bekamen ihm nicht gut, er hustete viel. Das alles registrierte sie aus den Augenwinkeln. Manche Leute fielen plötzlich tot um, sogar ohne einen Husten als Vorwarnung. Er war in dem Alter für Herzinfarkte – physische Überanstrengung würde bei ihm allerdings nicht die Ursache sein, wenn man von seinen manischen Wandertouren die karstigen Steilhänge hinauf absah. Andere starben durch Unfälle, fielen von der Leiter, verschluckten eine Fischgräte und erstickten. Vielleicht nagte längst der Krebs in seinen inneren Organen und ließ ihn so ausgezehrt erscheinen. Möglich war das. Angeblich konnten erfahrene Ärzte einem Menschen am Gesicht ablesen, ob der Tod nahe war.

Sie besaß solche Spezialkenntnisse nicht. Cornelius De Kesel war mit sechsundneunzig für sie völlig überraschend gestorben, was nur heißen konnte, daß sie nicht bereit gewesen war, richtig hinzusehen. Menschen starben auch durch Gewalt, und Damien gehörte ihrem Empfinden nach zu solchen, die nicht nur gewalttätig werden können, sondern auch die Gewalt anderer anziehen. Oft genug hatte sie sich ihn, seinen ausgemergelten Körper vor Augen, als Kettensträfling vorgestellt. In der Umgebung der Chaumière waren Gewaltakte gegen ihn kaum zu erwarten, zurückgezogener konnte man nicht leben, und wer ihm gegenüber frech wurde wie neulich, als sie das Restaurant verließen, ein vermutlich Angetrunkener in der Stadt, wich nach einem Blick aus seinen Augen erschreckt zurück.

»Umbringen müßte ich ihn schon selbst« – solche Gedanken begleitete ein Seufzer, die Klage der Vergeblichkeit. Leute ihres Genres, man durfte Ruprecht gern dazuzählen, waren den ernsten Herausforderungen des Lebens nicht gewachsen, Nischenexistenzen. Am besten wäre es, er käme eine Weile ins Gefängnis; ihn sicher verschlossen zu wissen wäre seelisch für sie die schonendste Lösung. Dann wäre ihre Trennung beider Willen enthoben, und sie könnte sich aus der Ferne sogar noch um ihn kümmern, Zigaretten schicken und auch mal ein bißchen Geld. War dieses seltsame Hausen im Pförtnerhaus, im Grunde einem Versteck, nicht ein Zeichen dafür, daß er sich einer Strafe, in England vielleicht, entzog? Daß er »untergetaucht« war, wie es hieß, hier in der Chaumière tatsächlich unauffindbar, was in Europa sonst gar nicht so leicht zu bewerkstelligen war?

Und wenige Stunden nach solch zweiflerischen Gedanken lag sie schon wieder in seinen Armen, ließ sich von ihm auffressen und konnte sich nichts Wonnevolleres vorstellen. Vergeblich waren Forderungen nach Konsequenz, wie die Vernunft sie wohl vorgetragen hätte: Was willst du eigentlich? Du mußt dir endlich darüber klarwerden, was du willst! Du bist doch ein erwachsener Mensch! Aber mit dem Wollen ist es so eine Sache. Marjorie, der Willensmensch, wußte nur, daß sich das, was sie wollte, und das, was gut und richtig war, eben nicht vereinbaren ließen. Sie befand sich in einem Dilemma. Ohne Anstoß von außen nach der einen oder anderen Seite war sie zur Unbeweglichkeit verurteilt.

Das dauerte nun schon Wochen, während deren sie häufig mit Paula und Ruprecht telephonierte – nur leere Konversation, alles Wichtige wurde ausgespart. Was in Deutschland vor sich ging, berührte sie mit keiner Frage, in der geheimen Hoffnung, auch sie werde dann nicht gefragt, wie sie es mit ihrer Rückkehr zu halten gedenke. Das nicht genug zu rühmende Gesetz des Schweigens, das von jeher in ihrer Familie gegolten hatte, es bewährte sich und schenkte Zeit – Aufschub nur, aber vielleicht für länger?

10

Inzwischen war es abends kühl und feucht geworden; die Zeit von Marjorie und Damien mochte angehalten sein, die der Pflanzen, der Sonne, der Wolken war es nicht. Eines Morgens ging Marjorie schon nach wenigen Schritten zurück ins Haus, denn draußen lag dichter Nebel über dem Hof; die dem Haus gegenüberliegenden Baulichkeiten, einst Ställe und Scheunen, waren beinahe verborgen, nur noch zu ahnen. Sie zog einen Pullover über ihr Nachtgewand, dann einen zweiten – ja, das war jetzt der Spätherbst und vielleicht gar schon ein erstes Anzeichen des Winters.

Das Pförtnerhaus roch sie früher, als sie es sah. Rauch von Holzfeuer mischte sich in die Nebelwatte, und dann waren Axthiebe zu hören: Damien machte Holz. In seinem kleinen Kamin brannte ein munteres Feuer, das den Raum noch nicht erwärmt hatte; die Hände darüber zu halten war eine Wohltat. In den Holzrauch mischte sich Kaffeeduft, gleichfalls willkommen, doch damit war gleich ein anderes Programm vorgegeben. Frisch aufgebrühter Kaffee wollte sofort genossen werden.

Sie setzten sich an den Tisch, auf dem Damien benutzte Gläser, Papier, Bleistifte und einen Teller mit Käserinden beiseite schob. Marjorie umschloß mit ihren zu Blutlosigkeit neigenden Fingern die heiße Tasse. Sie mied den Blick des am anderen Tischende sitzenden Damien.

Jetzt sei es hier auch nicht viel anders als in Shoreham-by-Sea, begann er. Das sei für ihn die Nebelstadt, und der Nebel sei mit seiner Jugend verbunden, deshalb etwas Gutes.

Marjorie horchte auf. Shoreham-by-Sea, der Name war schon einmal gefallen, nicht in erfreulichem Zusammenhang.

»Keine schöne Stadt«, fuhr er fort. Ein großer Hafen gebe dem Ganzen ein industrielles Aussehen, trotz uralter Kirchen und normannischer Gemäuer. Aber die schönen Städte, was sei schon daran. So schön, daß es die vielen Nachteile aufwiege, die das Leben in ihnen mit sich bringe, seien sie auch wieder nicht. »Schöne Städte sind teuer, ziehen die Touristen an, haben kein normales Stadtleben mehr, na, du weißt schon. Ruprecht spricht ja oft darüber und fährt hier nie in die Stadt, obwohl die ja nun wirklich schön ist.«

Wieso mußte er Ruprecht erwähnen? Marjorie gefiel das nicht. Er sollte weder kritisch noch freundlich von ihm sprechen und ihn schon gar nicht als Referenz heranziehen.

»Es ist einfach Heimat.«

Damien sprach ein Wort aus, das in seine Muttersprache nicht leicht zu übersetzen war, und schien damit gleich gefühlvoll zu werden; es sah beinahe so aus, als füllten sich seine Augen mit Tränen. Er schwieg, und auch Majorie sagte kein Wort, denn sie spürte, daß etwas näher kam, etwas Schmerzhaftes und zugleich insgeheim Herbeigerufenes.

Es verhalte sich nicht so, sagte er nach einer Pause, daß er sich nach Shoreham zurückziehen wolle; ein weitgehend im Süden verbrachtes Leben habe Gewohnheiten geschaffen, die sich nicht einfach wieder abstellen ließen. Aber er sehe den Zeitpunkt nahen, an dem er in einen vertrauten Hafen einlaufen wolle.

»Quatsch!« Marjories Einwurf war nicht von viel Kraft begleitet, denn sie wollte ihn eigentlich gar nicht unterbrechen. Er sollte endlich reden, und sie wollte alles hören.

»Doch, doch.« Sein Einspruch klang ebenfalls nicht energisch, eher nachdenklich. Ihm kämen solche Gedanken, neuerdings vor allem, nachdem seine Mutter hochbetagt gestorben sei.

»Deine Mutter ist gestorben?«

»Ja, vorgestern.«

»Und seit wann weißt du das?«

»Seit vorgestern.«

Marjorie war bei Trauerfällen anderer Leute stets unwohl zumute – wie verhielt man sich da? Sie rechnete es Ruprechts Eltern hoch an, daß sie schon gestorben waren, als er und sie sich zusammentaten; das war taktvoll von ihnen gewesen. Und der Tod seines Bruders, der durchaus »tragisch« genannt werden durfte, ein schnell verlaufender Darmkrebs hatte ihn dahingerafft, hatte nur Ruprecht eine Weile besinnlich werden lassen, denn die Brüder waren sich nicht grün gewesen; Marjorie fühlte sich zur Trauer um den ihr unbekannt gebliebenen Schwager nicht aufgefordert. Wenn es sie selbst betraf, war das natürlich etwas anderes. Toufik, noch mehr aber ihr Vater wurden in ihrem Hinscheiden ernst genommen, allerdings war in beiden Fällen mit dem Tod eine Befreiung einhergegangen, die dem Schmerz eine besondere Note beimischte. Sah Damien das hoffentlich so ähnlich? Nie hatte sie von dieser Mutter gehört, nie hatte er sich, für sie bemerkbar, um diese Frau gekümmert. Und doch saß er nun trübselig, wie es schien, vor ihr, dunklen Gedanken hingegeben. Sie wagte, ihre Hand auf die seine zu legen, in der Hoffnung, sich dadurch mitfühlende Worte zu ersparen.

Er rührte sich nicht. Seine Hand war kalt wie die ihre. So saßen sie eine Weile, den Blick auf die vor ihnen stehenden Kaffeetassen gerichtet.

Dann begann Damien, wieder zu sprechen. Jetzt komme auf ihn zu, daß er sich um das kleine Haus der Mutter kümmern müsse und das auch wolle. Nach langem Umherschweifen in der Welt plane er, dort in einen Rückzugsort zu investieren. »Ich bin in England versichert« – »versikkert« klang das in seiner Aussprache des Deutschen, was sich irgendwie mit dem Plan, in der Insel restlos aufzugehen, in Verbindung bringen ließ.

Marjorie meinte zu ahnen, daß es nicht der Tod der Mutter war, was er ihr mitteilen wollte, sondern daß die eigentliche Eröffnung noch bevorstand. Hätte er diesen Tod überhaupt erwähnt, wenn es sich nicht um etwas anderes gehandelt hätte? Der kleine Wortwechsel im Restaurant – der Frieden danach war nur eine Schonfrist gewesen, jetzt war sie abgelaufen. Damien kannte ihren Widerwillen, in nötigen wie in unnötigen Fällen Geld herauszurücken, zur Genüge. Sie war darum etwas enttäuscht gewesen, als sie ihm wie nebenbei gesagt hatte, das Geld für die Dachreparatur liege bereit, und diese Nachricht so gar nicht bei ihm zünden wollte. Auf einmal fehlte die Dringlichkeit, die er ihr so überzeugend dargestellt hatte. Nur deswegen hatte sie sich in ihren Verhandlungen wegen des Bildes so unnachgiebig gezeigt. Andererseits kam ihr das Hinausschieben entgegen. Sie hoffte im geheimen, daß auch Damien ihren Aufenthalt nicht abkürzen wollte. Nun offenbarte sich, daß er wohl schon damals anderes im Sinne gehabt hatte.

Damien nahm sich Zeit. Sie bekam Gelegenheit, sich auf das Bevorstehende vorzubereiten. Hatte er mitbekommen, wie großzügig die dos Santos' abgefunden worden waren? Er freilich stand nicht auf der Gehaltsliste der Stiftung. Seine Rekompensation belief sich auf die mietfreie Nutzung des Pförtnerhauses und eine Aufwandsentschädigung, die großzügig bemessen war und nicht versteuert werden mußte. Ihr Vater hatte das so eingeführt, und Damien war es recht gewesen: Sie beide seien Künstler und Gentlemen, stünden auf gleicher gesellschaftlicher Stufe und müßten untereinander nicht ängstlich abrechnen; so war eine Freundschaft zwischen ihnen möglich, die Damien Familienanschluß gewährte, und daraus war tatsächlich eine Verbindung entstanden, die das Familiäre noch überstieg. Aber irgendwann wird eben selbst in solchen Verhältnissen einmal abgerechnet.

»Sieh mal, Marjorie.« Damien zog seine Hand unter der ihren weg. »Das kleine Haus, in dem ich aufgewachsen bin, hat fünf Zimmer, ein typisches Reihenhaus mit zwei weißlackierten Säulen am Eingang. Wir hatten kein Geld, wir lebten da sehr bescheiden, aber du weißt, wie es geht: Inzwischen ist der Wert ganz nett gestiegen. Ich erbe den größten Teil, aber meiner Schwester gehört noch ungefähr ein Zehntel. Sie hat sich von meiner Mutter mehrfach auszahlen lassen – ein Leben voller Probleme, schreckliche Männer, keine ordentlichen Jobs, du weißt schon …«

Ja, Marjorie wußte schon. Solche Leute gab es. Sie konnte zustimmend nicken, doch sie spürte, daß sie dadurch in eine noch weiter gehende Zustimmung hineingezogen wurde. Es war angenehm, daß sie sich nicht an irgendeiner Form von Trauerarbeit beteiligen mußte, aber Damien trieb es mit seiner Schilderung von Immobilienangelegenheiten doch weit; gehörten zur bürgerlichen Konvention nicht auch bei unterkühltesten Verhältnissen wenigstens kurze Augenblicke, die in einer notorischen Schweigeminute gipfeln durften? Oder hielt Damien sie einer Teilnahme an seinem Verlust nicht für würdig?

»Ich vermute, daß ich irgendwann nach Shoreham zurückkehren werde, dorthin, wo ich mal angefangen habe. Ich habe nichts gegen die Provinz. Hier ist auch Provinz, die großen Städte mag ich nicht.«

Sie war bereit, ihm das zu konzedieren, warum auch nicht? Hätte er jetzt von den Metropolen geschwärmt, ihr wäre es ebenso recht gewesen. Die Menschen waren einander fremd. Unnötig, sich mit dem Geschmack eines andern zu befassen, den würde man eh nie verstehen. Das galt nicht für die Körper. Damien war, was das Physische anging, Ruprecht gar nicht so unähnlich, der gleichfalls weitgehend fettfrei war, dem aber das Geschundene fehlte; er hatte einen gepflegten, appetitlich alternden Körper, und sie hatte ihn dabei ertappt, wie er sich im Spiegel musterte, sie vermutete, nicht ohne Wohlgefallen – bei Damien unvorstellbar. Sie hatte Ruprecht geheiratet, weil sie davon überzeugt gewesen war, nach Toufik werde es nie mehr Glück oder Ähnliches in ihrem Leben geben. Dann kam Damien: wahrlich auch kein Glück, sondern etwas völlig anderes. Er ließ sie die Freude empfinden, im eigenen Körper zu stecken, ja mit dem eigenen Körper identisch zu sein, dafür gab es keine Wörter. »Verliebtheit«, »Besessenheit«, »Wollust« streiften diese tiefe Befriedigung nur, die allerdings zur Voraussetzung hatte, täglich erneuert und aufgefrischt zu werden.

»Shoreham-by-Sea ist nicht La Chaumière, aber es gibt das Meer, und zum Meer paßt keine Schönheit, die wird niedlich vor dem Meer –«

»Niedlich«, sein deutscher Wortschatz konnte überraschen.

»Ich will zurück in eine nichtssagende Umgebung.«

Zum ersten Mal formulierte er philosophisch-ästhetische Urteile, oder waren das Lesefrüchte?

Er habe seiner Schwester am Telephon gesagt, daß er ihr das Zehntel abkaufen werde. Sie sei sofort darauf eingegangen – »was will sie auch mit einem Zehntel von dem Häuschen? Ich werde das Erdgeschoß vermieten und kann im oberen Stock wohnen, ein Zimmer hat Nordlicht, das wird mein Atelier. Besser als dieses hier …«

War das jetzt der im geheimen – geheim vor ihr selbst! – herbeigesehnte Augenblick, in dem Damien die Initiative ergriff, die unhaltbare Lage zu beenden? Nichts wurde von ihr verlangt, sie mußte jetzt alles nur laufen lassen. Und es lief.

Seine Schwester sei eine labile und unberechenbare Frau, schwach, aber unbeeinflußbar; die Schwäche sei ihr bewußt und mache sie mißtrauisch. Vorschläge, die ihr unterbreitet würden, nehme sie grundsätzlich nicht an, weil sie glaube, sie solle über den Tisch gezogen werden. Dabei habe sie gar keinen Tisch, hause unendlich primitiv –

Das verblüffte aus seinem Mund, aber die unglückliche Person sollte offenbar wenigstens bürgerlichen Minimalanforderungen genügen. Auch Marjorie wunderte sich über eine Frau ohne Tisch, das schuf Gemeinsamkeit; wer hierin einer Meinung war, der würde es in vielem anderen ebenfalls sein.

Nun also sei das Unerwartete geschehen: Die Schwester, Winifred mit Namen – das servierte er wie eine Überraschung, und Marjorie nickte, als hätte sie eine Pointe verstanden –, Winifred selbst habe sich nun dazu aufgerafft, was ihr ein anderer mit keinem Druck auf der Welt hätte abhandeln können. Ja, Marjorie stelle sich das mal vor: Die Verrückte wolle auf einmal verkaufen. Sie habe ihm ihren Anteil an dem Haus von sich aus angeboten, ohne auch nur ahnen zu können, wie willkommen ihm das sei. Wenn sie selbst damit anfange, dann gebe es nur eins: sofort zuschlagen! Es wäre sträflich – »sträflick« –, hier zu zaudern.

Marjorie konnte, nachdem ihr die Umstände so klar dargelegt worden waren, nicht anders als zustimmen, während in ihrem Innern die Spannung wuchs. Nie war er in ihrer Gegenwart so beredt gewesen. Diese geduldige und sanfte und sich durch kleine Rückfragen von ihrem Mitgehen überzeugende Rede – war das nicht, als spräche er mit seiner Schwester Winifred? Sie war aber nicht empört darüber. Ihre Neugier auf das, was jetzt eintreten mußte, die Lösung, möglicherweise die Beantwortung aller Fragen, war größer. Sie hatte das Gefühl, nach Luft schnappen zu müssen, weil die Last auf ihrer Brust zunahm. »Ich finde auch, das solltest du annehmen.« Das war kein Ratschlag, es war mit bebender Stimme gesprochen, die gehorchte ihr kaum. Sie mußte sich räuspern.

»Ich habe es natürlich schon angenommen, alles andere war ausgeschlossen.«

Na bitte, »natürlich«. Der Mann, der so geduldig zu ihr sprach, bedurfte keiner Ratschläge.

»Circa vierundfünfzigtausend Pfund, letztlich nur für ein Zimmer, auch noch ein eher kleines. Das wird mein Atelier.«

Er war so ruhig, daß sie ihm keine Freude über seinen Kauf anmerken konnte; er hatte etwas Vernünftiges getan, wozu es keine Alternative gab. Kein Grund, darüber in Jubel auszubrechen.

Der Notar in Shoreham sei schon unterrichtet und werde sofort einen Vorvertrag aufsetzen, damit Winifred es sich nicht noch einmal überlege. Er gebe ihr Vierundfünfzigtausend – fast nichts. Die Aussicht auf das Geld scheine sie überzeugt zu haben, länger gehandelt habe sie nicht. »Ich nehme an, sie hat noch nie so viel Geld in der Hand gehabt.«

»Ihr zahlt ja noch in Pfund.« Marjorie war ihrerseits behutsam. Sie folgte ihrer Ahnung, so wie man sich in einem einsamen, dunklen Haus vortastet, in dem man ein leises Husten gehört hat.

»Ja, in Pfund.«

»Wieviel mag das in Euro sein?« Ach, hätte sie doch nur die Frage verschluckt! Aber jetzt war sie draußen, und die Antwort kam leicht, leise und wie selbstverständlich.

»Sechzigtausend.«

Da war sie, das hätte sie wissen können. Marjorie stand auf, sie ertrug es nicht mehr, ihn anzusehen. Alle Vorkommnisse seit dem Tag, an dem Damien ihr die Notwendigkeit der Dachreparatur geschildert hatte, traten in schneller Folge vor ihr geistiges Auge. Der einzige Gedanke, den sie dabei faßte, war ein stammelndes: »Ach so.« Und zugleich mußte sie begreifen, daß jetzt nicht die Stunde war, sich über irgendetwas zu entrüsten, anklagende Reden zu führen, gar Tränen zu vergießen, der Wut wohlgemerkt, nicht der Trauer. Jetzt war es da, das Geschenk, das im stillen erflehte, erhoffte, auch wenn es ein teures sein würde. Irgendeine höhere Instanz hatte das Eingeständnis ihrer Ohnmacht als moralische Leistung angenommen und honorierte es jetzt. Dieses Angebot mußte sie ergreifen, genau so, wie Damien die ausgestreckte Hand seiner Schwester ergreifen würde – falls eine Schwester existierte und eine Mutter gestorben war. Dem allen mußte nicht nachgespürt werden. Zur Weisheit gehörte es, die durchsichtigen Lügen zu akzeptieren, wenn sich damit ein höheres Ziel erreichen ließ.

Marjories Herz war wie in Glassplitter gepackt, hundert Schnittwunden bluteten, aber das Hirn setzte nicht aus. Nein, die von dem Dekorationsmaler und Hausfreund nun schon monatelang in Erwartung des rechten Augenblicks im Auge behaltene Summe, die sollte er bekommen. Neulich im Restaurant war er schon auf dem besten Wege gewesen, hatte aber einen Fehler gemacht; das war ihm kein zweites Mal unterlaufen.

Während sie schwiegen, stellte sie sich vor, was geschehen könnte, wenn sie ihm das Geld verweigerte, Ruprechts Geld, das Geld für die Reparatur des Dachs, eine Summe, die in keinem Rechnungsbuch auftauchte, für die sie jedoch viel riskiert hatte. Würde er gewalttätig werden, sie schlagen, sie mit seinen eisenharten Fingern würgen? Würde sie überhaupt seine Forderung zum Schweigen bringen können? Wenn sie das jetzt versuchte, würde er alsbald von neuem anfangen, aber drohender als jetzt, und dabei ginge verloren, was ihr soeben auf dem Silbertablett – ihrem eigenen Silber – überreicht worden war.

»Ich verstehe. Das alles paßt sehr gut. Ich muß ohnehin in den nächsten Tagen nach Deutschland fahren und will das Haus hier zumachen. Du solltest unbedingt das Eisen schmieden, solange es heiß ist. An dem Tag, an dem du abreist, bekommst du dein Geld.«

»Morgen?«

»Warum nicht morgen.«

11

Es wäre falsch anzunehmen, Ruprechts unstillbare Sehnsucht sei in den sieben Jahren, die der Nacht in Algerien folgten, darauf gerichtet gewesen, eines Tages mit Paula ungehindert und frei leben zu können, obwohl sie in diesen Jahren nicht einen Tag aus seinen Gedanken verschwunden war. Unmöglich, auf ungestörte Gemeinsamkeit zu hoffen, Träumereien dieser Art verboten sich – sollte Marjorie nicht unerwartet sterben, was Ruprecht, zu seiner Ehre sei es gesagt, niemals gewünscht hatte. Präsent war allerdings geblieben, und wie man weiß, auf durchaus unbequeme Weise, daß er etwas getan hatte, was niemals hätte geschehen dürfen und nicht mehr auszulöschen war. Er war kein Mann der Religion und auch nicht der Philosophie, abstrakte Begriffe sagten ihm wenig – Schuld war für ihn ein Wort ohne Gewicht –, aber das Bild dieser ersten Nacht hatte sich ihm derart eingeprägt, daß es von nun an jeden seiner wachen Momente begleitete. Nie hätte er geglaubt, daß es ein Gegengift gegen diese dauerhafte Vergiftung seiner Gedanken gebe. Keiner Meditation, keiner Hypnose traute er zu, hier Abhilfe zu schaffen.

Um so überwältigender die Erfahrung, daß es ein solches Gegengift doch gab: die unablässige Wiederholung des als Einzeltat unvergeßlichen Aktes. Die Religion nennt die gewohnheitsmäßige Wiederholung einer Sünde Laster, sollte das Laster aber von der Wortbedeutung her etwas mit Lasten zu tun haben, so tat es hier das Gegenteil: Es belastete nicht weiter, es entlastete vielmehr. Nie dachte er tagsüber so wenig an Paula und ihren Körper, wie wenn sie nachts bei ihm gewesen war. Die angenehme Erschöpfung – manchmal begann das Herz auch heftig zu klopfen – bewirkte im nachhinein eine wohltuende Beruhigung. Paula war aus seiner Erinnerung über lange Stunden wie ausgewischt, das Gefühl, von ihr besessen zu sein, schwand. Nicht seinem Wissen, wohl aber seiner Empfindung nach fand zwischen ihm und ihr nichts statt, was vor Dritten hätte verborgen werden müssen, und zwar keineswegs, weil er zu einer neuen, sein Handeln irgendwie rechtfertigenden Anschauung gelangt wäre; die einzigartige, bis dahin unbekannte Gabe des Lasters war eine Art Anästhesie, die jedes Grübeln ausschloß.

Dafür gab es in diesen Monaten anderes zu bedenken, allein schon, was den Verkauf des Verlags an die Grünstein-Gruppe anging. Bei seinen Gesprächen über die Eingliederung von Papyros ins große Ganze gelang es ihm, Allmendingers Rolle weitgehend zurückzudrängen, seitdem die Konzernspitze mit ihm selbst verhandelte. Sein zukünftiges Gehalt als Angestellter sollte seine bisherigen Einnahmen übertreffen. Erfreut stellte er fest, daß man sich mit ihm schmücken wollte. Und wenn er auch wußte, daß das für die längere Zukunft nicht viel bedeuten mußte, weshalb er davon absah, Allmendinger gar zu sehr beiseite zu schieben, so war es doch ein Vorteil, von einer Maximalposition aus einsteigen zu können. Sieglinde Stiegle sollte als seine Aufpasserin bei Papyros bleiben – dagegen war schon gar nichts einzuwenden, denn mit ihr »kam er zurecht«, wie er seinen einfühlsam-väterlichen, leicht flirtistischen Umgang mit ihr beschrieb.

Es war eine fordernde, für ihn aber unerwartet erfolgreiche Zeit; daß diese Beruhigung mit Paula eingetreten war, trug zu dem tiefen Seelenfrieden bei, der das Fundament seines Verhandlungsgeschicks bildete. Und Marjorie? Sie meldete sich regelmäßig am Telephon, aber aus ihren sachlichen Mitteilungen ging nicht hervor, ob sie an dem Getrenntsein so bald etwas ändern wollte.

»Was sagt Mami? Wann kommt sie?«

Aus Paulas Fragen nach einem solchen Telephonat sprach eine gewisse Provokation; offenbar hatte sie nicht vor, in den Schwebezustand widerstandslos hineinzufinden. Das dauerhafte Beschweigen der offenen Lage genügte ihr wohl nicht. Ruprecht versuchte, ihr sein Verhalten verständlich zu machen.

»Wir waren eigentlich ein ideales Paar. Beide hatten wir Liebesheiraten hinter uns. Die Ehe von Marjorie mit deinem Vater hatte schon vor seinem Tod ein Ende gefunden. Während seiner Krankheit haben sie noch einmal zusammengelebt, wegen dir vor allem, du solltest von deinem Vater in Ruhe und ohne Hin und Her Abschied nehmen können. Das war offenbar seine Absicht, und Marjorie ist darauf eingegangen, ohne große Begeisterung, aber immerhin. Meine erste Ehe dagegen wurde zu einer Quälerei mit schrecklichen Auftritten in der Öffentlichkeit – das konnte nicht fortgesetzt werden; du kennst Ingrid nur aus ihren Filmen, aber wenn sie nicht vor der Kamera stand, fand sie nicht zu einem natürlichen Umgang zurück. Sie war immer im Scheinwerferlicht, eine wundervolle Frau …«

Er hütete sich, ins Detail zu gehen, und deutete nur an, was ihn von ihr getrennt hatte, ohne zu eigentlichen Vorwürfen auszuholen. »Das ist nicht mein Stil« – das sagte er nicht, aber beabsichtigte wohl, daß Paula das dachte, die sich für diese Verflossene allerdings nicht weiter interessierte. Ihr ging es um die Gegenwart.

»Marjorie und ich waren nie ein Liebespaar. Es gab eine große Anziehung, und nach den letzten schwierigen Jahren mit Ingrid war das Zusammensein mit ihr eine immense Erleichterung. Sympathie ohne Sentimentalität, ihre Kühle, das war eine hygienische Kur, unerhört erfrischend.«

»Sie ist kühl, das ist richtig, um nicht zu sagen, kalt.«

»Das war für mich mit einer enormen Entspannung verbunden, vor allem, weil sie genauso wie ich die Diskretion liebt. Nicht in den Dingen herumrühren, einfach intelligent sein und Zeichen lesen und das, was man beobachtet, für sich behalten –«

»Immer schön seine Geheimnisse hüten und nebeneinanderher leben –«

»Ich meine es eigentlich anders. Auf Dauer kann man nichts voreinander verbergen, weil der andere nach einer Weile alles über einen weiß – wozu das dann noch zum Thema machen? Es war eine enttäuschungsresistente Verbindung, keiner von uns beiden hätte vom anderen etwas völlig Unerwartetes erfahren können.«

»Es ›war‹?«

»Ich bin sicher, daß das vorbei ist. Was passiert ist, war unvorhergesehen – von uns beiden nicht erwartet, ganz überraschend. Eine jähe Empfindung von wechselseitiger Unerträglichkeit. Wir haben festgestellt, daß wir einander nicht mehr ertragen können.«

»Das hatte aber nichts mit mir zu tun …«

»Nein, überhaupt nicht. Es hing mit dem Bild zusammen, vielmehr ist es durch das Bild plötzlich zum Ausbruch gelangt. Ich wage ein großes Wort: Haß … Wenn man so etwas spürt, muß man augenblicklich das Weite suchen. Aber das gilt auch für sie. Wir haben beide geglaubt, unsere Ehe werde einen geradlinigen Verlauf bis zum Ende nehmen, aber auf einmal ging die Kurve steil nach oben oder vielmehr nach unten.«

»Ein Prozeß, unabänderlich. Ich will dir mal sagen, warum du den Raucher im Haus gegenüber so gern beobachtest, den Mann mit dem Ventilator. Ein Leben in Zweigleisigkeit, unentdeckt tun, was dir gefällt, ohne die bequeme Behausung aufgeben zu müssen –«

Ruprecht hörte sich das mit dem fragenden Lächeln an, das er auch für Allmendingers Widerstand bereithielt, Güte und eine kleine Schalkhaftigkeit lagen darin. Es war die freundlichst vorstellbare Gesprächsverweigerung, aber zugleich dachte er: »Muß ich mir in meinen Jahren solche kindlichen Seelenanalysen anhören, oder reicht das jetzt?« Dann fiel ihm ein, daß er soeben von Unerträglichkeit gesprochen hatte, mit Bezug auf Marjorie allerdings. Das Wort war stark, vielleicht zu stark, von der Art, die ein Eigenleben entfalten kann und im Raum stehenbleibt, anstatt sich gnädig in Schall und Rauch wieder aufzulösen.

12

Wie immer erwachte Ruprecht auch an diesem Oktobermorgen allein, weil Paula sich, sowie er nachts eingeschlafen war, wieder in ihr – in Marjories – Zimmer zurückbegeben hatte, in dessen Nebenraum Nike schlief. Dieses einsame Erwachen gab seinem Verhältnis zu ihr eine besondere Farbe: Was zuvor geschehen war, erschien entrückt, unwirklich geworden, das Zusammensein mit ihr wirkte weniger zementiert. Er konnte sich einen Augenblick lang vorstellen, allein zu sein, und war es ja auch manchmal, wenn er erwachte, wenn Paula schon mit Nike auf dem Weg zur Schule war. Sie wehrte sich gegen seinen periodisch wiederkehrenden Rat, ein Kindermädchen einzustellen, mit der stets neuen Klage: Wie sehr habe sie einst darunter gelitten, daß Toufik und Marjorie sie der Aufsicht von unaufhörlich wechselndem Personal überlassen hätten. Zugesetzt hätten ihr dabei weniger diese Frauen – manche seien sogar ganz nett gewesen – als das Gefühl der Lieblosigkeit seitens ihrer Eltern.

»Es war klar, daß sie mich lästig fanden. Wenn du wissen willst, wie Mami sich mir gegenüber verhalten hat, dann schau dir an, wie sie mit Nike umgeht: wie mit einem fremden Kind.«

Darin lag kein unausgesprochener Vorwurf gegen ihn; daß er versuchte, Nike aus dem Weg zu gehen, verstand sie und akzeptierte es; es war ihr recht, daß er keine zu enge Bindung zu dem Kind entstehen lassen wollte. Er unterließ auch, in der Frage des Kindermädchens allzusehr zu drängen. Hätte man tatsächlich jemanden eingestellt, wäre die Situation in ihrer Offenheit nur noch komplizierter geworden. Zeugen über die alles wahrnehmende, alles beschweigende Frau Petulic hinaus wären zum gegenwärtigen Zeitpunkt eine große Unvorsichtigkeit gewesen, denn so sicher er sich auch fühlte, telephonierte er doch regelmäßig mit Marjorie, und niemals war dabei von Zukunft die Rede, schon gar nicht von einer Endgültigkeit des Status quo. Möglich, daß noch verschiedene Kapitel folgten, bis ein Schlußpunkt in ihrer Ehe erreicht war.

Es wurde nicht mehr früh hell. Ruprecht verzichtete darauf, sein Schlafzimmer zu verdunkeln, weil er selbst im Schlaf am Sonnenaufgang teilhaben und auf diese Weise ein Gefühl für die Uhrzeit trainieren wollte, was im Sommer gelang, aber in der längeren Dunkelheit in Herbst und Winter mit dem sanften Erschrecken einherging, daß es, wenn es draußen hell wurde, schon spät sein mochte. Jetzt hatte sich aber ein Traum von solcher Eindringlichkeit vor die Ereignisse der Nacht geschoben, daß sie nicht nur verblaßten, sondern weggedrängt wurden. Es war einer der notorischen Such- und Verhinderungsträume: Er hatte eine Aktentasche verloren, aber eine besonders edle, aus glänzendem braunen Krokodilleder, und er suchte überall, dabei beträchtliche

Distanzen überwindend – vergeblich. Das Bild dieser Aktentasche stand überdeutlich vor seinen Augen, gleichfalls das Bewußtsein von ihrer Einzigartigkeit und auch von ihrem hohen Preis. Oder war sie geerbt? Und die Verzweiflung während der Suche nahm zu. Der Eifer, mit dem er sie den Leuten beschrieb, hatte sich tief in ihn hineingesenkt, so daß er beim Erwachen, als trübes Licht schon das Zimmer füllte, fest davon überzeugt war: Diese krokodillederne Tasche, die hatte er wirklich verloren. Ihr Verlust erzeugte eine Not, die dem Herbstlicht standhielt. Erst allmählich siegte der Tag mit der Wärme des Bettes und der kühlen Luft, die den unter der Decke hervorragenden Fuß streifte, und löste das Bild der Aktentasche auf; er bedauerte das sogar ein wenig, als verliere er sie gerade zum zweiten Mal.

Er stand auf, da rasselten Schlüssel im Schloß. Frau Petulic betrat die Wohnung mit ihrem charakteristisch ungleichmäßigen Schritt, dem Aufstampfen des rechten Fußes und dem leichten Nachschleifen des linken. Dann kehrte auch Paula zurück, die sich für den Schulweg mit ihrer Tochter nur schnell Wasser ins Gesicht geworfen hatte, aber der Gang durch die Herbstluft hatte ihre ohnehin starken Farben bereits erfrischt. Ruprecht fand immer, daß sie den morgendlichen Wiederherstellungsprozeß gar nicht nötig habe. Er hingegen war noch in seinem weißen Schlafanzug, dem man auch nach einer Nacht im Bett noch ansah, daß er gebügelt und leicht gestärkt worden war, fühlte sich jedoch ganz und gar nicht frisch, sondern kam erst nach längerem Aufenthalt im Badezimmer fertig angezogen zum Frühstückstisch. Beim forschenden Blick in den

Spiegel war der Gedanke an die Aktentasche wiedergekehrt, jetzt als ein Staunen über die Kraft eines über die Schlafgrenze hinaus fortdauernden Bildes.

Viel konnte sich nicht zugetragen haben, seitdem sie sich in der Nacht getrennt hatten. Aber diesen Traum gab es, der außerordentlich nicht durch seine Vorkommnisse, sondern durch seine Hyperpräsenz war. Paula hatte ihn freundlich, aber auch etwas zerstreut begrüßt, in ihren Gedanken noch bei Nike, die nicht gern in die Schule ging und jedes Mal zeigte, daß sie sich verstoßen fühlte, wenn Paula sie in der Tür des Klassenzimmers stehenließ; ihr beruhigendes Zureden auf dem Hinweg durch die stillen Straßen, in denen schon das Laub der Kastanien auf den Bürgersteigen raschelte, hatte den Augenblick der Trennung nicht einfacher werden lassen. Ruprecht spürte, daß etwas sie belastete; hoffte er, er könne sie mit der Hartnäckigkeit seines Traums ablenken? Und war das Hineinragen eines Traums in den hellen Tag, seine Weigerung, sich bei geöffneten Augen zu verflüchtigen, nicht erzählenswert?

Also beschrieb er ihr die verlorene Aktentasche im Detail: So präzise seien die inneren Bilder gewesen.

Da erwachte sie aus ihrer Abwesenheit und sah ihn irritiert an, als befremde sie die Genauigkeit seiner Schilderung bei einem Gegenstand, den es gar nicht gab. Ruprecht griff sich ans Herz, um zu verdeutlichen, welchen Stich der Verlust des Nichtgegenstandes ihm versetzt habe, und ihre Verwunderung schien zu wachsen. Sie sah ihn befremdet an, während sie langsam den Kopf schüttelte.

Er hielt inne. Was war das? Was wollte sie bemerken, was fiel ihr so schwer, über die Lippen zu bringen?

»Aber das hast du doch nicht geträumt! Du hast diese Tasche wirklich verloren! Ich erinnere mich genau an sie, du hattest sie, als du zu uns gezogen bist – eine Tasche von Hermès aus den dreißiger Jahren, wer weiß, woher die stammte, und eines Tages war sie weg, und du bist sehr traurig gewesen. Alle mußten suchen helfen, du hast wie verrückt herumtelephoniert, erinnerst du dich denn gar nicht?« Ihre Stimme klang gereizt, als sei diese Vergeßlichkeit ebenso unverständlich wie unverzeihlich.

Ruprecht war wie vor den Kopf geschlagen, er wagte keine Antwort, so verwirrt war er. Aus Paulas Miene sprach eine Überzeugung, die jeden Widerspruch, ja selbst den leisesten Zweifel verbot. Und doch – wie war es möglich, daß er den Besitz eines derart auffälligen Gegenstandes vergessen und nur noch in Traumregionen aufbewahrt hatte? Angst stieg in ihm auf. War das der Beginn einer Demenz? Wenn es diese krokodillederne Tasche in seinem Leben wirklich gegeben hatte, dann mußte sie darin mit vielen Tentakeln verankert sein. Es mußte eine Geschichte ihres Erwerbs geben, es mußte Kommentare anderer Leute dazu gegeben haben, in Deutschland war ein solcher Gegenstand selten, eigentlich überhaupt nicht anzutreffen. Alles weg. Und hier saß Paula und drohte, zornig zu werden, wenn er ihr widersprach. Er sah sie mit der Benommenheit eines Betrunkenen an, der Rede und Antwort stehen soll, aber die an ihn gerichteten Fragen nicht begreift.

Sie wich ihm nicht aus, sondern nagelte ihn mit ihrem undurchdringlichen Blick gleichsam fest. Ein Augenblick des Schweigens. Ruprecht war, als müsse der ewig währen, weil ihm nicht einfiel, wie er zu beenden sei.

Dann – ein explosionsartiges Gelächter ihm ins bedripste Gesicht hinein. »Du läßt dir wirklich alles einreden!«

Ein zweiter Schlag vor den Kopf. Er brachte es zwar nicht fertig, in das Gelächter einzustimmen, aber ein verlegenes Lächeln gelang halbwegs. Eine Sorge, schwerer als die um eine verlorene Aktentasche, fiel von ihm ab. Wohl fühlte er sich dennoch nicht.

In seinem Tagebuch notierte er später:

»Dieser Morgen war wirklich eine Berg-und-Tal-Fahrt der Gefühle. Zuerst das bedenkliche Okkupiertsein von einem Gegenstand, den ich mit Bewußtsein nie zuvor gesehen habe und der sich dennoch durch einen feinen Spalt in meine Vorstellung eingeschlichen haben muß. Offenbart sich darin eine Gier nach einem plumpen Luxus, die ich mit gespielter Überlegenheit verdecken will? Ist etwa meine reale abgegriffene Aktentasche nichts anderes als eine Inszenierung, die meine eigentlichen Wünsche verbergen soll, bei gleichzeitiger Unsicherheit und Angst?

Das war die eine Seite dieses Morgens. Die andere: die beinahe unheimliche Fähigkeit Paulas zum Theaterspielen. Zweifel an ihrer Ernsthaftigkeit, an ihrer Leidenschaft für die Wahrheit verboten sich, daran war gar nicht zu denken. Doch dann der Unterton ihres Gelächters. War da nicht etwas wie Verachtung im glatten schönen Gesicht, diesmal aber nicht gespielt, sondern sehr echt? Ist das der Preis, den ich für meine unablässigen Versuche bezahle, seit dem Beginn unseres Zusammenlebens eine Gleichheit zwischen uns herzustellen und jeglichen Rest von stiefväterlicher Respektsperson vergessen zu lassen? Nicht aus Bescheidenheit allerdings, sondern weil ich mich danach sehne, für sie als ein Gleichwertiger, Gleichartiger, ein Gleichaltriger gar zu erscheinen? Und hatte sie mir nicht das Gefühl gegeben, daß sie dafür dankbar ist? Sie war doch eine ganz andere geworden, vergessen war ihre Widerspenstigkeit, als gehöre die in Wirklichkeit nicht zu ihr. Ist das nur ein Ausnahmezustand gewesen? Kehrt sie jetzt in die ihr altvertrauten Muster zurück?

Ich muß gestehen, daß ihr Gelächter mir peinlich ist, sowie ich daran denke. Um als Ausrutscher durchzugehen, lag zu viel Heftigkeit darin. Und wie soll ich ihrer Aufrichtigkeit trauen, wenn sie mir so etwas derart perfekt vorspielen kann?«

13

Etwas Ungewöhnliches ereignete sich an einem Samstagabend im November. Allmendinger saß noch spät im Büro, Samstage und Feiertage schätzte er dafür besonders: Dann sei das Büro leer, und man könne in Ruhe arbeiten. Diesmal kam es dazu, daß er seinen Kopf im selben Moment aus der Tür streckte wie Sieglinde Stiegle, die im Nebenzimmer saß, und ihre Blicke sich im Flur trafen.

»Was machst du morgen vormittag? Ich würde gern einmal mit dir spazierengehen, am Fluß oder im Park, wie du magst.«

Sieglinde Stiegle joggte üblicherweise sonntagmorgens und zögerte. Sollte sie das für einen lahmen Spaziergang opfern? Sie lebte diesem Laufen stets entgegen, nur so war ihr das Stillsitzen in der Woche erträglich. Aber Allmendinger ließ sie spüren, daß sein Vorschlag in Wahrheit eine dringende Bitte war. Er hatte ihr offenbar etwas mitzuteilen, was er im Büro nicht aussprechen wollte.

Der Sonntag war verhangen, nie sah der Park so schäbig und zerrupft aus wie in dem fahlen Licht. Unterweltlich nannte Sieglinde Stiegle in Gedanken diesen Tagesdämmer, aber die Luft war kühl und erquickend, und als sie am Eingangstor des Parks auf Allmendinger traf, war ihr Gesicht gerötet. Sie begrüßten sich mit Wangenkuß; das hatte sie nach dem Aufenthalt in der Chaumière eingeführt, als sich endgültig herausgestellt hatte, daß zwischen ihnen nicht die mindeste Spannung bestand.

»An Sonntagen ist es nicht schön, in Deutschland zu sein«, sagte sie gleich, nur um etwas zu sagen; das Reisen war immer ein dankbares Konversationsthema.

Sie bewegten sich auf dem Kiesweg zwischen anderen Spaziergängern, ab und an trabte ein Jogger vorbei, dem sie mit Bedauern hinterhersah.

Allmendinger wollte von Fernweh nichts wissen. »Ach was, das haben wir doch hinter uns. Reisen ist nur noch was für Spießer.« Die Welt sei weitgehend gleichförmig geworden, überall, wohin man komme, dieselben Produkte, dieselben Hotels, dieselben Behindertentoiletten, dieselben Geldautomaten, dasselbe falsche Englisch; übellaunig klang das, sollte aber im Gegenteil die Schilderung seines bis eben geheimgehaltenen Zukunftsplans vorbereiten.

Er und sie – er bezog sie jetzt ein – lebten längst anders und wollten auch gar nichts anders haben: Arbeit sei ihr Leben, in dem es für Feierabendsehnsüchte keinen Platz gebe – »auch bei dir nicht!« Er sehe es doch: Sie gehe in der Arbeit auf. Etwas, was der Bürger »Privatleben« nenne, komme bei ihr, wie er sie seit ihren Anfängen bei Papyros beobachtet habe, nicht vor. Dieses Arbeiten sei doch bei ihr genausowenig wie bei ihm ein Ersatz für unerfüllte Wünsche, und zwar keineswegs in Ermangelung anderer Möglichkeiten, schon gar nicht aus Enttäuschung über gescheiterte Träume –

nein, es sei das erreichte Ziel, sie beide hätten ihren Stein der Weisen doch bereits gefunden. Was ihn oft so verstimmt erscheinen lasse, das seien nur die vielen Hindernisse, das Bremsen seiner Energie durch Dalandt, diesen genußbegabten, aber zutiefst unprofessionellen Mann mit seinem Kunstkult. »Denk nur daran, was er um das Gemälde herum angestellt hat, mit dem er aus Frankreich zurückgekommen ist.« Tagelang habe er im Verlag herumtelephoniert, um die richtige Stoffbespannung zu bestellen, auf die er es habe hängen wollen. »Ich habe gar nichts dagegen, aber es zeigt eben, daß er nicht verstanden hat, wie man heute lebt. Man sammelt nichts an, man besitzt nichts, das sind alles aus der Zeit gefallene Verhaltensweisen. Wer Kunst sehen will, geht in eine Ausstellung, aber kauft so etwas doch nicht – jedenfalls nicht als romantischer Sammler, das ist was für geistferne Vermögensanhäufer. Kunst!«, aus ihm sprach Abscheu, »man kauft doch keine Kunst.«

Wollte er ihr ein mönchisches Ideal vor Augen stellen?

Zum Glück nahe nun das Ende dieser Blockaden. Es werde zunächst nicht ohne Dalandt gehen, aber mit einem gefesselten. Und er vermute, daß es da geringe Gegenwehr geben werde; der Mann werde müde, er spüre das genau.

Sieglinde Stiegle ging neben ihm und sah manchmal spöttisch zu ihm hinüber. Wie genau er wissen wollte, was ihr entspreche! Daß er ohne weiteres von ihr und ihm als gleichgearteten Geschöpfen sprach, das war doch höchst erheiternd. Obwohl er in manchem recht hatte. Sie arbeitete tatsächlich vor allem, weil ihr das Freude machte, und sie gab zu, daß sie in Verlegenheit gewesen wäre, wenn die berühmte gute Fee ihr plötzlich einen Wunsch gewährt hätte – was wünschen? War sie etwa wunschlos? Vielleicht nicht wunschlos glücklich, aber doch zufrieden. War sie wirklich schon so alt, daß sie Zufriedenheit als Wert erkannte? Was der Kollege über das Reisen sagte, konnte sie halb widerwillig nachvollziehen. Sie kannte die Enttäuschung, daß sich die frühesten Italien-Erlebnisse auf Reisen mit den Eltern und ersten Touren allein später nicht mehr wiederholen ließen, ja daß der andere Geschmack, der andere Duft, die andere Art zu leben, wie sie einst beim ersten Überschreiten der Grenze erlebt werden konnten, nicht mehr aufzufinden waren; aber Allmendingers Proklamationen waren allzu apodiktisch, das war eine Radikalität von rhetorischer Natur. Und er verweilte auch nicht dabei. Das zu verkünden, hatte er sie nicht in den unwirtlichen Park bestellt, der in seiner spätherbstlichen Nacktheit nicht dazu einlud, seinetwegen aus dem Haus zu gehen. Aber weshalb dann?

Sie mußte nicht lange warten. Sie näherten sich einem Kinderspielplatz mit Rutschbahnen und Sandkasten, jetzt verlassen; die Buntheit der Spielgeräte machte den Ort besonders trostlos.

»Es geht bald los.« Allmendingers Stimme wurde verschwörerisch, eindringlich. Er werde Papyros bald verlassen, werde Geschäftsführer in dem neuen Haus, und dann laufe ein Stufenplan ab: Sein neuer Verlag werde Papyros erwerben und dann reorganisieren –

»Was soll das heißen?«

Das solle heißen, er werde um Dalandt herum »eine Struktur« herstellen, die Papyros in die Zukunft führe –

»Hör mal, ich bin keine Struktur!«

»Ich spreche auch nicht von dir, noch nicht. Erst, wenn du es willst. Ich muß bei Papyros jemanden haben, dem ich absolut vertraue, auf den ich mich verlassen kann – solange Dalandt da ist und erst recht danach. Und ich weiß, du wärst die Richtige, die Beste. Jemanden wie dich finde ich nicht so schnell, aber mir fehlt noch was: Vertrauen.«

»Was erwartest du von mir? Was bitte soll ich tun?« Sie klang abwehrend. Noch nie war ihr Allmendinger so wenig anziehend vorgekommen wie jetzt. Noch nie zuvor empfand sie seinen Ehrgeiz als derart peinlich – »er strampelt vor Eifer«, dachte sie.

Es fiel ihm nicht leicht, ihre Frage zu beantworten, als spüre er ihre Abneigung zu sich herüberschwappen. Aber es mußte heraus, es ging um die bestmögliche, die einzige Lösung: »Alles wäre einfach, wenn wir verheiratet wären – halt, nein, sag jetzt nichts. Hör mich an! Wir sind überlegen denkende, nüchterne Menschen, ja, du auch, ich hab dich lange genug beobachtet. Es wäre nach dem Ende der kleinbürgerlichen Liebesheiratsträume die Rückkehr zu etwas sehr Klugem: einem Bündnis zwischen zwei Leuten, die gemeinsam etwas vorhaben, etwas erreichen wollen. Die an verschiedenen Orten arbeiten, aber in den gemeinsamen Topf wirtschaften, immer gemeinsam gewinnen. Wir würden uns gar nicht so oft sehen, du müßtest deine Gewohnheiten nicht umstellen. Du weißt selbst, wir gehen im Geschirr, im Grunde ohne Pause, dann aber nicht mehr als Einzelkämpfer, sondern einer zieht den anderen nach. Jeder Erfolg des einen ist auch einer des anderen. Du willst keine Kinder –«

»Woher weißt du das?«

»Sonst hättest du sie längst. Sieglinde, siehst du nicht, wie zwingend es ist? Daß wir einen Riesenfehler machen würden, wenn wir jetzt keine Entscheidung fällen? Wenn du ja sagst, werden wir ein Power Couple …«

Als sie dieses Wort hörte, aus seinem Munde wahrlich ungewohnt, als sei eine Schale geplatzt und offenbare sein eigentliches, sonst verborgenes Denken, verließ sie die Selbstbeherrschung. Sie konnte nicht anders, sie lachte ihm ins Gesicht.

Er sah sie mit zusammengekniffenen Augen an. »Ich meine es ernst, Sieglinde.«

»Das weiß ich ja! Und das ist ja gerade das wahnwitzig Komische!«

14

Die winterliche Dunkelheit schuf eine gläserne Stimmung, aquariumshaft; das Tageslicht reichte nicht aus, um eine Sichtbarkeit der Welt herzustellen. Wenn kein Licht brannte, versank ›Taube und Wildente‹ im Grau der samtigen Wand, die Vögel verharrten in dunkler Farblosigkeit. Sie halten Winterschlaf, dachte Ruprecht, zum Glück einen, den er jederzeit unterbrechen konnte. Sowie er die jüngst installierte Bilderleuchte aus Messing einschaltete, entstanden Üppigkeit, Farbfülle, eine Wärme, die sich auch dem Licht der Leuchtröhre verdankte. Trotz der Verfälschung, die mit dieser leichten Gelblichkeit einherging, hatte er sie gegen die ursprünglich hartweiße umgetauscht. Das ist wie der Galerieton des neunzehnten Jahrhunderts, dachte er, die Rembrandt-Patina, mit der man damals alles überzogen hat. Er fand es reizvoll, mit der Erscheinung des Bildes zu spielen und es zu etwas anderem werden zu lassen; er allein kannte das Geheimnis der Monochromie, welche die Buntfarben in sich verbarg.

Ruprecht war aus seinem Arbeitszimmer in den Salon gekommen und saß im Sessel der Bilderwand gegenüber.

Er hatte ein Buch dabei, aber er las nur zerstreut darin, die Stille wollte nicht einmal durch vorbeiparadierende Gedanken gestört werden. Die Wohnung war leer. Frau Petulic war gegangen, Nike auch nachmittags in der Schule, Paula seit längerem tagsüber abwesend. Sie hatte tatsächlich ein Studium begonnen, aber nicht Arabisch, wie von ihm vorgeschlagen, sondern Romanistik und Philosophie, was sie offenbar eifrig betrieb. Die Bibliothek sei, so sagte sie, ihr bevorzugter Aufenthaltsort, in dieser Wohnung könne sie sich nicht konzentrieren. Oft traf sie erst ein, um Nike ein Abendessen zu richten, mit ihr die Schulaufgaben zu besprechen und sie ins Bett zu bringen; dann verschwand sie wieder. Wenn er abends ebenfalls ausgehen wollte, kam ein Babysitter. Paula hatte drei junge Mädchen aufgetan, die sich abwechselten. Wenn eine von ihnen eintraf, war es für ihn wirklich angeraten zu verschwinden, denn dann war der Salon besetzt und er fühlte sich sogar in seinem Arbeitszimmer, als könne er sich in der Wohnung nicht mehr ungehemmt bewegen; die Anwesenheit einer auf ihren Laptop starrenden Studentin belastete ihn. Im Verlag hingegen, neuerdings wieder sein Refugium, traf er zuverlässig Sieglinde Stiegle an, die neue Cheflektorin und Programm-Macherin, die so höflich und taktvoll war, ihre Entscheidungen mit ihm abzustimmen. Allerdings vermutete er, daß sie sich zunächst mit Fritz Allmendinger besprochen hatte, auch wenn dessen Name nicht fiel, bei dieser Sachlage auch gar nicht fallen mußte.

Die Gespräche mit Paula waren inzwischen so unerfreulich, daß sie an seinem Selbstbewußtsein zu nagen begannen. In der Chaumière war er vermittelt Zeuge geworden, wie sehr sie Max zugesetzt hatte, der ihr gegenüber völlig schutzlos war. Er hatte sich selbst geschmeichelt, der halbe Knabe sei ihr eben nicht gewachsen, wisse noch nicht, wie mit einer Frau umzugehen sei, enttäusche sie in ihren Bedürfnissen. »Was der Quasipianist sich vorgenommen hat, ein Leben mit Paula, überfordert ihn noch mehr als die ins Auge gefaßte Solistenkarriere; durch seine Leidensbereitschaft hat er die äußerste Grausamkeit aus ihr hervorgelockt« – so hatte er es im Sommer sehen wollen, zu seinem verhohlenen Vergnügen, wie er sich inzwischen reuevoll eingestand.

Denn ihm war es mit Paula nach den ersten beiden Monaten sinnlichen Glücks, das er nie zu erhoffen gewagt hätte, mehr und mehr ergangen wie Max. Vielleicht sogar schlimmer, denn der so viel Jüngere sah sich selbst nicht als jemand, der zur Demontage reizte. Bedachte man, wie Paula sich Ruprecht gegenüber neuerdings verhielt, konnte von Respekt nicht mehr die Rede sein. Sollte es am Ende stimmen, daß sie ein zutiefst unfriedlicher Charakter war, der überall nur die faule Stelle erkennen und sie hervorzerren mußte? Da Max und er den gleichen verletzenden Angriffen ausgesetzt waren – jedenfalls, was die Heftigkeit anging –, spielte es offenbar eine geringe Rolle, mit wem sie es zu tun hatte.

»Sie ist unabhängig vom Glück«, dachte Ruprecht, »sie sehnt sich nicht nach dem Glücklichsein. Sie verweigert sich der kleinsten Illusion, die das Leben erträglicher machen könnte.«

Unerträglichkeit – in anderem Zusammenhang war das Wort auch zwischen ihnen gefallen. Unerträglichkeit, die kannte sie gar nicht, die schreckte sie auch nicht. Wer da nicht mithalten konnte, der lernte sie besser niemals von ihrer eigentlichen, der unerträglichen Seite kennen.

»Du glaubst wahrscheinlich, für mich Verantwortung zu tragen, weil du dir einbildest, mein erster Mann zu sein«, hatte sie neulich gesagt, nachdem sie mehrere Nächte nicht zu Hause gewesen war, sondern nach Nikes Einschlafen das Haus verlassen hatte. Weit entfernt davon, ihr deswegen Fragen zu stellen, gar Vorhaltungen zu machen, konnte er dann doch nicht darauf verzichten, ihr gegenüber eine gewisse Besorgnis zu zeigen. »Nein, keine Sorge: Meine ersten Männer waren die russischen Zwillingsbrüder im Internat – die haben immer alles zusammen gemacht. Die beiden waren bei uns ein absolutes Must.« Rothaarig seien sie gewesen, »die Namen habe ich vergessen. Das war ein paar Monate vor unserer Algerien-Reise, die beiden haben sich durch meinen ganzen Jahrgang durchgearbeitet.«

Sich daran zu erinnern amüsierte sie; der bei ihr so seltene Ausdruck der Zufriedenheit entspannte ihre Züge und ließ sie weniger hart erscheinen. Er meinte, in diesem Augenblick zu spüren, daß er jeden Einfluß auf sie verloren habe. Nicht, daß das schmerzhaft gewesen wäre. Er empfand vielmehr eine Ohnmacht, wie sie ein Verwundeter nach starkem Blutverlust erleben mochte. Taubheit, ja eine gefährliche Müdigkeit bemächtigte sich seiner. Immerhin hatte er sich auch jetzt noch auf sich verlassen können, da er ihre Eröffnung mit unbeeindruckt scheinender Miene angehört hatte. Aber in seinem Innern sah es aus wie draußen in diesem ungewöhnlich lichtlosen Winter, der glauben ließ, die Sonne hätte den größten Teil ihrer Kraft für immer verloren und wäre nur noch imstande, das Licht einer Vierzig-Watt-Birne zu spenden; vielleicht würde es nie mehr richtig hell werden, so daß man das Hereinbrechen der Nacht als Erlösung empfand.

Er schaltete das Licht an, rings um die warmgelben Lampenschirme entstanden Inseln des Behagens; Ruprechts Bild, durch die Leuchte hervorgehoben und vor konturlosem Dunkel schwebend, wurde zum optischen Äquivalent eines zarten, aber unendlich vielstimmigen Akkords. Ein sanftes Brausen schien von dem Werk auszugehen, ein Synästhetiker hätte den Zusammenklang der Töne hören können. Aber ob es einen Betrachter gab oder nicht – das Bild war in Fülle und Reichtum immer anwesend. Die Bildsymphonie spielte selbst dann mit vollem Orchester, wenn niemand zuhörte. War das ein Trost? Es war ein Hilferuf, den er an ›Taube und Wildente‹ richtete. Das Bild gab ihm und der Welt alles, was es war, es gab sich ohne Rückhalt preis, aber er fühlte sich plötzlich nicht mehr in der Lage, das Geschenk zu empfangen. Das Sehen war eine Aktivität, die mit den Lebenskräften im Bunde stand. Wer sich wie er seit einer Weile als verarmt empfand, war von dem Fest, das vor seinen Augen stattfand, ausgeschlossen. Dieses Mysterium bedurfte keines Vorhangs, um sich zu verbergen; der Unwürdige, Schwache schloß sich selbst von dem generös gewährten Genuß aus.

Ruprecht lag in dem schweren braunen Ledersessel und sah aus einiger Entfernung weiterhin zu seinem Bild hinüber. Das immerhin gab es noch, das würde bleiben, das nahm ihm niemand weg. Zur Dankbarkeit stieß diese Empfindung aber nicht vor. Verachtung – war es nicht der Unterton von Verachtung, der Paulas Angriff so verletzend werden ließ? Wie war es dazu gekommen? Oder war der immer schon dagewesen? Nur vom langen Unterdrücken der Hingezogenheit zu ihm eine Weile an den Rand gedrängt worden? Gab es überhaupt jemanden, der davon ausgenommen war? Er kam zu dem Schluß: »Das kann nur Nike sein.«

Von deren Leben bekam er nicht viel mit. Ohne eigens von ihm ferngehalten zu werden, machte sie sich für ihn weitgehend unsichtbar. Jetzt aber mußte auf sie Rücksicht genommen werden, und das hieß, den Stil des Hauses ändern, in dem das Weihnachtsfest bisher nicht begangen geworden war. Nike hatte die Ansprüche ihrer Klassenkameraden übernommen: Heiligabend ohne Weihnachtsbaum – unvorstellbar. Es mußte dafür kein Gesetz von Cornelius De Kesel, ihrem Urgroßvater, gebrochen werden, der diese Wohnung ja nie betreten hatte; nur Ruprechts milder Snobismus hatte zurückzustehen, es gab deswegen auch keinerlei Debatten. Paula dekretierte, daß das Kind einen Baum haben müsse, und Ruprecht nahm das schweigend zur Kenntnis. Auch zu Nikolausfeiern wurde Nike eingeladen, sogar zu mehreren; sie erlebte den Heiligen in verschiedener Gestalt, als Bischof mit Mitra und als rotweiß kostümierten Santa Claus, ohne daß sie das verwirrt hätte. Das einstmals bei solchen Gelegenheiten übliche sanfte Strafgericht mit der Rute war ohnehin abgeschafft, und die Geschenke aus dem Sack zogen die eigentliche Aufmerksamkeit auf sich.

Obwohl Ruprecht beflissen war, diese Nikolausfestlichkeiten freundlich hinzunehmen – es wurde schließlich nicht von ihm erwartet, sich einen Wattebart umzuhängen –, wurden sie zum Anlaß eines besonders giftigen Wortwechsels. Schon als er die ersten Worte gesprochen hatte, überfiel ihn die Sorge, mit dem Herauskramen einer Kindheitsanekdote einen Fehler zu machen; Geschichten wie die vom Ziegenbock – *»je veux le manger«* – hatte Paula zu reinen Erfindungen Marjories erklärt.

Auch sie sei in Nikes Alter bei einem Aufenthalt in Deutschland zu einem Nikolausabend geführt worden. »Der Mann, der den Heiligen dargestellt hat, trug eine Pappmaske mit angeklebtem Bart und sprach mit verstellter Stimme. Es handelte sich um jemanden, den ihr gekannt habt. Dir war sofort die Maske aufgefallen, aber deine Erklärung dafür hat uns sprachlos gemacht: ›Ja, es ist eine Maske, aber dahinter ist der wahre Nikolaus.‹«

Ruprecht hatte darin ein Zeichen kindlicher Genialität gesehen, eine Verteidigung des Mythos gegen eine platte Aufklärung, und wollte damit eigentlich ein Kompliment verbinden, da kam Paula ihm in schneidendem Ton zuvor: »Du trägst sogar eine Maske, wenn du nackt bist, und dahinter ist nichts.«

Bei anderer Gelegenheit hätte er dem vielleicht sogar zugestimmt; ein Nichts zu sein, nicht im Sinn des Nichtswürdigen, des Nichtigen, sondern ganz wörtlich in der Bedeutung einer sich der Definition entziehenden Entität – das war ihm ein vertrauter Gedanke. »Und vermutlich sind auch andere schon darauf gekommen, man spricht halt nicht gern darüber.« Aber so waren Paulas Worte wie ein Schlußstein – das unerbittliche Urteil nach monatelangen Beobachtungen. Den ungerührten Blick, mit dem er ihre

Worte aufnahm, bekam er noch hin, aber es war ein Blick über eine weite Kluft hinweg. Er war davon überzeugt, daß sie eine grimmige Freude darin finden würde, ihm immer aufs neue bei jeder Gelegenheit solche Eröffnungen zu machen, aber er war entschlossen, dem in Zukunft aus dem Weg zu gehen.

Es war kein Zorn, den er empfand, eher der Schauder kommender Einsamkeit. »Der Mensch erfährt, er sei auch, wer er mag / ein letztes Glück und einen letzten Tag« – eine Binsenweisheit, die aber wie eine mit dem Hammer angeschlagene Bronzeglocke in seinem Inneren dröhnte. In diesem stillen Dröhnen ließ sich verweilen; alles löste sich darin auf. Was er las, schwamm sofort wieder davon. Er ertappte sich dabei, eine Seite dreimal gelesen zu haben, ohne von ihrem Inhalt etwas zu behalten.

Er stand auf und trat ans Fenster, das auf die Straße hinausging. Das Haus lag in einer schönen Straße. Die Fenster der gegenüberliegenden Fassaden waren erleuchtet und zeigten Ausschnitte von großen Wohnungen mit hohen Flügeltüren, überwiegend menschenleer. Im Stockwerk unter dem von seiner Wohnung war ein schwarzer Flügel zu erkennen, blitzend lackiert, aber er hatte daran noch niemals jemanden spielen sehen. Und jetzt, beim versonnenen Aus-dem-Fenster-Starren im Halblicht des sinkenden, auch mittags nicht hell gewordenen Tages, erschienen Hände auf der Klaviatur, erstaunlich deutlich auszumachende Hände, die darüber hinglitten und mit den abgespreizten kleinen Fingern noch kräftig die Tasten hinunterdrückten; wer selber Pianist ist, könnte, so dachte Ruprecht unwillkürlich, aus den Tastenanschlägen auf die Melodie schließen, könnte aus dem Anblick dieses sinnlichen Zupackens, das den Flügel in Besitz nimmt, vielleicht sogar etwas über den Anschlag heraushören. Doch gleich darauf stellte er fest – er hätte gelacht, wenn ihm nach Lachen zumute gewesen wäre –, daß er gar nicht den Flügel sah, sondern einen riesigen Flachbildschirm, auf dem, an der Wand dahinter, ein Klavierkonzert übertragen wurde. Schon richtig, nie hätten Hände auf den Tasten des Flügels dort unten so deutlich von seinem Ausguck aus wahrgenommen werden können. Eine Täuschung, die sich dem übergenauen Hinsehen verdankte, ein Tagtraum. Kein sichtbares Publikum lauschte dem Konzert dort drüben, es war, als wäre das alles nur für ihn geschaffen worden.

Im Entrée drehte sich ein Schlüssel im Schloß, dann ein zweiter, der den stählernen Querbalken bewegte. Schritte dort draußen, Nikes Stimme, die mit kleinen Füßen den langen Gang entlangstürmte, dann Schritte eines Erwachsenen, aber keiner Frau. Ruprecht wandte sich zur Tür. Dort stand Max, in einer Jacke mit hochgeschlagenem Lammfellkragen, mit blassem Wintergesicht, unter der Mütze fiel ihm eine blonde Strähne in die Stirn. Als er Ruprecht sah, nahm er sie eilig ab und lächelte ihn arglos an. Es bedurfte keiner Erklärungen. Er gab sie dennoch.

Paula habe ihn gebeten, Nike in der Schule abzuholen und nach Hause zu bringen.

Ruprecht verstand. Sie hatte es nicht für nötig befunden, ihm Max anzukündigen oder ihn auch nur zu fragen, ob er zu Hause sei. Was war dabei? Gar nichts. Dies war nur eine weitere Gelegenheit, seine Unberührbarkeit unter Beweis zu stellen. Die Liste all dessen, was angesichts des Faktischen nicht ausgesprochen werden mußte, war nicht kurz: Von Max' abschiedsloser Abreise aus der Chaumière bis zu seinem erneuten Auftreten waren fünf Monate vergangen. Ruprecht bestand die Prüfung.

»Schön, daß du da bist. Bleibst du zum Essen?«

Er hätte stolz auf sich sein können.

15

Es war Dreikönigstag. Marjories Ankunft glich einem Bühnenauftritt in der Boulevardkomödie: Sie platzte herein in die Wohnung, die doch auch die ihre war, so kurzfristig angekündigt, daß man von einem Überraschungscoup sprechen konnte. Sie hatte keine anstrengende Reise hinter sich; nach einer Übernachtung in Paris war sie mit einem bequemen Flug am Vormittag angekommen.

Der Haushalt befand sich in größeren Vorbereitungen für das Mittagessen, das Ruprecht für das frischgebackene Ehepaar Allmendinger und Sieglinde Stiegle geben wollte. Die Hochzeit war passenderweise sehr klein gehalten worden, nur die verwitweten Mütter des Paares waren angereist, aber Ruprecht fand, daß dieses Ereignis zu gewichtig sei, um es von seiner Seite aus übergehen zu dürfen. Immerhin war es eine Kombination, die geschäftlich für ihn eine Rolle spielte; Papyros verschränkte sich bis ins Private eng mit dem Mutterhaus, wie man Allmendingers Verlag inzwischen nannte, obwohl nicht er es war, der Papyros geboren hatte. Seitdem Ruprechts einstiger Mann für die

Zahlen über den früheren Vorgesetzten hinaus aufgestiegen war, hatte sich ihr Verhältnis entspannt, es war zum Erstaunen. Ruprecht achtete akribisch darauf, stets im Rahmen der ihm zugewiesenen Kompetenzen zu bleiben, und Allmendinger war sichtlich bestrebt, ihn in diesem nicht zu engen Rahmen schalten und walten zu lassen. Gab es Gründe für eine Diskussion, so ließ er Sieglinde Stiegle vorangehen; Widerstand erlebte Ruprecht also nur in seinem eigenen Haus, nicht vom Mehrheitseigner. Ja, Allmendinger entwickelte auf einmal die Fähigkeit, taktvoll zu sein, von Sieglinde Stiegle hierin entschieden unterstützt, die gegenüber Ruprecht ein geradezu töchterliches Zartgefühl an den Tag legte.

Die beiden Gäste waren schon eingetroffen; Ruprecht trank mit ihnen im Salon Champagner, während Frau Petulic den Eßtisch im Nachbarzimmer richtete. Marjories Stimme in der Wechselsprechanlage klang laut und war trotz der Verzerrung auch auf Distanz erkennbar: »Ich bin da«, ein Ausruf wie ein Siegesschrei nach Überwindung unendlicher Hindernisse, in der Gewißheit, damit nichts als die reine Freude auszulösen. Der Taxifahrer, der das Gepäck herauftrug, mußte zweimal gehen, denn ihre Koffer waren groß, obwohl sie die Sommergarderobe sonst immer im Süden ließ.

Ruprecht fand Gelegenheit, sich in Gedanken den dunklen Mächten zuzuwenden, die sein Schicksal lenkten: Wieder einmal sorgten sie dafür, daß ein Übergang in seinem Leben gleitend geschah – nicht unbedingt erfreulich, aber unter Vermeidung einer Katastrophe. Was wäre gewesen, wenn Marjorie vier Wochen früher angereist wäre? Nicht auszudenken, aber das mußte jetzt auch gar nicht geleistet werden, denn die Beschäftigung mit dem »Was wäre gewesen, wenn …?« war niemals seine Sache, es zählten nur die Fakten. Für ihn arbeitete offenbar eine Schicksalsphysik, welche Ausschläge in Richtung Glück oder Unglück gleichermaßen ausschloß. Ihm war ein Mittelmaß bestimmt, im Alltag über viele Jahre hinweg auszuhalten, im Blick auf die Zukunft grau und lau.

Marjorie trat ihm strahlend und winterlich frisch entgegen. Sie hielt ihr Eintreffen offenbar für einen Hauptspaß und war sehr erfreut, zu ihrer Begrüßung sofort eine gesellige Runde vorzufinden: Paula und Nike, Max und das Verlegerpaar, dazu eine Festtafel. Aus der Küche drangen nahrhafte Gerüche. Frau Petulic ließ Anna dos Santos weit hinter sich.

»Nein, es ist nicht zu sagen! Ein Weihnachtsbaum …« Eine Überraschung, die Marjorie jedoch nicht sprachlos machte.

Paula hatte zusammen mit Max einen Baum aufgestellt, der bis zur hohen Zimmerdecke reichte und mit vielen glitzernden Kugeln aus Indien geschmückt war. Nike sollte einen Baum haben, der ihre Erwartungen übertraf, überwältigend groß, und die Überraschung gelang: Als an Heiligabend alle gelben Wachskerzen gebrannt hatten, war sie vor dem Anblick beim Aufschwingen der Flügeltüren verstummt. Es war, als wäre in das kühle, strenge Zimmer, das gänzlich Ruprechts Sphäre zugehörte und für sie damit eigentlich unzugänglich war, eine überirdische Erscheinung vom Himmel herabgestiegen. In dieser sorgfältig arrangierten Anordnung von Kunstwerken und schweren Sesseln blieb der Baum auch bei Tageslicht ein Fremdkörper, aber Marjorie kam nicht zu einem sarkastischen Kommentar, denn die Veränderung, die hier vor sich gegangen war, verblüffte sie beinahe noch mehr als der Baum.

»Hier ist offenbar der Wohlstand ausgebrochen«, sagte sie, während sie ihre Hand auf die graue Samtbespannung der Wände legte.

In welcher Hinsicht das tatsächlich der Fall war, wollte Ruprecht ihr, zumal in Gegenwart von Allmendinger und Sieglinde Stiegle, nicht erklären; häufig hatten sie telephoniert in den letzten Monaten und doch niemals irgendetwas erwähnt, was sie auf die Neuigkeiten vorbereitet hätte. »Und jetzt kommen sogar Toufiks Bilder zu Ehren.«

»Ein Geschenk von Paula.« Ruprecht wagte nicht, bei diesen Worten zu ihrer Tochter hinüberzusehen.

»Aber dieser Carrà und dieser Morandi, das waren doch Geschenke von Papa für Toufik! Der sie allerdings nicht gemocht hat, zu mager, zu asketisch für ihn, bei ihm mußte es immer was Erotisches sein. Und jetzt also weitergereicht – Paula, hast du dir das gut überlegt? Man kann es mit der Kunstverachtung auch übertreiben.«

Paula sagte kein Wort. Ihre Augenbrauen waren zusammengezogen, als wollten sie in der Mitte zusammenwachsen, ein dunkler Riegel vor der Stirn.

Ruprecht wies auf sein Bild. »Siehst du, daß es jetzt endlich richtig hängt? Mit dem Schatten auf der richtigen Seite?«

»Ich weiß gar nicht, ob mir das so gut gefällt.«

Allmendinger pflichtete ihr bei. Seine jüngst erworbene Position gestattete ihm eine gewisse Souveränität. »Man könnte sagen, daß das ein Naturalismus ist – gewissermaßen unkünstlerisch. In der Totalität des Bildganzen herrschen eigene Lichtverhältnisse, die sich von denen im Raum deutlich unterscheiden sollten. Man könnte auch sagen, die jetzt herrschende Übereinstimmung zwischen Bildschatten und Raumschatten betont die realistischen Aspekte des Bildes, die Ihnen« – er wandte sich an Ruprecht – »eigentlich doch gar nicht so willkommen waren.«

Aber wenn es um dieses Bild ging, verließ Ruprecht seine sonst lückenlos demonstrierte Unbeeindruckbarkeit. Das sei es doch eben, erklärte er mit leicht erhobener Stimme.

Sofort erschien ein ironisches Lächeln auf Marjories Lippen.

Es gehe ihm um die Substanzverwandlung von Farbe. »Sie ist nicht mehr Farbe, also Oberflächeneigenschaft eines Körpers – sie bildet den Körper selbst. Sie ahmt nicht einfach überzeugend die Materie des Federkleids nach, sie wird vielmehr selbst zu einer eigenartigen neuen Materie –« Während er sprach, wurde ihm klar, daß er etwas beschwor, was er vor kurzem noch genau so gesehen zu haben meinte, was sich ihm jetzt aber im gleichen Maße verbarg wie seinen Zuhörern.

Marjorie hatte sich abgewandt und war schon dabei, aus dem Zimmer zu gehen, als Frau Petulic ihr entgegentrat, die sich bisher nicht gezeigt hatte. Ihren schwankenden Gang verwandelte sie vor Marjorie in eine Art Hofknicks. Die reichte ihr die Hand und sagte zugleich zu Paula, die ihr ein Glas reichen wollte, »danke, keinen Champagner, ich habe nicht gefrühstückt«, dann zu Allmendinger und Sieglinde Stiegle: »Sie sehen plötzlich so verheiratet aus.«

»Wir sind verheiratet.« Sieglinde Stiegle machte es sichtlich Freude, Marjorie zu überraschen.

»Aber in der Chaumière waren sie doch noch gar nicht zusammen! Haben Sie jedenfalls behauptet …«

»Es geht manchmal schnell.« Das kam jetzt von Allmendinger.

»Haben etwa wir die Ehe gestiftet? Ist sie ein Ergebnis der Chaumière?« So wenig Marjorie sich für die beiden interessierte, so sehr gefiel ihr diese Vorstellung; Allmendingers Erläuterungen, der ihr nur bedingt recht geben wollte, hörte sie aber nicht weiter an, sondern rief: »Es ist doch Dreikönig heute! Ich habe eine Galette mitgebracht mit goldener Krone, wir werden sie gleich essen; hoffentlich findet Nike das Christkind, sonst gibt's ein Riesengeschrei.«

Frau Petulic näherte sich dem inzwischen abseits stehenden Ruprecht und raunte ihm zu: »Ich habe das Schlafzimmer Ihrer Frau aufgeräumt.«

Er verstand nicht gleich, dann war ihm, als erröte er. Frau Petulic hatte das Gespräch hier im Raum offenbar als Versuch verstanden, Marjorie so lange festzuhalten, bis sie Paulas umherliegende Kleidungsstücke in Marjories Schlafzimmer hatte verschwinden lassen. Er sah sie dankbar an, empfand aber auch die Peinlichkeit, sie als Mitwisserin betrachten zu müssen; sie hatte keiner Einweihung bedurft, um unterrichtet zu sein.

Im übrigen verlasse sie jetzt das Haus. Der Rehrücken werde im Ofen warmgehalten, im Eßzimmer seien die Kerzen angezündet.

Er öffnete die Tür, die Flammen in den Leuchtern nahmen dem dunklen Tag das Trübsinnige. Ruprecht bat alle hinüber.

»Du bist ja auch wieder da«, sagte Marjorie zu Max, den sie bis dahin keines Blickes gewürdigt hatte. »Du hast dich nicht verabschiedet in der Chaumière, das schätze ich eigentlich nicht.«

Aber so scharf, wie das klang, war es nicht gemeint. Seine Entschuldigungen, die im Eifer stammelnd ausfielen, überging sie und schritt ans Kopfende des Tisches zu ihrem gewohnten Platz, dem von Ruprecht am anderen Ende der Tafel gegenüber. Sie war aufgeräumter Stimmung, wenngleich ihrer Munterkeit etwas Forciertes anzumerken war, als warte sie auf den richtigen Augenblick, der Gesellschaft ihr unangekündigtes Eintreffen zu erklären. Ruprecht war hingegen keineswegs neugierig oder nach Fragen zumute; er verstand ihre Rückkehr als den notwendigen und endgültigen Abschluß eines sich über Jahre vorbereitenden Unglücks: des Altwerdens, des Mit-dem-Leben-abschließen-Müssens, obwohl man noch nicht sterben durfte.

Frau Petulic hatte eine dekorative Vorspeise angerichtet, einen Blumenkohl, der mit holländischer Sauce bedeckt und mit Crevettenschwänzen belegt war. Sie war keine ausgebildete Köchin, sondern machte so etwas wie eine begabte Intellektuelle, die ein paar Rezepte vorzüglich beherrscht. Marjorie empfand den deutlich gesteigerten Aufwand im Haus ihres Mannes aber nicht als Kritik. Verglichen wurde schon gar nicht – bei ihm war es so, und bei ihr war es anders, und inzwischen galt sogar das nicht einmal mehr.

»Jeder, der glaubt, wir säßen im nächsten Juni wieder in

der Chaumière, ist schiefgewickelt.« Das klang, als gelte es, Illusionen vorzubauen. »Die Chaumière ist seit Weihnachten unbewohnbar. Das Haus ist weitgehend ausgeräumt, das meiste im Lager, die Kunst im Banktresor. Die Zimmer oben sind mit dicker Plastikfolie abgeklebt wie im Irak nach einem Bombeneinschlag.«

Sieglinde Stiegle stieß einen teilnahmsvollen Schrekkensschrei aus. Marjories demonstrative Nüchternheit bei der Beschreibung des Desasters machte die anderen sprachlos.

Habe denn niemand in den Nachrichten von den Sturzbächen, den tagelangen Wolkenbrüchen über Südfrankreich gehört? Ganze Dörfer dort seien abgeschnitten, Häuser in Hanglage zu Tal gerutscht, Straßen eingebrochen, Brücken weggeschwemmt.

Doch, Allmendinger hatte davon vernommen. Sieglinde Stiegle hingegen war von Arbeit so eingedeckt, daß für Zeitung und Fernsehen keine Zeit blieb. Ruprecht hatte jedes Interesse an Weltnachrichten verloren, schon gar an meteorologischen.

Nein, die Chaumière stehe noch – »teilweise«, fügte Marjorie trocken hinzu. Es habe damit begonnen, daß der Regen nicht habe aufhören wollen, zunächst nicht ungewöhnlich heftig, dann sich langsam steigernd. Die ausgetrockneten, verkarsteten Berghänge seien außerstande gewesen, diese Fluten aufzunehmen, »das lief da einfach runter, in schäumenden Gießbächen, während von oben unablässig neues Wasser auf die Erde gefallen ist«. Rund um das Haus sei es in Kaskaden herumgeschossen, sie habe nicht vor die Tür gehen können. In Jahrzehnten habe sie nichts Ähnliches erlebt. »Und dann war es in einer Nacht, als würde oben am Himmel ein Wasserhahn aufgedreht, als wäre zwischen den Tropfen kein Raum mehr – gußweise knallte das aufs Dach. In den Zimmern unten stand das Wasser, das drang unter den Türen durch. Ich habe mich ins Bett gelegt, aber schlafen war unmöglich. Ich war zu unruhig, dazu der Lärm. Das toste und rauschte wie am Meer. Ich habe mich wieder angezogen, habe mich gefühlt wie in einer Falle. Richtig Angst habe ich bekommen, eine Panikattacke.«

»Aber du warst doch nicht allein? Wo waren denn die Leute und Damien?«

Ruprechts Frage wischte sie beiseite. Dazu später. Das sei ein Kapitel für sich. Er solle nicht unterbrechen, das Eigentliche komme noch.

Die Gesellschaft lauschte atemlos, das hatte sie hinbekommen. Den Petulicschen Königskrabben wurde nicht viel Aufmerksamkeit gewidmet. Sie erzählte, als wäre sie eine Schiffbrüchige, die sich im allgemeinen Untergang auf eine Planke gerettet hat.

»Anna dos Santos hat mir mal erzählt, bei ihr in Portugal zünden sie bei Unwetter eine schwarze Kerze an. Ich war schon fast so weit, obwohl wir natürlich keine schwarzen Kerzen im Haus haben, nur weiße. Schon wegen des Stromausfalls wäre das praktisch gewesen.«

»Es fiel auch noch der Strom aus?«

»Ja, was denkst denn du? Die ganze Nachbarschaft war ohne Strom und ist es wahrscheinlich noch immer – war es jedenfalls bei meinem Aufbruch. Aber dann ein Geräusch, das ich mein Leben lang nicht vergessen werde. Ein so böses, teuflisches Geräusch, das hatte was Ächzendes, ein Stöhnen drang aus dem Nebenzimmer, als läge da ein riesiges Tier im Sterben. Im Halbdunkel mit der Lampe vom Telephon habe ich erst kaum gesehen, was passiert war. Also mit Todesangst die Tür aufgemacht. Die Wände, die haben so seltsam geblitzt. Ich greife hin, das Wasser rinnt über die Tapeten, alles naß. Und dann sehe ich: Die Decke hat sich gesenkt, ein Balken ist gebrochen, und da oben läuft das Wasser heraus wie aus dem Gartenschlauch –«

»Wolltest du das Dach nicht reparieren lassen?«

Marjorie wurde ärgerlich. »Wollte und wollte. Das hat Damien vergeigt, das war seine Sache. Er hat den Schaden festgestellt, er hat die Reparatur in die Hand nehmen sollen, und er hat das einfach schleifen lassen. Als mir das klar wurde, habe ich ihn kurzerhand rausgeschmissen – das war nach all den Jahren schon eine Frechheit.«

Aus ihren Worten ging nicht hervor, ob dieser Hinauswurf vor oder nach dem Unwetter stattgefunden hatte, aber da war niemand am Tisch, der das genauer hätte wissen wollen, obwohl Ruprecht staunte, wie überraschend schnell die Trennung von dem Vasallen des Cornelius De Kesel abgelaufen war. Auch das ging im größeren Unheil unter, der englische Maler war mit den diluvialen Fluten weggeschwemmt worden.

Dafür aber seien doch wenigstens die dos Santos' zur Stelle gewesen?

Wieder eine dumme Frage. Joãos Demenz, die ihr die ganze Zeit schon Sorgen gemacht habe und über die sie ja öfter gesprochen hätten –

Ruprecht erinnerte sich beim besten Willen nicht daran.

Jedenfalls sei der Aufenthalt der beiden Leute im Haus beendet; es sei einfach nicht anders gegangen. Dr. Tobler habe das selber eingesehen. Daß dieser unbestechliche Mann ihre Version übernommen hatte, bewirkte, daß sie nun selber daran glaubte.

»Du warst tatsächlich ganz allein unter diesen grauenhaften Umständen?«

So allein nun auch wieder nicht. Der Schampir habe ihr ein Ehepaar aus Rumänien vermittelt, der Mann Schreiner, die Frau könne vielerlei, koche auch irgendwas, einen Balkan-Mampf, wie das weitergehe, müsse man noch sehen. Aber die habe sie gleich im Pförtnerhaus einquartiert, das Damien vollständig habe verkommen lassen – »wenn man die Tür öffnen wollte, hielt man die Klinke in der Hand« –, das stelle der Rumäne nun alles wieder her. Die beiden seien hochzufrieden, wohnten dort mietfrei und bekämen entsprechend weniger Gehalt. Der Gemüsegarten von João werde aufgegeben – »war ohnehin keine Augenweide, und das Servieren, wie Papa es mochte, das lassen wir in Zukunft auch weg. Von jetzt ab gibt es ein Buffet.«

Paula sah ihre Mutter staunend an. Wie zupackend und wohlgelaunt war sie nach all diesen einschneidenden Ereignissen, kaum zu glauben.

»Im Haus wird sich auch viel ändern. Die englischen Tapeten im Oberstock fallen alle von den Wänden, aber ich bin diesen Morris-Muff auch gründlich leid.«

»Wie schade«, sagte Sieglinde Stiegle, »ich habe mich in meinem Zimmer so wohl gefühlt.«

»Da werden wir uns aber anstrengen müssen, daß wir auch in Zukunft Ihren Geschmack treffen.«

Marjorie war unvermittelt scharf geworden, das Gespräch verstummte. Paula und Max brachten den Rehrükken herein, das lenkte etwas ab. Allmendinger ergriff die Gelegenheit zu loben, daß das Fleisch »schön rosa« sei. Und schließlich kam tatsächlich die von Marjorie angekündigte *Galette des rois* auf den Tisch, ein Kuchen wie aus poliertem alten Holz mit in den Teig eingeritztem Blattmuster.

»Wie auf einem keltischen Menhir«, sagte Ruprecht, »zu schön, um ihn anzuschneiden.«

Nike war es, die das kleine Wickelkind aus weißem Plastik fand, es kam alles so, wie es kommen sollte, »deshalb darfst du nachher unter dem Weihnachtsbaum die goldene Krone tragen«. Diese Krone hatte die Galette umgeben und war zu groß für den Kinderkopf. Marjorie versprach, sie mit einer Büroklammer passend zu machen.

Sie hatte inzwischen davon abgelassen, den ganzen Tisch zu unterhalten, und sprach mit Paula, während Ruprecht tat, als hörte er dem neuen Ehepaar zu, es war von Verlagsangelegenheiten die Rede. Der schwere Rotwein begann zu wirken. Die leisen Gespräche verdichteten sich zu einem Summen, das über dem Tisch lagerte. Das wirkte beruhigend, beschwichtigend auf ihn. Das Gefühl von Zeitlosigkeit entstand. Ließ es sich nicht noch eine Weile aushalten? Vielleicht war alles gar nicht so schlimm.

16

Ruprecht hatte sich nach dem Essen entschuldigt; er wollte ein wenig am Schreibtisch sitzen. Es war ohnehin geplant, die früh hereinbrechende Dunkelheit abzuwarten, um für Nike unterm Weihnachtsbaum die Drei Könige zu feiern, diesmal eine Königin – das Kind sollte mit der Krone von der Galette photographiert werden. Marjorie ging in ihr Schlafzimmer und legte sich solange hin, während Paula und Max das Eßzimmer aufräumten. Der Wein hatte Ruprechts Stimmung gehoben. Ihm fiel auf, wie weich das graue Licht des Winternachmittags sich über die Gegenstände breitete und sie überdeutlich erscheinen ließ; das gab ihnen etwas Entrücktes.

Er griff zu einem spanischen Manuskript, das ihm Sieglinde Stiegle mitgebracht hatte. Zunächst nahm er sich ihre Synopsis vor. Der Autor behandele die These vom »Ende der Geschichte«, begann sie; er wolle darauf hinaus, daß diese These keineswegs erledigt sei, wie viele nach dem Zusammenbruch der Sowjetunion geglaubt hätten. Vielmehr werde sie, so meine der Professor, immer triftiger, und zwar unabhängig von der überall zu beobachtenden

Angleichung der Systeme und den dennoch ausbrechenden Konflikten zwischen den Machtblöcken, welche die Hoffnung auf einen ewigen Frieden ins Reich der Utopie verbannten. Sofern Kriege zum Grundstoff der Geschichte gehörten, sei für deren Fortschreibung auch weiterhin genügend Material vorhanden, aber was sich da kriegerisch austobe, werde immer schwieriger faßbar; die Strukturen, die bis zum zwanzigsten Jahrhundert der Geschichte ein Gesicht gäben, hätten sich aufgelöst. Statt um ein »Ende der Geschichte« gehe es in Wahrheit um ein Ende der Geschichtsschreibung, die einen Konflikt nun nicht mehr unter dem Gesichtspunkt der Genealogie, der Religion, der Nation oder der Kultur erfassen könne, sondern nur noch unter dem der Ökonomie und dem Kampf um Rohstoffe, und dem sei etwas Beliebiges eigen.

Ruprecht blätterte vor, und sein Blick blieb an einer auffälligen Formulierung hängen: »das Unfruchtbarwerden der Feindschaft«. Feindschaft bringe nichts mehr hervor, sondern zerstöre nur noch, sie zermalme die ästhetische Substanz der kriegführenden Parteien. »Von der Zerstörung Trojas ernährte sich die Vorstellungskraft der Jahrtausende, von der Zerstörung Hiroshimas wenden sich selbst die Sieger schaudernd ab«, so zitierte Sieglinde Stiegle aus dem Text. Wenn es aber keine Helden mehr gebe, dann zerrinne der Historiographie ihr Stoff ins Gestaltlose: Geschichtsschreibung sei im Kern immer Heldengesang gewesen, was natürlich auch für die Ungeheuer gelte. Deshalb klammere sich moderne Geschichtswissenschaft an die großen Diktatoren, als lasse sich in ihnen ein letztes Mal eine Katastrophe europäischen Ausmaßes in der Gestalt eines einzelnen Menschen fassen. Anstelle einer solchen Gestalt trete jetzt die Überfülle an Informationen, die eine anschauliche Schilderung der Zeitläufe zur Illusion mache – das Chaos sei nicht mehr abzubilden. Sieglinde Stiegle führte ein Beispiel an, von dem sie wußte, daß es Ruprecht gefallen würde, der sich für die Buchumschläge von altem Buchbinderpapier anregen ließ: So wie man beim Herstellen von solchem Papier verschiedene Farben durch Hinzufügung von Ochsengalle daran hindere, sich zu vermischen, bevor sich durch Umrühren die Farbflecken in mathematisch nicht vorhersagbarer gleichmäßiger Ungleichmäßigkeit verteilten, so werde eine beschreibbare Ordnung des Geschichtsmaterials in Zukunft unmöglich werden.

»Sieglinde, sind Sie das, oder sagt das der Essayist?« Ruprecht hatte seine Programm-Macherin im Verdacht, ihre Funde so engagiert zu vertreten, daß sie nicht davor zurückschreckte, daran weiterzuschreiben, wenn sie meinte, es fehle ihnen an Überzeugungskraft. Er verspürte ein Behagen, während er vom Unfruchtbarwerden der Feindschaft las. Dies war eine Stunde, die vom Nachdenken ohne weiteres in Meditation übergehen konnte. Wo blieb nur der Raucher? Wo das Glutpünktchen seiner Zigarette? Machte der Mann etwa Weihnachtsferien? Wieder hatte er den Eindruck, die Zeit stehe still, das machte dieses Licht zwischen Tag und Nacht.

Im Salon hinter der Flügeltür hörte er Paulas Schritte, die dort alles für Nikes Dreikönigszeremonie vorbereitete. Marjorie hatte in Seidenpapier gewickelte Knallbonbons mitgebracht, ohne zu ahnen, daß es einen Weihnachtsbaum gab, den sie schmücken würden. Ruprecht kam es vor, als stehe das raschelnde Wirken dort drüben mit Vorbereitungen in Verbindung, die ihm und nicht der kleinen Nike galten. Ja, die Weltgeschichte mochte in einen tumultuarischen, einen unbeschreibbaren Zustand abgleiten, aber hier in der Wohnung war von diesem Tumult nichts zu bemerken.

Im Gegenteil, alles strebte aus einer Phase der Verwirrung neuer, vielleicht etwas resignativ unterlegter Harmonie zu. Da war selbst Marjories unangemeldetes Eintreffen keine Störung. Sie hatte die Etage wie jemand betreten, der weiterhin hier wohnte, und das tat sie ja auch; die Schränke waren voll von ihren Kleidern, in einer Kammer zogen sich die Regale mit ihren Schuhen dahin, und dann war auch gerade ihr Bett frisch bezogen worden – Paula hatte danach nicht mehr darin geschlafen, jetzt gab es wieder Max. War das nicht Lebenskunst, die Dinge ohne lange Absprachen laufen zu lassen, wie sie wollten?

Sie wollten nämlich, so Ruprechts Erfahrung, nicht nur Unvorteilhaftes; das hatte sich vor ein paar Monaten, bald nach der Rückkehr aus der Provence, gezeigt. Nicht alles war schlecht, es gab auch Günstiges. Während er sich noch den Kopf zerbrochen hatte, wie er den Kauf des Stillebens mit der Leontjew-Ausgabe, für welche die Sechzigtausend bestimmt gewesen waren, in eins bringen konnte, ohne daß Allmendinger etwas merkte, war der in sein Büro getreten und hatte mit kaum verborgenem Stolz mitgeteilt, daß er Papyros »leider« verlassen müsse, er übernehme einen Verlag mit großem alten Namen. An der Oberfläche bleiben, die Beunruhigungen aus der Tiefe nicht unterdrücken, zugleich aber auch nicht zu sehr beachten, dem Leben vertrauen – diese Gedanken zogen an ihm vorbei, als er am Schreibtisch saß. Jetzt war auch nebenan Stille eingetreten.

Ein Schrei.

Ruprecht glaubte zuerst, das sei Nike, aber dann ein zweiter.

»Feuer!«

Das war Paula. Er lief zur Tür und riß sie auf. Da stand der Weihnachtsbaum im Glanz seiner gläsernen Kugeln und Vögel und der Knallbonbons aus buntem Seidenpapier, und im Innern des Gezweigs, als sei das die Seele des Baumes, war eine starke, jetzt schon fast bis zur Spitze reichende Stichflamme emporgeschossen. Und während er noch darauf starrte, tat es einen gedämpften Knall, dem Platzen eines Luftballons vergleichbar, und augenblicklich stand der ganze große Baum in Flammen, war nur noch aus Feuer, das ihn umschloß und zugleich sein Inneres bildete. Die Äste wurden zum Skelett eines durch die Explosion erst geschaffenen roten und gelben Körpers.

»Bringt das Kind fort! Wasser! Eine große Decke! Ruft die Feuerwehr!«

Ruprechts Kommandos klangen verzweifelt. Er zog einen Sessel, der schon angeschmort war, von der Feuersäule weg. Plötzlich stand Marjorie neben ihm, sie hielt die schwere Tagesdecke ihres Bettes in den Händen. Er ergriff einen brennenden Ast, um den Baum zu neigen, damit sie die Decke darüberwerfen könnte – das geschah keinen Moment zu früh, denn die Flammen ließen bereits den Stuck abplatzen, und darunter kam das Stroh zutage, mit dem in diesem älteren Haus die Zimmerdecke isoliert war. Es gelang, den gefütterten Samt über das Flammenmeer zu breiten, aber die Hitze war so stark, er zerfiel wie ein Papiertaschentuch.

Jetzt war das Feuer überall. Es lief über die Wandbespannung, als wäre sie mit Benzin getränkt. Aus einem Sesselpolster leuchtete es rot wie aus einem Ofen. Marjorie und Ruprecht standen rings von Feuer umgeben. Ihre Haare begannen, sich in der Hitze zu kräuseln, die Gesichter glühten. Ruprecht sah und wollte es auch sehen: Die Flammen fraßen die Bilder. Der Carrà hatte nicht weit vom Baum gehangen, die Wandbespannung fiel in schwarzen Fetzen, die am Rande glommen, auf das Bild herab, es wurde bräunlich, dann schlug das um. Das eben noch erkennbare kubische weiße Haus rollte sich ein, die Flammen wischten es aus wie eine Kreideschrift auf der Schiefertafel.

Marjorie wandte sich zur Tür; dort stand Paula.

Die Feuerwehr sei nahe, sie müßten raus, sie seien in Gefahr!

Was für eine Gefahr, dachte Ruprecht. Dieses Sein im Feuer überwältigte ihn. Eben wurde die große Vorhangdekoration von den Flammen weggehaucht, ganz kurz bestand sie aus Feuer, dann sank sie schwarz zu Boden. Es wurde unerträglich heiß, doch harrte er noch aus, denn nun war das Feuer bei ›Taube und Wildente‹ angekommen. Der zinnoberrote Punkt auf dem Schnabel der Taube hatte es angezogen, und nun veränderte das Bild sich in der Hitze. Es war wie in einem Entwicklungsbad für Photos, nur umgekehrt; das Stilleben verlor sich langsam ins Dunkle, wurde schwarz, löste sich aus dem Rahmen, die Vögel waren kurz noch einmal lebendig geworden, die zusammengeschnurrte

Leinwand drehte sich spiralförmig und flog, vom Glutsturm getragen, in die Höhe.

Ruprecht riß sich los von diesem Anblick. Er sah, daß Marjorie noch versuchte, nebenan etwas zusammenzuraffen. Das Zimmer war jetzt die reine Flammenhölle, er verließ es mit einem großen Satz. Während er den langen Korridor hinunterhastete, sah er, sich umdrehend, aus der Tür eine den Raum ausfüllende, undurchdringlich schwarze Wolke ihm nachquellen, die verschluckte alles. Er stürzte aus der Wohnung, taumelte die Treppe hinab, hustend und benommen.

Feuerwehrmänner in dicken Schutzanzügen kamen ihm entgegen, einen Schlauch hinter sich her zerrend. Unten, auf der anderen Straßenseite, standen Nachbarn und Passanten und sahen zu den Fenstern der Wohnung hinauf, hinter denen es rot leuchtete. Dann platzten die Glasscheiben, Flammen drangen heraus und leckten an der oberen Hauswand. Die Straße war von drei Löschwagen blockiert. Ruprecht sah sich um. Er entdeckte Paula, Max und Nike, die stumm auf die Flammen aus den Fenstern sahen.

Dann sah er auch Marjorie. »Wo warst du?«

»Ich war als Letzte in der Wohnung.«

»Nach mir.«

Die Männer oben kamen offenbar voran. Die Flammen sanken in sich zusammen, drangen jedenfalls nicht mehr nach außen und hinterließen eine rußgeschwärzte Mauer.

Ein Sanitäter trat auf sie zu. Er müsse sie beide ins Krankenhaus begleiten, sie hätten Rauch eingeatmet.

Marjorie zögerte einen Augenblick. »Meine Handtasche ist dort oben, auch ein Mantel …«

Der Winter war milde, aber mit hereinbrechender Nacht wurde es kalt. Der Sanitäter war entschieden: Sie dürfe jetzt keinesfalls hinaufgehen und etwas mitnehmen. Sie hielt das Manuskript in der Hand, an dem Ruprecht gearbeitet hatte, bevor das Feuer ausbrach.

Nichts war überflüssiger als dieses Konvolut, statt dessen sagte er: »Oh, wie gut.«

Der Fahrer des Krankenwagens drängte.

Ruprecht wandte sich noch einmal zu Paula. »Wohin gehst du denn jetzt mit dem Kind?«

»Zu Max.«

Ihre Stimme war tonlos. Hatte sie einen Schock?

Der Wagen mit ihnen beiden bog um die Ecke. Sie gelangten in Straßen, denen nichts von dem Feuer anzumerken war, vorbei an erleuchteten Fenstern, hinter denen Weihnachtsbäume blinkten, und den Weihnachtsbäumen der Vorgärten mit ihren Lichterketten. Dieses Viertel veranstaltete offenbar einen Wettbewerb modisch dekorierter Weihnachtsbäume.

Marjorie sagte beiläufig, mehr wie im Selbstgespräch: »So falsch hat Papa mit seiner Aversion gegen Weihnachtsbäume gar nicht gelegen.«

Sie sahen furchtbar aus, das fiel erst jetzt so richtig auf, mit rußverschmierten Gesichtern und Kleidern. Marjorie hatte vor dem Brand geschlafen und war nur in Hose und Pullover, Ruprecht hatte nach dem Essen die Krawatte abgenommen und trug gleichfalls einen Pullover, der Brandflecken abbekommen hatte. Die Wohnung hinter sich zu lassen, mit allem, was er darin angesammelt hatte, war ein neuartiges Erlebnis. Die Vorstellung von Besitzlosigkeit wurde möglich. Wie mochte es den Büchern in seinem Arbeitszimmer ergangen sein? Was würden das Löschwasser und der Löschschaum wohl mit ihnen angerichtet haben?

Als sie um die Ecke bogen, verschwand mehr als der Blick auf das Haus. Aus der Chaumière war er hierher in einen sicheren Hafen zurückgekehrt – aus einer Umgebung, die von anderen Leuten geprägt war, voller Dinge, die anderen Lebensgeschichten angehörten, mit vertrackten Besitzverhältnissen, ohne daß ihm selbst dort etwas gefehlt hätte. Von dort hatte er sein Bild mitgebracht. Immerhin war er beim Untergang von ›Taube und Wildente‹ dabei gewesen, er war Zeuge seiner letzten Daseinsmomente geworden, der Auflösung einer Malerei, deren Substanzhaftigkeit er gefeiert hatte, ihrer Verwandlung in sich in die Lüfte hebenden, im Flug bereits zerfallenden Ruß. War das ein Trost, wie ihn manche Leute empfinden, wenn sie beim Tod geliebter Menschen dabei waren?

»Wer hat eigentlich die Kerzen angezündet?« Marjorie war wieder im Selbstgespräch. Glaubte sie, das Geschehen besser bewältigen zu können, wenn sie es von seinem ersten Anfang an verfolgte – aber war das Anzünden der Kerzen wirklich der Anfang? Warum überhaupt war ein Weihnachtsbaum gekauft worden? Für das Kind natürlich, das Unglückskind; das hatte sie sogar einmal zu Paula gesagt: »Dein Kind, das wird noch viel Unglück bringen.« Unverzeihlich, so etwas zu sagen, aber es war die Wahrheit, und die Wahrheit durfte immer ausgesprochen werden. Kinder waren ein unabsehbares Risiko. Jeder einzelne setzte ohnehin tausend unbeherrschbare Ereignisse in Gang, und nun banden sich die Leute dazu noch an Kinder und vervielfältigten die Gefahr.

Hatte Ruprecht etwas von dem, was sie murmelte, verstanden? Er berührte ihre Hand, die auf ihrem Oberschenkel lag, und sagte mit kaum hörbarer Stimme: »Lass gut sein, denk nicht nach. Es passiert nichts, was nicht passieren mußte.« Niemals hätte er sonst einen solchen Satz aus dem philosophischen Abreißkalender über die Lippen gebracht. Jetzt kam es ihm vor, als wäre er selbst es, der diesen Gedanken zum ersten Mal gedacht hatte.

17

Im Krankenhaus brachte man sie in eine taghell erleuchtete provisorische Intensivstation. Ihre Liegen standen nicht weit voneinander, Atemmasken wurden ihnen über die Gesichter gestülpt, deren Schlauch Sauerstoff in ihre Lungen leitete; zugleich wurde gemessen, wieviel an giftigem Gas und Ruß in ihnen steckte. Nicht wenig jedenfalls, das wurde aber nur obenhin mitgeteilt. Der Raum war eine Schleuse zur eigentlichen Intensivstation, ständig durchquerten ihn Leute in grüner Krankenhauskleidung; ob Pflegepersonal oder Ärzte, war nicht erkennbar, sie ließen sich nur mit Mühe in ihrem eiligen Lauf aufhalten und warfen hastig einen Blick auf den Bildschirm, nie auf Ruprecht oder Marjorie. Sie war unruhiger als er, nicht daran gewöhnt, sich Befehlen zu beugen, ohne Ehrfurcht vor den Instanzen der Wissenschaft, die ihm einfach nur fremd waren. Anders als sie war er geneigt, sich für eine Weile in die Umstände zu schicken. Die Masken behinderten ihr Gespräch, so waren beider Blicke vor allem auf die Zeiger einer großen Uhr gerichtet, die quälend langsam voranrückten.

Nach drei Stunden schien es Ruprecht, als atme er freier. Er nahm die Maske ab und drehte sich zu Marjorie. Sie war eingeschlafen. Der Raum, in dem sie sich befanden, war auch eine Schleuse zwischen zwei Seelenzuständen: Hinter ihnen, draußen, lag die Brandzerstörung – wie weit sie reichte, würde erst in einigen Tagen absehbar sein; was mit Gewißheit verloren war, stand allerdings bereits fest. Und hier drinnen war man im Zwischenreich, vergaß das Grübeln, hielt inne, bevor man in die alltägliche Welt zurückkehrte, die aber eine andere sein würde als vorher.

Zunächst waren sie bloß Objekte von Maßnahmen, aber nun sah es immer mehr so aus, als ob sich niemand weiter um sie kümmerte. Sollten sie etwa tagelang nur mit dem Atmen gesünderen Gases beschäftigt werden? Es liefen jetzt weniger Leute durch den Raum; die nahende Mitternacht ließ die Aktivitäten langsam einschlafen. Eine Ärztin, an ihrem Namensschild als solche erkennbar, jetzt erst entdeckte Ruprecht das, blickte auf den Bildschirm, wandte sich aber sofort wieder ab; Alarmierendes hatte sie dort offenbar nicht gelesen.

»Kannst du laufen?« Er sprach gedämpft zu Marjorie hinüber, niemand sollte aufmerksam werden.

Marjorie öffnete die Augen. Sie nickte, hustete aber zugleich. Pechschwarzer Schleim klebte auf der Papierserviette, mit der sie sich den Mund abwischte.

»Komm, laß uns verschwinden. Das hier ist sinnlos.«

Er setzte seine Füße auf den Boden und stand auf. Das ging sehr gut, er sah keinen Unterschied zu vorher. Dann half er Marjorie, sich aufzurichten. Jetzt war es von Vorteil, daß sie keine Mäntel und Taschen dabeihatten, nichts, was sie beschwert hätte. Die Langsamkeit, mit der sie sich in ihrer Benommenheit bewegten, machte sie unauffällig. Sie öffneten die Schwingtür und gingen den taghell erleuchteten Gang hinunter, wobei er sie stützte – nichts Normaleres in der Notaufnahme eines Krankenhauses als Personen, die gestützt werden. Niemand, der ihnen entgegenkam, nahm sie zur Kenntnis. Auch an der gläsernen Loge des Empfangs gingen sie ungehindert vorbei.

Draußen stand ein Taxi.

»Hast du Geld?«

Marjorie dachte an ihre Handtasche, aber er trug seine Brieftasche stets in der Hosentasche, um zu vermeiden, daß sie die Jacke ausbeulte.

»Wohin?« Ihre Frage klang neugierdelos.

»Ich würde vorschlagen, in den Verlag.«

Der residierte in einer geräumigen Wohnung im Westend, die inzwischen zum Büro geworden war; das Archiv wuchs ständig an, ein Raum wurde als Lager benutzt. Neben den Büros gab es noch ein kleines Schlafzimmer, in welchem Ruprecht früher manchmal übernachtet hatte, auch in Gesellschaft, obwohl das Bett schmal war. Erste Begegnungen mit Marjorie, der jungen Witwe von Toufik Bennis, hatten hier stattgefunden, denn er hatte damals noch mit seiner ersten Frau zusammengelebt; der Zerfall dieser Ehe war ein beinahe geräuschloser Prozeß, ganz im Sinn seiner unausgesprochenen Lebensregeln.

In der Küche, die vor allem für das Kaffeekochen da war und für die vielen Kannen Tee, die er brauchte, wenn er las, fand sich neben ein paar Flaschen Cognac und Whisky für Gäste im Eisschrank eine kleine Flasche Champagner, die er jetzt öffnete. Marjorie spie Schleim in das Spülbecken, eine schwarze Schmiere.

»Hätten wir vielleicht doch noch ein bißchen bleiben sollen?«

Sie schüttelte den Kopf.

Im Raum war es so kalt wie in der Intensivstation. Sie setzten sich am Küchentisch einander gegenüber. Ihr fiel etwas ein.

»Warum hast du Paula gefragt, wo sie hingeht? Hat sie denn hier keine Wohnung?«

Er wich ihrem Blick nicht aus. »Sie hat bei uns gewohnt …«

»Hat sie in meinem Bett geschlafen? Aber du findest doch Nike so unausstehlich – habt ihr etwa Familie gespielt?«

»Nike hat sich beruhigt.«

»Du hast nicht damit gerechnet, daß ich zurückkomme?«

»Ich habe mit gar nichts gerechnet – wir haben nichts besprochen, wie du weißt.«

»Ja, das ist richtig, besprochen haben wir nichts, so ist es deine Art.«

»Wie es auch deine Art ist. Was soll man auch alles besprechen? Was selbstverständlich ist, was sich nicht lösen läßt, wofür es keine Worte gibt – unnötig, daran Kraft zu verlieren. Außerdem ist Max wieder aufgetaucht. Ein rührender Junge, läßt sich nicht abschrecken, hartnäckig in seiner Schwäche. Ich vermute, er hat noch Chancen bei ihr.«

Marjorie stand auf und ging ins Badezimmer. Dort gab es zwar nichts von den Essenzen und Lotionen, die sie sonst benötigte, nur ein Stück Seife zum Händewaschen, aber dafür viel heißes Wasser, das mußte jetzt genügen. Lange lag sie in der Wanne, ihre Gedanken streiften Vergangenes und die Zukunft.

Als sie, nur mit einem kleinen Handtuch bedeckt, das Schlafzimmer betrat, saß Ruprecht auf dem Bett und zog gerade seine Schuhe aus.

Er sah sie an. »Meinst du, wir schaffen es, hier zu zweit zu liegen, oder soll ich auf dem Boden schlafen?«

»Vor zwölf Jahren haben wir das gekonnt, warum nicht jetzt? Du hast nicht viel zugenommen in diesen Jahren.«

Er bot ihr den Platz zur Wand an, »damit du nicht aus dem Bett fällst«. Dann lagen sie gemeinsam im Dunkeln, sehr eng beieinander, aber wie zwei Fremde, die vermeiden wollen, den anderen zu bedrängen. Marjorie hatte recht gehabt, das ging sehr gut. Es war ganz selbstverständlich, so zu liegen, keine Notlösung. Beider Augen waren geöffnet, der Schlaf wollte nicht sofort kommen. Aber sie sprachen nicht.

Plötzlich fiel Marjorie etwas ein. »Und ich wollte eine Beteiligung am Wertzuwachs haben!« Sie lachte leise, bis ein Husten das beendete. Hatte sie richtig gehört, hatte auch Ruprecht gelacht? Wenn, dann sehr gedämpft, aber sie schlief mit der Vorstellung ein, daß er zumindest gelächelt habe.

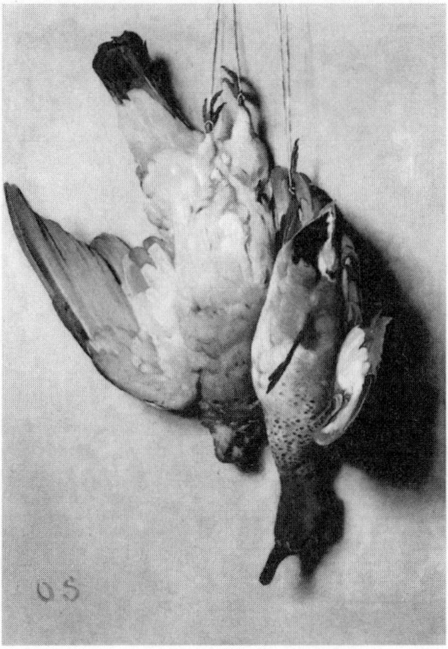

Otto Scholderer, ›Tote Feldtaube und Wildente‹, 1884
Öl auf Leinwand, 67 x 48 cm